A BELEZA E O INFERNO

Do Autor:

GOMORRA
A história real de um jornalista infiltrado na violenta máfia napolitana

O CONTRÁRIO DA MORTE
Cenas da vida napolitana

Roberto Saviano

A BELEZA E O INFERNO

Textos 2004-2009

Tradução
Karina Jannini

BERTRAND BRASIL

Título original: *La bellezza e l'inferno*

Capa: Raul Fernandes
Foto de capa: Comstock/GETTY Images

Editoração: DFL

Texto revisado segundo o novo
Acordo Ortográfico da Língua Portuguesa

2011
Impresso no Brasil
Printed in Brazil

CIP-Brasil. Catalogação na fonte
Sindicato Nacional dos Editores de Livros, RJ

S278b Saviano, Roberto, 1979-
A beleza e o inferno: textos 2004-2009/Roberto Saviano; tradução Karina Jannini. – Rio de Janeiro: Bertrand Brasil, 2011.
294p.

Tradução de: La bellezza e L'inferno
ISBN 978-85-286-1475-6

1. Crônica italiana. I. Jannini, Karina. II. Título.

CDD – 858
10-6494 CDU – 821.131.3-8

Todos os direitos reservados pela:
EDITORA BERTRAND BRASIL LTDA.
Rua Argentina, 171 – 2º andar – São Cristóvão
20921-380 – Rio de Janeiro – RJ
Tel.: (0xx21) 2585-2070 – Fax: (0xx21) 2585-2087

Atendimento e venda direta ao leitor:
mdireto@record.com.br ou (21) 2585-2002

A M., luz nesta longa noite

Sumário

SUL

HOMENS

BUSINESS

GUERRA

NORTE

O perigo de ler

Escrever, nestes anos, me deu a possibilidade de existir. Artigos e reportagens. Contos e editoriais. Um trabalho que, para mim, não foi simplesmente um trabalho. Coincidiu com a minha própria vida. Se alguém teve a esperança de que viver em uma situação muito difícil pudesse me induzir a esconder minhas palavras, se enganou. Não as escondi nem as perdi. Mas isso também coincidiu com uma luta, uma luta cotidiana, um corpo a corpo silencioso, como um combate sombra. Escrever, não me privar das minhas palavras, significou não me perder. Não me dar por vencido. Não desesperar.*

Escrevi em uma dezena de casas diferentes, nenhuma delas habitada por mais de alguns meses. Todas pequenas ou minúsculas; todas, mas todas mesmo, exageradamente escuras. Gostaria que tivessem sido mais espaçosas, mais iluminadas; queria que tivessem, pelo menos, uma sacada, um terraço: era o que eu desejava, como

---

* Combate em que os lutadores não se tocam. (N. T.)

teria desejado, em certa época, viagens, horizontes distantes. Uma possibilidade de sair, respirar, olhar ao redor. Mas ninguém as alugava para mim. Eu não podia escolher, não podia sair para procurá-las, não podia nem mesmo decidir sozinho onde morar. E quando se tornava público que eu estava numa determinada rua, numa determinada casa, então eu era imediatamente obrigado a deixá-la. Esta é a situação de muitos que vivem nas mesmas condições que eu. Eu me apresentava para ver o apartamento que, a muito custo, os carabinieri haviam selecionado, começava até a negociar com o proprietário, mas, assim que ele me reconhecia, as respostas se assemelhavam: "Tenho muita estima pelo senhor, doutor, mas realmente não posso me meter em encrenca; já tenho problemas demais"; ou então: "Se fosse por mim, não haveria problema, mas é que tenho filhos, uma família, sabe, preciso pensar na segurança deles"; e, terceira e última: "Eu lhe daria o apartamento agora mesmo e até de graça, mas o condomínio me crucificaria. O senhor entende? O pessoal aqui tem medo". Uma outra categoria de pessoas é a dos abutres de sempre. Chegam com a solidariedade — "a casa, eu lhe dou" — e depois impõem um aluguel quatro vezes maior do que aquele que teriam pedido a qualquer outra pessoa: "Assumo o risco, claro, mas, sabe, infelizmente aqui tudo é caro". Em contraposição a esse medo, que muitas vezes é apenas uma carapaça covarde porque essas pessoas não querem ser associadas a uma das partes — neste caso, a mim —, também presenciei a solidariedade de muitas pessoas, todas desconhecidas, que me ofereceram um refúgio, um quarto, amizade, calor. E, embora muitas vezes eu não tenha podido aceitar seus oferecimentos por motivos de segurança, também escrevi nesses lugares hospitaleiros e repletos de afeto.*

---

* Polícia que atua nos âmbitos civil, militar e judiciário. (N. T.)

Muitas das páginas reunidas neste livro nem chegaram a ser escritas em uma casa, mas em um quarto de hotel. Os hotéis, todos iguais por onde passei em todos esses anos e que ainda continuo odiando. Os quartos desses hotéis também eram escuros, e neles não havia janelas que pudessem ser abertas. Não havia janelas, não havia ventilação. À noite, eu não parava de suar. Se ligava o ar-condicionado porque tinha a sensação de que ia sufocar, o suor secava no corpo e, no dia seguinte, a garganta estava arranhando. No exterior, talvez em um lugar que antes eu sonhava visitar, aconteceu de eu não ver nada senão esses quartos de hotel e o perfil da cidade atrás dos vidros filmados de um carro blindado. Não ficavam tranquilos em me deixar sair para dar um passeio, nem mesmo com a escolta que me haviam designado. Muitas vezes, sequer ficavam tranquilos em me deixar no próprio hotel por mais de uma noite. Quanto mais civilizados e sossegados eram os lugares onde a criminalidade e as máfias pareciam distantes e onde me sentia totalmente seguro, mais me tratavam como alguém ou alguma coisa que poderia vir a explodi-los debaixo do próprio nariz. Eram muito gentis, muito organizados. No entanto, pareciam estar usando luvas que eu não sabia se eram de pelica ou de quem trabalha com explosivos. E eu não entendia se estava mais para um pacote de presente ou um pacote-bomba.

Com mais frequência ainda, vivi nos quartos de um quartel dos carabinieri. Dentro das narinas, o odor de graxa dos coturnos dos cabos, meus vizinhos; nos ouvidos, o som da televisão que transmitia partidas de futebol, e de suas blasfêmias quando eram chamados ao serviço ou quando o time adversário marcava um gol. Sábado, domingo, dias mortais. No ventre quase vazio e imóvel de uma grande e velha baleia construída para agir. Do lado de fora, entretanto, eu intuía movimento, ouvia gritos, havia sol, já era verão. E acontecia de saber até onde estava; saber que, se pudesse sair, em dois minutos passaria na frente da minha antiga casa, a primeira onde me disseram: "Finalmente você está indo embora", e, em outros cinco ou dez, estaria na praia. Mas não podia fazê-lo.

Porém, podia escrever. Devia escrever. Devia e queria continuar a escrever. O cinismo que caracteriza boa parte dos que escrevem sempre permite entrever uma espécie de desconfiança em relação a tudo que não tem um objetivo preciso, um projeto claro. Ou o afastamento de quem só quer fazer um bom livro, construir uma história, limar as palavras até obter um estilo bonito e reconhecível. É isso que deve fazer um escritor? Isso, e nada mais, é literatura? Então, no que se refere a mim, eu preferiria não escrever nem me assemelhar a essas pessoas.

Necessidade de destruir tudo que pode ser desejo e vontade: isso é o cinismo. O cinismo é a armadura dos desesperados que não têm consciência de seu desespero. Veem tudo como uma manobra astuta para enriquecer, a pretensão de mudar como uma ingenuidade típica de aprendizes de feiticeiros, e a escrita que quer chegar a muitos como uma forma de impostura de caixeiros-viajantes. Desses senhores desconfiados e perenemente armados com o sorriso de escárnio de quem sabe que tudo acabará mal, nada pode ser tirado porque já não têm nada pelo qual valha a pena lutar. No entanto, não podem ser expulsos de suas casas, que muitas vezes são decoradas com bom gosto e bem cuidadas. Sua arte, sua ideia da palavra, assemelha-se a essas casas bonitas e não quer abandonar seu perímetro bem equipado. Mas, no privilégio de suas vidas desiludidas e protegidas, não têm ideia do que escrever possa realmente significar.

Escrever, agora, também se torna um meio para dar voz à dor que senti nos primeiros meses, quando a brisa das acusações e das calúnias aumentava na proporção das vendas do meu livro.

No início, quando os personagens diligentes de sempre me contavam o que ouviam, eu sentia meu estômago ferir-se de raiva.

"Quem escreveu foi outro." "Sou eu quem reescreve os artigos que ele manda para o jornal." "Tenho as provas, é um picareta." "Aos 26 anos se joga bola; esse cara não pode escrever assim." "É um latin lover de meia-tigela." "É um drogado que se veste como um cigano." "É controlado por algum político." "É cria minha. Podem acreditar, conheço todas as suas fraquezas." "Esse daí só quer fama e dinheiro." Hoje, todas essas idiotices de gente rancorosa ou simplesmente de quem gostaria tanto de ter alguma visibilidade quase me dão vontade de rir, e até as conservo em uma espécie de compilação de besteiras, que aconselho seja feita por quem incorrer em um destino semelhante ao meu: emergir, sobretudo no Sul, em um contexto onde muitas vezes temos de trocar o simples direito de respirar pelo comprometimento da alma e pela castração de todo sonho.

Nessa compilação de besteiras encontram lugar, por exemplo, as cartas que recebi de muitos advogados dos supostos amigos ou parentes de alguns daqueles de que me ocupei escrevendo; cartas que me pediam com eufemismos alguma coisa cujo sentido era: ou você paga, ou vamos dizer que mentiu, plagiou, ou então vamos buscar contatos com a imprensa para insinuar a dúvida, para "fazer um estilicídio midiático". Frases como essa me mostraram, de maneira clara, o quanto me tornei um pesadelo para todos eles: porque minhas palavras, nas mãos de tantos leitores, souberam demonstrar como as histórias que eles acreditavam que podiam controlar, ouvidas apenas por poucos, tornaram-se, ao contrário, um instrumento para mudar. Tornaram-se histórias de todos.

Passar por tudo isso me parecia incrível. Depois, um dia, na Academia de Estocolmo, Salman Rushdie me disse: "Os mortos não gostam da vida. Nem aqueles que, para trabalhar, precisam se vender; tampouco aqueles que, para escrever, devem fazer acordos. Todos aqueles para os quais, se você existe, significa que é possível agir de modo diferente do deles. Você se dá conta de quanto incomoda?" Com o tempo, entendi que podia realmente incomodar e ser odioso para aqueles que detestam meu modo de escrever, de ser e de aparecer. Aqueles que gostariam que eu me escondesse, que fosse mais discreto, que não me apresentasse nas universidades ou no horário nobre da TV. Aqueles que preferem que haja apenas evasão e espetáculo, porque isso garante, justamente a eles, uma espécie de monopólio da seriedade. E, com o tempo, aprendi a medir o valor das palavras também pelos inimigos com os quais, de vez em quando, me deparo. Quando alguém me diz que recebo ataques de alguns jornais, de certos personagens ou programas de televisão, sei que agi corretamente. Sei que, quanto mais tentam me deslegitimar, mais minhas palavras amedrontam. Quanto mais forte é a gargalhada de muitos intelectuais entediados, mais significa que minhas palavras são ensurdecedoras para eles.

Tudo isso realmente me fez apreciar quem me critica sem me enlamear nem insultar, sem inventar gozações nem mentiras. Apenas um confronto crítico leal permite crescer e melhorar, enquanto o pensamento totalitário que se esconde atrás do cinismo de certo mundo midiático é meu pior inimigo. Considero-o um aliado, às vezes inconsciente, do poder do crime. Se for para mostrar que todos são sujos, que tudo é podre, que por trás de toda tentativa de mudança se esconde um pretexto ou uma mentira, então qualquer coisa vale outra, tudo é lícito e possível. Esse comportamento é o anestésico que leva a promover quem "honestamente" se faz corromper, quem aceita o acordo, quem escolhe apenas o saque, a sobrevi-

vência, a pornografia de ficar olhando e desfrutando do pior que todo dia entra em nossas casas. Tudo é justificado porque sempre se agiu assim, porque todos fazem assim ou, o que é pior, porque só se pode agir desse modo.

Para mim, escrever é sempre o contrário de tudo isso. Sair. Conseguir escrever uma palavra no mundo, passá-la para alguém, como um bilhete com uma informação clandestina, um daqueles que você tem de ler, memorizar e depois destruir: embolando-o, misturando-o com a saliva, fazendo-o macerar no estômago. Escrever é resistir, é fazer resistência. O programa em que foi transmitida minha entrevista com Enzo Biagi trazia justamente esse título. Chamava-se "Resistência e resistências". O que aconteceu comigo nesses anos também me permitiu conhecer muitas pessoas que nunca poderei esquecer. Deu-me a possibilidade de encontrar-me justamente com Enzo Biagi, de receber sua atenção, ver que esse ancião ainda tinha tanta vontade de se interrogar mediante as perguntas feitas a outros, de entender nosso tempo e nosso país. Não basta ter-lhe dito adeus em seu funeral, ter escrito uma página ou duas após sua morte. É preciso retribuir a atenção também depois, é preciso fazer com que permaneça conosco mais um pouco. Para isso servem as palavras quando se reúnem em um livro, em algo que é destinado a perdurar.*

E depois Miriam Makeba, a grande "Mama África", a voz que cantava a liberdade de um continente, mas que morreu em Castel Volturno, após um concerto para relembrar seis irmãos mortos pela camorra e para exprimir sua proximidade a mim, que nunca vira,

---

* Jornalista e escritor italiano, morto em 2007, que mantinha um programa de entrevistas na televisão italiana. (N. T.)

alvo de um inimigo cujo nome ela nem conhecia. No entanto, veio. Não estava bem, mas veio assim mesmo. Cantou para poucas pessoas; ela, que já lotara estádios inteiros. E morreu na minha terra, que também se tornou a sua. De agora em diante, a luta por esta terra, minha luta e a de quem quiser continuá-la, levará escrito em sua bandeira invisível também o nome de Miriam Makeba.

No estádio do Barcelona, fui escoltado pelos Mossos, *agentes especiais da polícia catalã, que queriam me levar para ver a partida circundado por um cubo de vidro blindado e que depois, por compaixão, pouparam-me desse novo e grotesco tipo de prisão. Conheci Lionel Messi, atacante argentino do Barça, rapaz que conseguiu refazer, de modo idêntico, o gol mais bonito de Diego Armando Maradona. Tem um rosto de menino que nada diz sobre os sofrimentos por que passou durante anos e anos, sobre as injeções diárias de hormônios que lhe permitiram crescer e tornar-se um campeão, o maior jogador dos nossos dias. Chamam-no de "Pulga" até hoje. Parecia impossível que, mesmo com todo o seu talento, pudesse impor-se em partidas feitas de jogadas aéreas, de embates físicos entre titãs. Mas o futebol também pode se tornar resistência, uma arte que se encarna em cada centímetro de ossos prolongados, em cada pedaço de carne que cresce ao seu redor. E se eu realmente tivesse de exprimir um desejo, um daqueles impossíveis, gostaria que minhas páginas se parecessem com uma das corridas de Lionel Messi rumo ao gol adversário, veloz, velocíssimo, com a bola colada ao pé, não importando se depois ia conseguir mandá-la para a rede ou passá-la para um companheiro menos marcado. O mais importante não é o gol, mas ir adiante, driblar, fintar, não perder a bola.*

Às vezes, porém, vejo-me olhando para trás. Então sei a quem este livro não se destina. Sei que não vai para todas aquelas pessoas com as quais cresci, que se contentaram em manter-se na superfície, em praguejar à mesa do bar, em levar a mesma vida todos os dias. Não vai aos conformados, aos cínicos preguiçosos. Que se satisfazem com uma festa ou uma noite na pizzaria. Que ficam trocando de namorada, escolhendo entre quem ficou sem par, como os sapatos dentro de caixas empoeiradas, esquecidos no fundo de um armário. A quem acredita que, para se tornar adulto, é preciso carregar nas costas os fracassos de outra pessoa em vez de relançar-se conjuntamente em um desafio. A essas pessoas não vai. Certamente sabemos para quem escrevemos, mas também sabemos para quem não escrevemos. Não escrevo para elas. Não escrevo para pessoas nas quais não me reconheço, não escrevo mandando cartas para um passado que não posso nem quero mais alcançar. Porque, se eu olhar para trás, sei que corro o risco de terminar como a mulher de Lot, transformada em estátua de sal enquanto olhava a destruição das cidades de Sodoma e Gomorra. Isso é o que faz a dor quando não tem saída nem sentido: petrifica. Como se os seus prantos ou aqueles que não conseguimos derramar, em contato com o nosso rancor e com o nosso ódio, coagulassem em inúmeros cristais, tornando-se uma armadilha mortal. Então, quando olho para trás, a única coisa que me resta, na qual me reconheço, que consegue circunscrever um perímetro e um percurso como o contorno de um corpo que vive e respira, são as minhas palavras. Por isso, quis incluir entre estas páginas também alguns textos nascidos antes que Gomorra *fosse publicado, oferecê-los àqueles aos quais este livro se destina.*

Este livro vai para os meus leitores. A quem possibilitou que Gomorra *se tornasse um texto perigoso para certos poderes que têm necessidade de silêncio e sombra, a quem assimilou suas palavras, a quem o passou para os amigos, os familiares, a quem o adotou nas escolas. A quem se viu nas praças lendo suas páginas, testemunhando que minha situação tinha se tornado a situação de todos, porque assim tinham se tornado minhas palavras. A todas essas pessoas vai este livro, porque sem elas não sei se teria conseguido ir adiante. Não sei se teria conseguido continuar a escrever e, portanto, a resistir e, portanto, a existir pensando em um futuro. Sabendo que, de todo modo, minha vida blindada era uma vida. E sabendo, sobretudo, que, sem os meus leitores, eu não teria encontrado o espaço que tive, as primeiras páginas dos jornais, as câmeras de televisão em horário nobre. Se não tivesse tido tantos leitores — leitores que fizeram do meu livro algo mais que um objeto o qual, uma vez terminado, colocam no lugar que lhe é destinado, ao lado dos outros na estante —, nada disso me teria sido concedido. E se me tornei um "fenômeno midiático", no fundo, devo isso aos meus leitores.*

Nesses anos, compreendi a importância do confronto midiático. Quando por trás não há o vazio, a fofoca, a trama de fingimentos que não fazem outra coisa a não ser distrair e consolar, mas, ao contrário, existem a vontade e o desejo de tantos de saber e mudar, por que não podem ser usados todos os meios possíveis, a mídia, para unir as forças? Por que ter tanta desconfiança ou tanto medo dela?

Mas, no fundo, entendo esse medo. E me ocorre uma coisa estranha, difícil de explicar. Em todas as entrevistas, em todos os países onde meu livro foi publicado, sempre me perguntam: "Você não tem medo?" Pergunta que claramente se refere ao medo de que possam me matar. "Não", respondo logo, e paro por aí. Depois me acontece de pensar que sabe-se lá quantos não acreditarão em mim. No entanto, é assim. De verdade. Tive e tenho tantos medos, mas este, de morrer, quase nunca o sinto. O pior dos meus medos, aquele que me persegue continuamente, é que consigam me difamar, destruir minha credibilidade, enlamear aquilo em que me empenhei e pelo qual paguei. Foi o que fizeram com todos que decidiram contar e denunciar. Fizeram-no com dom Pepino Diana, padre assassinado e difamado a partir do dia que se seguiu à sua morte. Com Federico Del Prete, sindicalista massacrado em Casal di Principe, em 2002, e esmagado pela calúnia no mesmo dia de seu funeral. Com Salvatore Nuvoletta, carabiniere de apenas 20 anos, morto em 1982 em Marano e imediatamente sepultado por suspeitarem que fosse parente da homônima e poderosíssima família camorrista.

Também tive outro tipo de medo, mais complicado. Medo da minha imagem. Medo de que, se eu me expusesse demais, se me tornasse muito "personagem", já não seria o que quis ser. Há uma frase de Truman Capote que muitas vezes andou pela minha cabeça nesses anos e que é verdadeira e terrível: "Derramam-se mais lágrimas por preces atendidas do que por aquelas não ouvidas". Se tive um sonho foi o de influenciar com as minhas palavras, demonstrar que a palavra literária ainda pode ter um peso e o poder de mudar a realidade. Mesmo com tudo que me aconteceu, minha "prece", graças aos meus leitores, foi atendida. Mas também me tornei diferente daquilo que sempre imaginei. E foi doloroso, difícil de aceitar, até eu entender que ninguém escolhe o próprio destino. Porém, sempre pode escolher a maneira como estar nele. Até onde me for possível, quero tentar fazê-lo do melhor modo, porque isso é o que sinto dever a todos aqueles que me defenderam.

Por isso, se me convidam para falar na televisão e sei que muitos me ouvirão, tento apenas fazê-lo direito, sem descontos, atenuações nem simplificações. Por isso, o que escolhi colocar neste livro não é nem pretende ser homogêneo. O que escrevi nesses anos tem muitas vozes diferentes, que nascem tanto da vontade de perseguir livre-

mente o que me apaixona quanto de um senso de dever. Ir ver o que acontece em Abruzzo após o terremoto, por exemplo. Ou continuar a seguir os fatos no mundo dos negócios criminosos, sobretudo onde eles geram riqueza para poucos e semeiam morte para muitas e muitas gerações, como ocorreu com a questão do lixo tóxico sepultado em cada pedaço da minha terra. A essa altura, já não temo me servir de todos os meios — TV, internet, rádio, música, cinema, teatro — porque acredito que os meios de comunicação de massa, se usados sem cinismo e sem astúcia fácil, são exatamente o que seu nome significa. Meios *que permitem romper um manto de indiferença, amplificar o que muitas vezes, por si só, já deveria gritar aos céus.*

O título deste livro quer dizer uma coisa simples. Quer recordar que, de um lado, existem a liberdade e a beleza necessárias para quem escreve e para quem vive; de outro, existe seu contrário, sua negação: o inferno que continuamente parece prevalecer. Em um de seus livros mais importantes, O homem revoltado, *Albert Camus, que é um escritor de que gosto muito, conta a história de um subtenente alemão que acabou na Sibéria, em um campo onde "reinavam o frio e a fome", e que "construíra, com teclas de madeira, um piano silencioso. Ali, no adensamento da miséria, em meio a uma turba maltrapilha, compunha uma estranha música que ele era o único a ouvir". "Assim", continua Camus, "lançadas no inferno, misteriosas melodias e imagens cruéis da beleza fugidia sempre nos trarão, em meio ao delito e à loucura, o eco daquela insurreição harmoniosa que atesta ao longo dos séculos a grandeza humana". E, logo em seguida, acrescenta uma pequena frase à qual não parece dar uma importância particular. Para mim, ao contrário, ela adquiriu importância. Até porque me faz ressoar as palavras inesquecíveis de um homem — Giovanni Falcone — que, certa vez, disse que a máfia é um fenômeno humano e, como todos os fenômenos humanos, tem um início e, portanto, também terá um fim. Eis, então, o que escreve Camus: "Mas o inferno só tem um tempo, e a vida um dia recomeça".*

É no que também acredito, e espero, quero e desejo.

SUL

CARTA À MINHA TERRA

Os responsáveis têm nome. Têm rosto. Têm até uma alma. Ou talvez não. Giuseppe Setola, Alessandro Cirillo, Oreste Spagnuolo, Giovanni Letizia, Emilio Di Caterino e Pietro Vargas estão levando adiante uma estratégia militar violentíssima. Têm a autorização dos chefes foragidos Michele Zagaria e Antonio Iovine e se escondem na periferia de Lago Patria. Entre si, sentem-se combatentes solitários, guerreiros que buscam a desforra contra todos, últimos vingadores de uma das terras mais desventuradas e cruéis da Europa. É assim que contarão sua história.

Mas, na realidade, Giuseppe Setola, Alessandro Cirillo, Oreste Spagnuolo, Giovanni Letizia, Emilio Di Caterino e Pietro Vargas são covardes: assassinos sem nenhum tipo de habilidade militar. Para matar, esvaziam carregadores como loucos; para se refazer, entopem-se de cocaína e enchem-se de Fernet Branca e vodca. Atiram em pessoas desarmadas, pegas de surpresa ou pelas costas. Nunca se confrontaram com outros homens armados. Diante destes, tremeriam; entretanto, sentem-se fortes e seguros matando gente inerme, muitas vezes idosos ou jovens. Enganando-os e alvejando-os pelas costas.

E eu me pergunto: na terra de vocês, na nossa terra, já faz vários meses que um pequeno grupo de pistoleiros anda por aí sem ser perturbado, massacrando, sobretudo, pessoas inocentes. São cinco, seis pistoleiros, sempre os mesmos. Como é possível? Me pergunto: como esta terra se vê, como se representa a si mesma, como se imagina? Como vocês imaginam a sua terra, a sua cidade? Como se sentem quando vão trabalhar, passear, quando fazem amor? Vocês se questionam sobre esse problema, ou para vocês basta dizer: "Sempre foi assim e sempre será assim"?

Para vocês realmente basta acreditar que nada disso que está acontecendo depende do seu empenho ou da sua indignação? Que, no fundo, todos têm de viver e, portanto, o que importa é viver a própria vida cotidiana e nada mais? Para vocês, essas respostas são suficientes para seguir em frente? Basta-lhes dizer: "Não faço nada errado, sou uma pessoa honesta" para sentirem-se inocentes? É suficiente para vocês deixar que as notícias passem pela pele e pela alma? Seja como for, sempre foi assim, não foi? Ou será que delegar a associações, à Igreja, a militantes, jornalistas e outros a tarefa de denunciar os deixa tranquilos? Com uma tranquilidade que lhes permite ir dormir, talvez não felizes, mas em paz? Para vocês isso realmente é o bastante?

Esse grupo de pistoleiros matou, sobretudo, inocentes. Em qualquer outro país, a liberdade de ação de semelhante bando de assassinos teria gerado debates, conflitos políticos, reflexões. No entanto, aqui se trata apenas de crimes arraigados em um território considerado uma das províncias do cu da Itália. Portanto, os investigadores, os carabinieri, os policiais e os quatro cronistas que seguem os fatos permanecem sozinhos. Nem mesmo quem, no resto do país, lê um jornal sabe que esses pistoleiros usam sempre a mesma estratégia: fingem-se de policiais. Possuem giroscópios e distintivos, dizem que são da DIA* ou que precisam verificar documentos. Recorrem a um truque barato para matar com mais facilidade. E vivem como animais: entre fazendas de búfalos, casas de subúrbio e garagens.

Mataram 16 pessoas. A matança começou em 2 de maio de 2008, por volta das seis da manhã, em uma fazenda de búfalos em Cancello Arnone. Mataram o pai do *pentito*** Domenico Bidognetti, primo e ex-colaborador fiel de Cicciotto 'e mezzanotte. Umberto Bidognetti tinha 69 anos e costumava andar acompanhado do filho de Mimì, que justamente naquela manhã não tinha conseguido levantar da cama para ajudar o avô.

Em 15 de maio mataram, em Baia Verde, distrito de Castel Volturno, Domenico Noviello, de 65 anos, dono de uma autoescola. Domenico Noviello opusera-se ao crime organizado oito anos antes. Estivera sob escolta, mas depois o período de proteção terminara. Não sabia que estava na mira, não esperava por isso. Descarregaram nele 20 tiros quando ia com seu Fiat Panda fazer uma parada no bar antes de abrir a autoescola. Sua execução também foi uma mensagem à polícia, que, três dias depois, deveria celebrar sua festa justamente em Casal di Principe, e mais ainda

---

* Direzione Investigativa Antimafia: Direção de Investigação Antimáfia. (N. T.)

** Mafioso capturado pela polícia e que decide colaborar com a justiça para obter benefícios e reduções da pena. (N. T.)

uma clara declaração: pode decorrer quase uma década, mas os casalenses não esquecem.

Antes ainda, em 13 de maio, destruíram com um incêndio a fábrica de colchões de Pietro Russo, em Santa Maria Capua Vetere. Era o único de seus alvos a ter escolta. Porque foi o único que, com Tano Grasso, tentara levantar uma frente contra o crime organizado em território casalense. Depois, em 30 de maio, em Villaricca, atiraram no ventre de Francesca Carrino, uma moça de 25 anos, neta de Anna Carrino, ex-companheira de Francesco Bidognetti, que se tornou *pentita.* Estava em casa com a mãe e a avó, mas foi quem abriu a porta aos pistoleiros que se passavam por agentes da DIA.

Não se passou nem mesmo um dia e, em Casal di Principe, quando estava para ir ao Roxy Bar depois do almoço, mataram Michele Orsi, empresário do ramo do lixo e ligado ao clã, que, preso um ano antes, começara a colaborar com a magistratura, revelando as intrigas entre o lixo, a política e a camorra. Foi um homicídio que ganhou notoriedade, causou clamor, gerou polêmicas e fez com que os representantes do Estado elevassem a voz. Mas não fez com que os pistoleiros fossem presos.

Em 11 de julho, no balneário La Fiorente di Varcaturo, mataram Raffaele Granata, de 60 anos, gerente do estabelecimento balneário e pai do prefeito de Calvizzano. Também ele pagou por não ter, anos antes, cedido às vontades do clã. Em 4 de agosto, em Castel Volturno, massacraram Ziber Dani e Arthur Kazani, que estavam sentados às mesas do lado de fora do bar Kubana; e, em 21 de agosto, Ramis Doda, de 25 anos, em frente ao bar Freedom, em San Marcellino. As vítimas eram albaneses que engordavam o próprio orçamento com o tráfico de drogas, mas possuíam visto de permanência e trabalhavam em canteiros de obras como pedreiros e pintores.

Depois, em 18 de agosto, abriram fogo indiscriminado contra a casa de Teddy Egonwman, representante dos nigerianos na Campânia, ferindo gravemente a ele, sua mulher Alice e outros três amigos.

Voltaram a San Marcellino em 12 de setembro para matar Antonio Ciardullo e Ernesto Fabozzi, massacrados enquanto faziam manutenção nos caminhões da empresa de transportes da qual o primeiro era proprietário. Também ele não havia obedecido, e quem estava a seu lado foi morto porque era testemunha.

Por fim, em 18 de setembro, crivaram de balas Antonio Celiento, dono de um salão de jogos em Baia Verde, e, 15 minutos depois, abriram um fogo de 130 projéteis de pistolas e kalachnikovs contra os africanos reunidos dentro e na frente da confecção Ob Ob Exotic Fashion, em Castel Volturno. Morreram Samuel Kwaku, de 26 anos, e Alaj Ababa, do Togo; Cristopher Adams e Alex Geemes, de 28 anos, liberianos; Kwame Yulius Francis, de 31 anos, e Eric Yeboah, de 25, ganenses, e também Joseph Ayimbora, de 34 anos, igualmente de Gana, enquanto se recuperava de ferimentos graves. Apenas um ou dois deles talvez tivessem alguma relação com as drogas; os outros estavam ali por acaso, trabalhavam duro nos canteiros de obras ou onde desse, bem como em confecção.

Dezesseis vítimas em menos de seis meses. Qualquer país democrático face a uma situação do gênero teria se abalado. Aqui, na nossa terra, apesar de tudo, nem sequer se tocou no assunto. De Roma para cima, nem se ficou sabendo desse rasto de sangue e desse terrorismo que não fala árabe nem tem estrelas de cinco pontas, mas comanda e domina sem oposição.

Matam quem se opuser. Matam quem aparecer na linha de fogo, sem consideração por ninguém. A lista dos mortos poderia ser mais longa, muito mais longa. E, durante todos esses meses, ninguém informou à opinião pública que esse "barco* de fogo" estava em circulação. Barco como aqueles que saem para pescar juntos em alto-mar. Mas este fez cair seres humanos, não robalos. Ninguém revelou seus nomes até perpetrarem o massacre em Castel Volturno.

Mas são sempre os mesmos, usam sempre as mesmas armas, embora tentem adulterá-las para enganar a Polícia Científica, sinal de que têm poucas à disposição. Não entram em contato com as famílias, convivem rigorosamente entre si. De vez em quando, alguém os entrevê nos bares de alguma cidade grande, onde param para se entupir de álcool. E há seis meses ninguém consegue apanhá-los.

Castel Volturno, território em que ocorreu a maior parte dos crimes, não é um lugar qualquer. Não é um bairro degradado, um gueto para rejeitados e explorados, como podem ser encontrados em outros lugares, embora, a essa altura, algumas de suas zonas se assemelhem mais às *townships* da África do que ao local de turismo balneário para o qual foram construídas suas casas. Castel Volturno é o lugar onde os Coppola construíram a maior cidadela ilegal do mundo, o célebre Villaggio Coppola.

---

* Em italiano, *paranza*. Além de significar "barco pesqueiro", no jargão da camorra napolitana, esse termo também se refere a um grupo de camorristas que trabalham em equipe. Nesse caso, o autor se refere a grupos de pistoleiros (*paranze di fuoco*) da camorra que realizam massacres. (N. T.)

Oitocentos e sessenta e três mil metros quadrados ocupados com cimento. Que ilegalmente tomaram o lugar de um dos maiores pinheirais marítimos do Mediterrâneo. Ilegal o hospital, ilegal o quartel dos carabinieri, ilegais os correios. Tudo ilegal. Ali foram morar as famílias dos soldados da OTAN. Quando partiram, depois de terminada a guerra fria, o território caiu no mais completo abandono e se tornou feudo de Francesco Bidognetti e, ao mesmo tempo, território da máfia nigeriana.

Os nigerianos têm uma máfia poderosa, com a qual convinha aos casalenses aliar-se, uma vez que a Nigéria se tornou um ponto-chave no tráfico internacional de cocaína e porque as organizações nigerianas são muito poderosas, capazes de investir, sobretudo, nos serviços de remessa de dinheiro, que todos os imigrantes do mundo utilizam para enviar dinheiro para casa. Por meio deles, os nigerianos controlam capitais e pessoas. A partir de Castel Volturno transita a cocaína africana destinada, principalmente, à Inglaterra. As taxas sobre o tráfico, impostas pelo clã, são não apenas o *pizzo** sobre a venda por minuto, mas também acordos de uma espécie de joint venture. Só que os nigerianos são poderosos, muito poderosos. Assim como o é a máfia albanesa, com a qual os casalenses têm negócios.

O clã está se enfraquecendo nas bordas, teme não ser mais reconhecido como quem manda primeiro e por último no território. E eis que, nos espaços vazios, se insinuam os homens do barco de fogo. Matam pequenos peixes albaneses como ação demonstrativa, fazem massacres de africanos — e, entre estes, ninguém vem da Nigéria —, atingem os últimos elos da cadeia de hierarquias

---

* Dinheiro extorquido de comerciantes em troca de proteção. (N. T.)

étnicas e criminosas. Morrem rapazes honestos, mas, como sempre, nesta terra, para morrer não é preciso haver uma razão.

E basta pouco para ser difamado. Imediatamente, todos os rapazes africanos mortos são "traficantes", assim como foram "camorristas" Giuseppe Rovescio e Vincenzo Natale, mortos em Villa Literno, em 23 de setembro de 2003, porque pararam para tomar uma cerveja perto de Francesco Galoppo, filiado ao clã Bidognetti. Eles também foram logo batizados de criminosos.

Não é a primeira vez que se realiza na região uma matança de imigrantes. Em 1990, Augusto La Torre, chefe da Mondragone, acompanhado de seus fiéis colaboradores, foi a um bar que, embora administrado por italianos, se tornara ponto de encontro dos africanos ligados ao tráfico. Tudo sempre acontecia ao longo da autoestrada Domitiana, em Pescopagano, a poucos quilômetros ao norte de Castel Volturno, porém, já em território mondragonense. Eles mataram seis pessoas, entre as quais o gerente e seu filho de 14 anos, que teve a espinha dorsal estilhaçada por um projétil. Este também foi o ápice de uma série de ações contra os estrangeiros, mas os casalenses, que igualmente aprovavam as intimidações, não gostaram do massacre. La Torre teve de engolir críticas pesadas por parte de Francesco "Sandokan" Schiavone. Mas agora os tempos mudaram e permitem que um grupo armado de viciados em cocaína exerça uma violência indiscriminada.

Pergunto novamente à minha terra que imagem ela faz de si. Faço a mesma pergunta a todas aquelas associações de mulheres e homens que, em grande silêncio, aqui trabalham e se empenham. Àqueles poucos políticos que conseguem conservar a credibilidade, que resistem às tentações do conluio ou da renúncia a combater o poder dos clãs. A todos aqueles que fazem bem o próprio trabalho, a todos aqueles que buscam viver honestamente, como em qualquer outra parte do mundo. A todas essas pessoas. Que são cada vez mais numerosas, mas cada vez mais solitárias.

Como vocês imaginam esta terra? Se é verdade, como disse Danilo Dolci,* que cada um só cresce se for sonhado, como vocês sonham esses lugares? Nunca houve tanta atenção voltada às suas terras e àquilo que nelas aconteceu e acontece. No entanto, não parece ter mudado muita coisa. Os dois chefes que comandam continuam no comando e em liberdade. Antonio Iovine e Michele Zagaria. Doze anos na condição de foragidos. Também deles se conhece o paradeiro. O primeiro está em San Cipriano d'Aversa; o segundo, em Casapesenna. Em um território tão pequeno, será possível que não se consiga encontrá-los?

É antiga a história dos foragidos procurados no mundo todo e depois encontrados na própria casa. Mas é nova a história de que jornais e redes de televisão já falaram várias vezes a respeito e de que políticos de todas as cores prometeram que os prenderão. Enquanto isso, o tempo passa e nada acontece. E estão aí. Passeando, conversando, encontrando pessoas.

Vi que na minha terra apareceram inscrições contra mim. "Saviano merda." "Saviano verme." E um enorme caixão com o meu nome. E depois insultos, difamações contínuas, a começar pela mais recorrente e banal: "Esse aí ganhou dinheiro." Com meu trabalho de escritor, agora consigo viver e, por sorte, pagar meus advogados.

---

* Sociólogo, poeta e educador italiano. (N. T.)

E eles? Eles que comandam impérios econômicos e mandam construir mansões faraônicas em cidades onde sequer há ruas asfaltadas? Eles que, pelo despejo de lixo tóxico, conseguiram, em uma única operação, embolsar até quinhentos milhões de euros e encheram nossa terra de venenos, tal ponto que certos tumores aumentaram 24%, e os casos de má-formação congênita, 84%? Dinheiro de verdade que, segundo o Observatório Epidemiológico da Campânia, gera uma média de 7.172,5 mortos por tumor ao ano na região. E a ficar rico com as desgraças desta terra seria eu, com as minhas palavras, ou os carabinieri e os magistrados, os cronistas e todos os outros que, com livros, filmes ou de qualquer outro modo continuam a denunciar? Como é possível que se crie tamanha inversão de perspectivas? Como é possível que pessoas honestas também se unam a esse coro? Mesmo conhecendo minha terra, diante de tudo isso permaneço incrédulo, espantado e também ferido, a tal ponto que mal consigo encontrar a minha voz.

Porque a dor leva ao emudecimento, porque a hostilidade leva a não saber a quem falar. Então, a quem devo me dirigir, o que dizer? Como faço para dizer à minha terra que pare de ser esmagada entre a arrogância dos fortes e a covardia dos fracos?

Hoje, neste quarto em que me encontro, hóspede de quem me protege, é meu aniversário. Penso em todos os aniversários transcorridos assim, desde quando passei a ser escoltado e me tornei um pouco nervoso, um pouco triste e, sobretudo, sozinho.

Penso que nunca mais poderei ter um aniversário normal na minha terra, que nunca mais poderei colocar os pés lá. Como um doente desenganado, sinto saudades de todos os aniversários negligenciados, esnobados por se tratar apenas de uma data qualquer, que seria igual no ano seguinte. A essa altura se abriu um abismo no tempo e no espaço, uma ferida que nunca poderá cicatrizar-se. E também penso, sobretudo, em quem vive na mesma situação que eu e não tem, assim como eu, o privilégio de escrever e falar a respeito para muita gente.

Penso em outros amigos sob escolta, Raffaele, Rosaria, Lirio, Tano, penso em Carmelina, a professora de Mondragone que denunciou os pistoleiros de um camorrista e que, a partir de então, passou a viver sob proteção, afastado, sozinha. Deixada pelo noivo com o qual ia se casar, julgada pelos amigos que se sentem esmagados por sua coragem e pela própria mediocridade. Porque não houve solidariedade para com seu gesto; ao contrário, houve críticas e abandono. Ela apenas seguiu um chamado de sua consciência e hoje tem de se virar com um magro salário que o Estado lhe dá.

O que fez Carmelina, o que fizeram outros como ela para ter a vida destruída e erradicada, enquanto os chefes foragidos continuam podendo viver protegidos e respeitados em suas terras? E pergunto à minha terra: o que nos resta? Diga-me. Manter-se na superfície? Fingir que nada está acontecendo? Pisar nas escadas de hospitais lavadas pelas cooperativas de limpeza deles, receber nos postos a gasolina tirada de bombas deles? Viver em casas construídas por eles, beber o café da marca imposta por eles (toda marca de café, para ser vendida nos bares, deve ter a autorização dos clãs), cozinhar em suas panelas (o clã Tavoletta administra a produção e a venda das marcas mais famosas de panelas)?

Comer seu pão, sua mozarela, suas hortaliças? Votar em seus políticos, que conseguem, como declaram os *pentiti*, chegar aos mais elevados cargos nacionais? Trabalhar em seus shopping centers, construídos para criar postos de trabalho e submissão devido ao emprego, uma vez que grande parte das lojas é deles? Vocês se orgulham de viver no território com os maiores shopping centers do mundo e, ao mesmo tempo, uma das mais altas taxas de pobreza? De passar o tempo nos locais geridos ou autorizados por eles? De sentar-se no bar perto dos filhos deles, dos filhos dos advogados deles, de seus colarinhos-brancos? E talvez vocês os considerem simpáticos e inocentes, no final das contas, pessoas agradáveis, porque, no fundo, são apenas jovens, que culpa têm de seus pais?

E, de fato, não se trata de estabelecer culpas, mas de parar de aceitar e sofrer sempre, parar de pensar que, pelo menos, há ordem, pelo menos há trabalho, e que basta não cutucar, não levantar o véu, continuar a seguir em frente pelo próprio caminho. Que basta fazer isso, e na nossa terra já se está no melhor dos mundos possíveis, ou talvez não, mas certamente no único mundo possível.

Quanto tempo ainda devemos esperar? Por quanto tempo ainda devemos ver os melhores emigrar e os conformados permanecer? Vocês realmente têm certeza de que está tudo bem assim? De que as noites que vocês passam namorando, rindo, brigando, maldizendo o fedor do lixo queimado, batendo papo são o bastante? Vocês querem uma vida simples, normal, feita de pequenas coisas, enquanto ao seu redor há uma guerra verdadeira, enquanto quem não tolera, denuncia e fala perde tudo. O que fizemos para ficar tão cegos? Tão subjugados e resignados, tão submissos? Como é possível que apenas os últimos dos últimos, os africanos de Castel Volturno, que sofrem a exploração e a violência dos clãs italianos e de outros africanos, souberam certa vez pôr para fora mais raiva do que medo e resignação? Não posso acreditar que um Sul tão rico de talentos e forças possa realmente se contentar apenas com isso.

A Calábria tem o PIB mais baixo da Itália, mas a "Cosa Nuova", ou seja, a 'ndrangheta, fatura tanto ou mais do que uma manobra financeira italiana inteira. A Alitalia pode estar em crise, mas em Grazzanise, território corrompido pela camorra, está para ser construído o maior aeroporto italiano, o mais amplo do Mediterrâneo. Uma terra condenada a fazer circular uma enorme quantidade de capital, sem ter um mínimo de desenvolvimento verdadeiro, e isso com dinheiro, lucro e cimento com sabor de saque, não de crescimento.

Não posso acreditar que consigam resistir apenas poucos indivíduos excepcionais. Que, a essa altura, a denúncia seja somente tarefa de poucas pessoas, padres, professores, médicos, poucos políticos honestos e grupos que interpretam o papel da sociedade civil. E o resto? Os outros estão quietinhos, morrendo de medo? O medo. O maior álibi. Faz sentir que tudo está em ordem porque é em seu nome que se protegem a família, os afetos, a própria vida inocente, o próprio direito sagrado a vivê-la e construí-la.

No entanto, deixar de ter medo não seria difícil. Bastaria agir, mas não sozinhos. O medo anda de braço dado com o isolamento. Sempre que alguém recua acaba criando outro medo, que, por sua vez, cria outro, em um crescendo exponencial que imobiliza, corrói, destrói lentamente.

"Pode-se construir a felicidade do mundo nas costas de uma única criança maltratada?", pergunta Ivan Karamazov a seu irmão

Alieksiêi. Mas vocês não querem um mundo perfeito, querem apenas uma vida tranquila e simples, uma cotidianidade aceitável, o calor de uma família. Pensam que se contentar com isso os coloca ao abrigo da ansiedade e da dor. E talvez tenham êxito, talvez consigam encontrar uma dimensão de serenidade. Mas a que preço?

Se seus filhos tivessem de nascer doentes ou se adoecessem; se, em outra ocasião, vocês tivessem de recorrer a um político que, em troca de um voto, lhes desse um trabalho sem o qual até seus pequenos sonhos e projetos terminariam no vazio; se vocês penassem para conseguir um empréstimo para a sua casa, enquanto os diretores dos mesmos bancos estão sempre disponíveis para quem comanda; se vissem tudo isso, talvez se dessem conta de que não há remédio, de que não existe nenhum recinto protegido e de que o comportamento que vocês acham realista e sabiamente desencantado contaminou sua alma com um ressentimento e um rancor que tiram todo gosto de sua vida. Porque, se tudo isso é triste, a coisa ainda mais triste é o hábito. Habituar-se ao fato de que nada mais há a fazer senão resignar-se, dar um jeito ou ir embora.

Pergunto à minha terra se ela ainda consegue imaginar que pode escolher. Pergunto-lhe se é capaz de realizar, pelo menos, esse primeiro gesto de liberdade que está em conseguir pensar-se diferente, pensar-se livre. Não se resignar a aceitar como um destino natural o que, ao contrário, é obra dos homens.

Esses homens podem arrancar você da sua terra e do seu passado, levar embora a sua serenidade, impedir você de encontrar uma casa, escrever-lhe insultos nos muros da sua cidade, podem criar o deserto ao seu redor. Mas não podem extirpar o fato de que resta uma certeza e, por isso, também resta uma esperança. De que não é justo, não é absolutamente natural subjugar um território ao domínio da violência e da exploração sem limites. E de que isso não deve continuar assim porque assim sempre foi. Até porque não é verdade que tudo é sempre igual: tudo é cada vez pior.

Porque a devastação cresce na proporção de seus negócios, porque é irreversível como a terra definitivamente contaminada, porque não conhece limites. Porque lá fora circulam seis pistoleiros embrutecidos e drogados, com licença para matar e que não param diante de ninguém. Porque é à sua imagem e semelhança o que reina hoje nestas terras e as espera amanhã, depois de amanhã, no futuro. É preciso encontrar forças para mudar. Agora, ou nunca mais.

MIRIAM MAKEBA: A RAIVA DA FRATERNIDADE

"O que é o blues?", pergunta-se o escritor afro-americano Ralph Ellison. O blues é o que os negros têm no lugar da liberdade.

Após saber da morte de Miriam Makeba, logo me veio em mente essa frase. Mama África foi o que, por muitos anos, os sul-africanos tiveram no lugar da liberdade: ela foi a voz deles. Em 1963, levou o próprio testemunho contra o apartheid ao Comitê das Nações Unidas. Como resposta, o governo sul-africano baniu seus discos e condenou Miriam ao exílio. Trinta anos de exílio.

A partir daquele momento, sua biografia tornou-se testemunho de engajamento político e social, de uma vida itinerante, assim como sua música proibida.

Nas perseguições aos militantes do partido de Nelson Mandela, seus discos foram apreendidos, considerados prova de atividade subversiva. Bastava possuir sua voz para ser preso pela polícia branca sul-africana. Mas a potência de suas notas lhe conferiu cidadania universal, tornou a África do Sul a terra de todos. E, sobretudo, o inferno do apartheid um inferno que passou a dizer respeito a todos.

Nos anos 1960, ao desembarcar nos Estados Unidos, apaixonou-se por Stokley Carmichael, líder dos Panteras Negras, e as gravadoras na América cancelaram seus contratos, porque Mama África não combatia com os meios da militância política, e sim com a voz. E isso causava medo. Ela chegava às pessoas por meio de sua música, dos sucessos mundiais como *Pata Pata*, que todos dançavam, que agradavam a todos, com uma força explosiva e vital que o governo do apartheid e os racistas do mundo inteiro não sabiam como conter ou combater.

Assim, aos 76 anos, foi cantar até em um lugar que parece ter sido esquecido por Deus, onde pessoas diligentes organizaram um show para levar um pouco de dignidade a uma terra colocada de joelhos. E na noite seguinte me chamaram. Checco, que trabalhava na organização do show, me disse que Miriam Makeba não estava se sentindo bem, "mas a senhora quer cantar assim mesmo, e quer a edição americana do seu livro no camarim; Robbè, ela é durona!". Quando me disseram que Miriam Makeba aceitara vir a Castel Volturno para cantar também para mim, em um primeiro momento eu mal consegui acreditar. No entanto, ela, que durante anos havia lutado e viajado cantando para a África inteira e para o resto do mundo, também queria vir para este canto perdido, onde quase dois meses antes ocorrera um massacre de seis africanos. Pois para ela eram africanos, não de Gana, da Costa do Marfim ou do Togo, considerando-se a ideia pan-africana que fora de Lumumba e que, mais do que nunca, infelizmente, hoje parece enterrada para sempre.

Mama África apresentou-se a poucos metros de onde mataram o empresário Domenico Noviello, um morto inocente, nascido nessas terras, mas que, no entanto, morreu sozinho, sem manifestação coletiva, sem revolta nem fraternidade. A morte de Miriam Makeba, que veio me trazer sua solidariedade e demonstrá-la à comunidade africana e italiana que resiste ao poder dos clãs, foi para mim uma imensa dor. Imensa como foi o espanto com que recebi a demonstração de paixão e força de uma terra distante como a sul-africana, que já em meses anteriores me expressara sua proximidade por intermédio do arcebispo Desmond Tutu. Pessoas como Tutu ou como Miriam Makeba, graças à sua história, sabem melhor do que os outros que é através dos olhares do mundo que se torna possível resolver as contradições, através da atenção e da participação, do fato de nos sentirmos chamados em causa, mesmo em razão de acontecimentos muito distantes. E não com o isolamento, com a negligência, com a ignorância recíproca.

A África do Sul vive uma enorme pressão dos cartéis criminosos, mas seus intelectuais e artistas continuam atentos, vitais e combativos. O próprio Desmond Tutu definiu a África do Sul como uma "rainbow nation", uma nação arco-íris, lançando o sonho de uma terra muito mais variada, rica e colorida, muito mais do que uma simples inversão de poder entre o branco e o negro. Miriam Makeba era e continua sendo a voz desse sonho. Se há um conforto em sua tragédia é poder dizer que não morreu longe. Morreu perto, perto de sua gente, entre os africanos da diáspora, que aqui chegaram aos milhares e tornaram seus estes lugares, neles trabalhando, vivendo, dormindo juntos, sobrevivendo nas casas abandonadas do Villaggio Coppola, nelas construindo uma realidade própria, chamada de Soweto da Itália. Morreu enquanto tentava abater outra *township*, com o mero som potente de sua voz. Miriam Makeba morreu na África.

Não na África geográfica, mas naquela transportada para cá por sua gente, que se misturou a esta terra, à qual poucos meses atrás ensinou a raiva da dignidade. E, espero, também a raiva da fraternidade.

DE SCAMPIA* A CANNES

Reprovaram Totò e Simone, atores no filme *Gomorra* e nos teatros mais famosos da Itália. O presidente [Giorgio] Napolitano, que fora vê-los na estreia e depois os cumprimentara um por um, lhes dera os parabéns. Deixara até que um Polichinelo nervoso, inserido no espetáculo, pintasse seu rosto de preto. No Festival de Cannes, o mais importante festival de cinema internacional, receberam um dos três maiores prêmios: o Grande Prêmio do Júri. No entanto, na escola de ensino médio Carlo Levi, em Scampia, foram reprovados.

Vou para Cannes com eles e com toda a trupe, exceto Matteo Garrone, que parte de Roma em um furgão. O avião se enche com as vozes e os gritos de Totò e Simone, Marco e Ciro. Depois, com a de todos aqueles que trabalharam no filme, cabeleireiros, figurinistas, montadores. Mas há um pouco de ansiedade por causa do

* Bairro situado no extremo norte de Nápoles e conhecido devido aos altos índices de criminalidade e ao tráfico de drogas. (N. T.)

voo e de emoção pelos dias que nos aguardam. Após a aterrissagem, nossos caminhos se separam. Estão me esperando na saída do avião os homens da escolta francesa, dois carros blindados e três motociclistas: uma coisa nunca vista antes. São os agentes especiais, ansiosos para logo fazer notar que não acompanham divindades do cinema, estrelas nem estrelinhas. "Isso é tarefa dos seguranças particulares, não da gente", diz-me o chefe da escolta, traduzido por outro policial em um napolitano estranho, um napolitano com sotaque francês. "Aprendi ouvindo Pino Daniele", explica, e acrescenta que o aperfeiçoou servindo de intérprete a Vincenzo Mazzarella, camorrista de San Giovanni a Teduccio, preso justamente em Cannes algum tempo antes. Aproveitam a ocasião para me lembrar que a cidade é adorada por mafiosos de meio mundo. Com efeito, não parecem muito tranquilos.

Luigi Facchineri, um dos chefes da 'ndrangheta, também estivera ali de 1987 até ser preso, em 2002. As máfias investem nos hotéis, nos balneários, nos restaurantes, e empanturram de coca as narinas de viajantes, turistas e gente do Festival de que a Croisette agora se encontra repleta.

Fora dos hotéis, centenas de pessoas se amontoam nas calçadas. Máquinas fotográficas, celulares e minifilmadoras que cabem na palma da mão. As pessoas só estão interessadas nos americanos. Passa Catherine Deneuve, passa Kusturica, alguns breves cliques. Nada além disso. Entretanto, se atrás desses atores há estrelas de Hollywood, as pessoas aglomeradas fazem um gesto seco com a mão, inequívoco, como se dissessem: "Vamos, saiam, me deixem tirar uma foto só da estrela, e não com vocês no meio".

Quando chegam os carros do Festival, todos comprimem o nariz contra os vidros, para tentar ver quem se esconde do lado de dentro. Se não veem Johnny Depp, Tom Cruise ou Angelina Jolie, ficam decepcionados e até xingam. Humilham os atores asiáticos ou europeus com comentários do tipo: "Não tem ninguém". Toni Servillo brinca e desfila muito elegante, na frente do hotel, enquanto os jovens dão zoom nas objetivas das máquinas fotográficas para entender de quem se trata. Mas ele mesmo responde: "O que vocês estão fotografando? Não sou ninguém, não. O Indiana Jones já está vindo". Na verdade, quase todos os atores não americanos ficam ressentidos. Ninguém se aproxima deles: são como se fossem menores, secundários para o público de Cannes. Os atores europeus são acessíveis, feitos de carne e sangue, perfumes e roupas; em suma, exercem uma profissão como qualquer um. Já as estrelas de Hollywood são os últimos dos combatentes. Não importa o que façam ou digam, são o que mais conta para a crítica e para o público. Ninguém ousa pensar em quanto ganham, ninguém pensa que um filme banal ou popular pode arruinar um talento que sempre terão a possibilidade de recuperar. Podem fazer o que quiserem, para além do bem e do mal. E essa sua força enfeitiça a todos em Cannes. Dos críticos mais rigorosos aos turistas com as máquinas fotográficas digitais que fazem cem disparos em poucos segundos.

Na manhã de nossa chegada, só existe Indiana Jones. Vejo Harrison Ford de perto, é mais baixo do que eu imaginava e me parece um velhinho um pouco inchado. É uma imagem distante do primeiro Indiana Jones que eu amara quando criança, sentado no sidecar com Sean Connery. Agora já está com uma barriga pronunciada, e a contradição entre a imagem eterna do personagem e aquela mortal do ator deixa um ranço que qualquer fã sentirá após dar os parabéns ao herói de um filme. Muitos se aproximam de Harrison Ford, e ele se apresenta a todos como Indy. Chega a ser enternecedor, como aqueles Papais Noéis que são pagos para entrar nas casas, exclamando: "Bom Natal e felicidades, crianças queridas!"

Não sei se devo ficar chateado com o fato de Totò, Simone e os outros não o terem visto, ou se foi melhor assim. Mas mesmo que não encontrem Indiana Jones e que já não acreditem em Papai Noel há muito tempo, os rapazes de *Gomorra*, em Cannes, talvez estejam mais eufóricos do que ficavam quando pequenos na véspera do Natal. Com a projeção do filme para a imprensa ocorre o primeiro grande aplauso, e a coletiva está lotada. Dedico o sucesso a Domenico Noviello, empresário morto justamente quando estávamos de partida. Por mais que a coisa tenha sido bem acolhida, tenho de afugentar a sensação de que em tudo isso há um quê de errado e de absurdo.

Do lado de fora, as motocicletas da escolta dos agentes especiais franceses, os próprios agentes sempre tensos e, ao mesmo tempo, sempre prontos a me informar sobre todos os piores personagens das piores organizações criminosas do mundo que investem e circulam pela Côte d'Azur. E eu aqui, diante da nata da crítica cinematográfica internacional, ao lado de todos aqueles que deram vida ao filme, inclusive os rapazes de Montesanto e de Scampia. O que mais fala dentre todos é Ciro, rebatizado de "Pisellino"* por um tio, porque se parece com o menino que chegou para Popeye e Olívia com uma encomenda postal. Tem uma

* No Brasil, esse personagem é conhecido como Gugu. (N. T.)

máscara secular; seu rosto pálido, com nariz longo, sintetiza magrezas seiscentistas, um Polichinelo ou um santo pintado por um pintor espanholesco. Ciro é vendedor de frutas em Pignasecca, um mercado no centro histórico. Um ofício duro, que exige que se levante de madrugada, mas ele é alegre, ganha bem em relação aos rapazes da sua idade e mantém-se longe das confusões.

Os jornalistas lhe fazem perguntas capciosas: "E se você não fosse vendedor de frutas?" E ele, seco: "Seria garçom". "Tudo bem, mas, e se também não fosse garçom?" Então ele entende aonde querem chegar. "Não, não, estão enganados: eu, camorrista, nunca! Tirando o dinheiro, é uma vida horrível. E depois, minha mãe está chorando até agora por ter me visto assassinado no filme, imaginem se acontecesse de verdade."

Aplausos.

Ciro e Marco — que também são mais velhos — vêm dos bairros populares do centro histórico, não de Scampia, como Totò e Simone. Para eles, a vida é um pouco mais fácil: as questões familiares que têm nas costas, se não podem ser chamadas de idílicas, certamente são um pouco menos pesadas. Já para os garotos de 12 ou 13 anos que vivem em Scampia, o espetáculo extraído de Aristófanes e Alfred Jarry e depois o filme e o Festival de Cannes deviam ser não apenas as férias de uma vida, que já na sua idade parece marcada. Não, era a oportunidade de experimentar colocar os pés em uma vida feita de outro modo, ou, pelo menos, conseguir imaginá-la possível. Como dizia Danilo Dolci em seu mais belo poema:

Há quem ensine
guiando os outros como cavalos,
passo a passo:
há talvez quem se sinta satisfeito
sendo assim guiado.
Há quem ensine elogiando
o que vê de bom e divertindo:
há também quem se sinta satisfeito
sendo encorajado.
Há quem eduque, sem esconder
o absurdo que existe no mundo, estando aberto a toda
revelação, mas tentando
ser franco com o outro como consigo mesmo,
sonhando com os outros como agora não são:
cada um só cresce se for sonhado.

Não foram sonhados, esses garotos. No entanto, fizeram muito para mostrar seu talento, para trazer à tona os elementos necessários para que fossem sonhados de maneira diferente de como a vida os determina nessas regiões. Não estamos falando de estudantes-modelo. Tampouco estamos falando de aluninhos imóveis em suas carteiras, que se esforçam, mas não conseguem ir adiante. Estamos falando de jovens muitas vezes agitados, que nos respondem com um sorriso sarcástico, que, assim que podem, não vão à aula, que açulam os companheiros às piores coisas. Mas este é apenas um aspecto. Talvez os professores que reprovaram Totò, Simone e os outros não consigam levar em conta o fato de que deram o melhor de si fora da escola. De que adianta se garotos difíceis de um município degradado da periferia passam dois dias ao lado de estrelas do cinema, autorizados a sentir-se um pouquinho como elas?

No jantar, Ciro afirma exaltadíssimo que, agora, Monica Bellucci não poderá se recusar a aproximar-se dele. É um ator, e não um fã qualquer. Agora são colegas. E depois, de Montesanto a Pignasecca, todos sempre lhe disseram que se parece com Vincent Cassel. No dia seguinte, encontra justamente Monica Bellucci. "Sabe", diz-lhe, "dizem que sou tal e qual seu marido". E Monica lhe dá um beijo. Premiando sua bravura como ator e talvez até a semelhança com seu esposo.

Causa-me certa estranheza estar aqui com todos eles, decepcionado por aquela que me parece uma Riccione,* só que mais cara, corrupta e pretensiosa, mas estou contente por estar junto de tantos jovens de Nápoles, o que não me acontecia há muito tempo. Cannes é um grande circo. A magia desse lugar é que o filme mais aguardado, o diretor mais exigente e os atores mais sofisticados conseguem ter visibilidade, atenção e crítica. O cinema mais refinado, ao lado daquele mais popular, os diretores militantes ao lado daqueles mais conservadores e frios, mestres e documentaristas, diretores medíocres e megarroteiristas. Pequenos produtores e grandes empresas de produção cinematográfica. Indiana Jones e Manoel de Oliveira, Marjane Satrapi e Nick Nolte. O todo em um equilíbrio que tem algo de milagroso. É uma dialética que favorece a todos e não causa danos a ninguém. É incrível. Cada um faz o seu trabalho, e o filme mais espetacular atrai público e recursos até para o documentário mais lento e complexo.

---

* Cidade de veraneio na costa da Emilia Romagna. (N. T.)

Essa estranha alquimia é feita de doses exatas, porque, no Festival de Cannes, tudo é perfeitamente misturado. A organização distribui igual visibilidade, fazendo com que os filmes mais comerciais puxem aqueles mais difíceis. Permite aos primeiros que sejam praticamente ignorados pelo júri e levados em consideração pelo público, e, por outro lado, consente aos segundos que sejam avaliados pela crítica e, portanto, cheguem ao público mediante o julgamento do júri, difundido pelos meios de comunicação de massa mundiais. É um mecanismo estranho, mas que funciona, que usa o mercado permitindo ao Festival estar dentro dele e, ao mesmo tempo, desfrutar suas potencialidades para promover produtos nascidos não apenas nos porões publicitários das grandes empresas de produção cinematográfica.

De manhã me sento para tomar o café no salão do histórico e suntuosíssimo Hotel Majestic, mas os policiais franceses me obrigam a consumir tudo às pressas. Pego um suco que custa 20 euros, inacreditável. Uma moça me pergunta se pode se sentar, os agentes a revistam, e eu fico sem graça, mas, como não falo uma palavra de francês, não sei como lhe dizer para não levar a mal. Ela começa a falar sobre meu livro, a me fazer várias perguntas e, por fim, diz: "Se você não tiver muito o que fazer hoje, eu podia passar o dia com você; basta me pagar a volta de táxi para Nice, 800 euros". Então, entendo. "Deslocaram Nice para a Córsega", respondo, "já que custa tanto?" Mais tarde, peço esclarecimentos a um barman que descobri ser meu conterrâneo, e sua resposta é muito clara: "Essas que ficam passeando aqui no salão são todas putas". Chegam do mundo todo, e é triste vê-las aproximar-se dos donos dos iates ancorados no cais. Parecem filhas com pais preguiçosos, baixos e constantemente um tanto bêbados.

Este é apenas o exemplo mais evidente de como, em Cannes, não se consegue encontrar absolutamente nada de elegante e chique, só a mesma cafonice de outros lugares, concentrada e elevada à enésima potência. Cannes parece o lugar mais esnobe do mundo, mas, na verdade, é uma cidade grande. Os rostos que passeiam, as botas de couro de cobra e as senhoras bronzeadas são os mesmos que se encontram fora dos estabelecimentos de qualquer cidade europeia. E depois, tudo é vagamente esquizofrênico.

Marco começa a repetir que está sentindo falta de Nápoles. Não se passaram nem dois dias, mas a nostalgia não conhece limites nem relógios, e, para o jantar, após a projeção oficial, levam-nos a uma pizzaria de nome Vesuvio. Matteo Garrone, o diretor, está cansado e só consegue me dizer: "Tentamos tanto evitar o folclore, e cá estamos. Em toda Cannes, onde tínhamos que vir parar?" O que fica continuamente ecoando na minha cabeça durante toda a noite é: "O que estou fazendo aqui?" ou "O que tenho a ver com tudo isso?"

A escolta me acompanha a uma sala reservada, brinda-se ao filme, e percebo que há dois anos não me vejo em uma situação assim; me enrijeço. Não estou habituado. Tanta gente ao redor, sorrisos, brindes. Me enrijeço e pareço um boneco de cera. Já não estou habituado a comer com outras pessoas, além da escolta. Os rapazes do filme são fantásticos, mas me tratam como se eu fosse seu empregador. Tenho muito pouco a ver com o filme; no entanto, Marco não se convence e resume: "Quem me dá o pão torna-se meu pai". Tenho uma sensação lancinante de solidão diante da felicidade dos outros, sobretudo dos rapazes que não estão nem aí por terem ido parar na pizzaria Vesuvio. Porque eles, com os aplausos da manhã e sobretudo com aqueles recebidos pouco antes, tiveram a confirmação de que fizeram uma coisa grandiosa e, além de estarem felizes, com razão estão orgulhosos.

Durante a viagem de volta, que também faço junto aos rapazes, a bagunça é ainda maior do que quando viemos. Quando Simone começa a fumar, explode o pânico em todo o avião, fumaça, fogo, Deus do céu, alguma coisa está queimando. "Mandem lá para casa", ou seja, mandem a multa para minha casa, responde com desdém às aeromoças que correm para repetir-lhe que é absolutamente proibido e não entendem seu napolitano. Ninguém mais tenta acender um cigarro, mas há tantos outros modos para não ficarem quietos durante uma hora e meia de voo. Ao final, porém, um comissário sabe como surpreendê-los: "Mas como pode? Estrelas como vocês se comportando assim?". E, nas barbas do corpo docente de Scampia, essa advertência acaba surtindo o efeito desejado.

Dias depois estou no quarto do flat onde momentaneamente me colocaram. Faz calor, estou sem camisa, com short do Napoli, e não posso sair. Tenho à minha frente uma garrafinha de Peroni.* Recebo o telefonema de Tiziana, da Fandango, a produtora do filme. Está chorando. Há uma algazarra no fundo, mal dá para ouvir sua voz. Desliga quase de imediato. Em Cannes, parece que ganharam, não entendi direito qual prêmio. Mais tarde vou dar uma olhada na internet. "Valeu a pena?", pergunto-me. E depois me digo: "Talvez, embora, no que me diz respeito, eu não tenha certeza; mas para alguém mais, sim". E levo aos lábios o último gole de cerveja.

* Marca de cerveja. (N. T.)

O único momento em que o Festival e Cannes não decepcionam as expectativas de glamour e grandiosidade é a projeção do filme à noite. Preciso usar gravata, coisa que nunca fiz, nem mesmo na minha formatura, tampouco na *lectio magistralis* em Oxford. Não sou capaz de dar o nó. Xavier, o chefe da escolta, me ajuda com certo embaraço, porque os homens não dão nós nas gravatas uns dos outros. Visto que decidi não desfilar no tapete vermelho, porque desfile não faz meu gênero nem é isso o que me cabe — sou alguém que escreve, não que atua ou dirige um filme —, fazem-me entrar no cinema por uma porta lateral. Eu estava esperando uma sala cinematográfica, maior, talvez bem maior, mas normal. Em vez disso, é a versão ultramoderna de um anfiteatro. Centenas de pessoas diante da maior tela do mundo.

Quando o filme termina, têm início as notas do grupo Massive Attack, um trecho de que gosto muito porque foi criado por um membro do grupo, Robert Del Naja, que tem origens napolitanas e, após ter lido *Gomorra*, quis me presentear com essa música.

Em seguida vêm os aplausos. Começam esparsos, alternados, daqui e dali, na imensa sala. Depois, lentamente, como pedras de um dominó, que, quando você derruba a primeira, caem uma a uma também as outras, todas as fileiras começam a aplaudir. E não tem fim. Assim que param de um lado, de outro recomeçam a bater palmas com mais força, contagiando de novo todo o teatro, como uma onda que desce e sobe.

Após 15 minutos de aplausos, todos os rapazes começam a chorar. O único que não chora é Totò. Dá para ver que está se segurando, tem os olhos brilhantes, mas não chora. Pergunto-lhe de propósito: “Ei, você está chorando?” E ele, sempre em seu papel: “Eu? Que nada! Os aplausos não me dizem nada”.

Talvez Totò já tivesse entendido tudo. Que não existe nenhum sonho em Cannes, nem em Hollywood, nem em um cinema, nem em um teatro, nem em nenhum outro lugar do mundo que lhe possa dizer respeito. Que para ele existe apenas Scampia. E o resto é ficção.

COMBATER O MAL COM A ARTE

Quando estamos diante das imagens dos documentários e dos filmes de Vittorio De Seta, acontece de a sensação que nos toma, e que toma nossos olhos, ser completamente nova. Ela atinge nossos olhos, não o estômago, ou, pelo menos, não de imediato. E parece não afligir outros sentidos, não envolver outras emoções. Os primeiros minutos ocupam os olhos. Precisamos acostumar a vista: o que vemos no início é um punhado de areia jogado na nossa cara.

As imagens são diferentes, diferentes daquilo que se vê nos documentários, diferentes daquelas que se veem nos filmes, diferentes da ação, diferentes da ficção, diferentes da imobilidade anônima das reportagens televisivas que tiram a forma das coisas. Nas imagens de De Seta há algo diferente.

Vittorio De Seta é o grande e reconhecido mestre do documentário. Mas o termo "documentário" me parece redutivo. Aquilo a que De Seta nunca renuncia é à beleza. Sua alquimia está na capacidade de olhar contemporaneamente para o inferno dos humanos e para a maravilha que emana da pulsão da vida. Não trair nem um nem o outro olhar. Nunca ceder à informação exclusiva, nunca ceder apenas ao gesto estético. Creio que o sucesso que De Seta teve nos EUA e o amor de Martin Scorsese por seus filmes nasçam justamente desse olhar bifronte, obcecado pelo verdadeiro e distraído pelo belo. Uma distração necessária para gerar continuidade entre o espectador e o filme.

Quando alguém assiste aos filmes de De Seta, muitas vezes se pergunta por que as lágrimas não escorrem, por que não se comove boquiaberto e não acaba fungando, camuflando o nariz com um espirro ou um acesso de tosse. Não se entende como alguém consegue se conter. Depois fica claro. É que se participa de cada momento e não há espaço para a comoção. O espectador está ali, empanturrando-se de verdade, entendendo como se sobrevive, intuindo como faz quem tenta arrancar a dignidade, como um cão quando morde o osso. Está dentro de *Contadini del mare* [Camponeses do mar] (1955), é parte de *I dimenticati* [Os esquecidos] (1959), não pode sair deles enquanto lhes assiste.

O que acho que sei ou, pelo menos, sinto em minha experiência é que Vittorio De Seta é um mestre de método. Entra nas coisas que conta, não como um turista intelectual que quer passear por um tempo em territórios desconhecidos, mas como alguém que escolhe contar apenas aquilo que sente de fato. Aquilo que pode dizer que provou, com a experiência e com a inexperiência do estudo, com o olhar e as bibliografias. Não é um episódio para uma viagem, para uma reportagem. De Seta se encontra pessoalmente dentro dele, é parte integrante do episódio. A frase que mais cita é parafraseada de Maiakovski: "O cinema é um atleta". Salta, corre, para. Perde fôlego. Recupera-o. E compete com a realidade. Não para superá-la, mas para segui-la. Sempre tentei permanecer fiel a essa imagem. Acho que acontece o mesmo com a escrita. E tentei fazê-la minha. A capacidade de se desenredar, de alongar, parar e, sobretudo, combater, com um combate que não deve derrotar ninguém, mas que seja capaz de colocar em movimento cinéticas novas, forças capazes de sair da página, e não fechar-se nela.

De Seta me contou que, certa vez, Indro Montanelli* — por ele considerado "um dos maiores responsáveis pela má leitura do sul da Itália" — escreveu que, na Sardenha, era preciso extirpar os bandidos do Supramonte com lança-chamas. De Seta me contava isso fazendo uma careta: "Usei um cinema atlético, corri entre as histórias e a realidade. Reagi, não sofri nem joguei com a realidade, bancando o intelectual que dá sua receitinha, sua provocação, sua historinha".

De Seta nunca negou o objetivo de seu compromisso como diretor. Seus documentários e filmes são sempre citados separadamente. Não consigo ver as diferenças. São métodos diversos, mas a matéria utilizada é a mesma. São histórias vividas em profundidade; ao mesmo tempo, são investigação, reportagem e narração: demonstram como a realidade é criadora e como é frutífera a mistura dos gêneros. O conhecimento é essencial, a *conditio sine qua non* para conquistar o direito de narrar. Não é a curiosidade, mas a compreensão do mecanismo e, portanto, o imperativo da narrativa. Quando filmou *Banditi a Orgosolo* [Bandidos em Orgosolo] (1961), De Seta passou nove meses em Barbagia para entender como era aquela terra, porém, mais ainda, para entender como era

* Jornalista e historiador italiano, morto em 2001. (N. T.)

possível conhecê-la e narrá-la. Há sempre essa urgência de nunca separar o conhecimento da narrativa. Assim, comportou-se do mesmo modo quando filmou *Diario di un maestro* [Diário de um professor] (1973), indo viver no bairro popular de Pietralata, naquele apocalipse moral e material, com aqueles meninos ferozes, mas também doces e afetuosos além das aparências.

Há muitas imagens dos filmes de De Seta que ficaram impregnadas em mim, mas, do outro lado das cenas mais trágicas, há os detalhes que nos surpreendem, aqueles que nunca encontramos no cinema italiano. Como em *Lettere dal Sahara* [Cartas do Saara] (2006): a cena em que o protagonista, um rapaz senegalês com um rosto esculpido no ébano, diante de um templo grego, saqueia por fome um pé de tangerinas selvagens e as colhe, arrancando-as dos galhos, com a voracidade sem violência de quem está faminto e vê comida, e na comida vê vida, não uma simples refeição. Vittorio de Seta foi um dos pouquíssimos a ter sido capaz de ainda contar as necessidades primárias.

Acho que é essa vontade contínua de contar a realidade, de demonstrá-la e de não renunciar ao antídoto ao mal o motor que move o cinema de Vittorio de Seta. Conseguir olhar para a beleza e, a partir dela, encontrar a salvação. De Seta mantém um talento que, na Itália, foi-se perdendo lentamente; aquele talento que levou Primo Levi a pronunciar: "Recomendo a vocês estas palavras. Esculpam-nas em seu coração". De Seta parece recomendar a seu espectador as imagens que vai buscando.

APESAR DE TUDO, A VERDADE EXISTE

A ideia de que *Gomorra* pudesse mudar de dimensão e passar a ter um formato teatral parecia ser parte de seu destino. Ainda não havia sido publicado, e duas pessoas se aproximaram de mim, um diretor e um jovem ator, perguntando se podiam passar qualquer coisa que eu tivesse escrito para o formato teatral. Como se tivessem em mente o que fazer desde o primeiro momento em que nos encontramos. Como uma espécie de necessidade. Algo que só pode ser enfrentado se der satisfação.

Agradava-me a ideia de que fosse um jovem diretor, Mario Gelardi quem trabalhasse na metamorfose da página para o palco. Ele é obcecado pelo teatro como uma espécie de última dimensão para poder representar o que ainda é possível exprimir, e proveniente dos documentários. Aqueles filmados na África com enorme esforço e pouquíssimo dinheiro. Um diretor com olho de quem vem do documentário, de quem tem no estômago, ainda antes de no olhar, o critério para estabelecer o que é importante contar e que, portanto, não se perde em posturas. Para mim, era como uma garantia. Quando decidimos, junto com Ivan Castiglione, fazer de *Gomorra* um projeto teatral, eu imaginava justamente um grupo de pessoas jovens e de atores que pudessem se exercitar em alguma coisa original e cujas experiências pudessem ser novas, distantes dos percursos usuais ou das mostras sacras do palco.

O teatro é um espaço diferente, diferente dos meios de comunicação de massa, das páginas: nem praça, nem quarto. Gosto de ver a palavra "civil" ao lado do termo "teatro". Em geral, os diretores e atores não gostam, do mesmo modo como os escritores não gostam que se coloque qualquer outro termo ao lado daquele inviolável de "literatura". Como se o maculasse. No entanto, acho que a união dessas duas artes justapostas possa ser útil não para o acréscimo de valor que dá a um projeto ou a uma dimensão artística, e sim porque demonstra até onde essa dimensão artística pode chegar, preenchendo aquilo que falta. Na medida em que, fora do teatro e da arte, falta uma investigação, falta a narração de uma tragédia, falta um mapeamento de possíveis felicidades, falta quem dê eco aos gritos, falta quem reescreva histórias, quem encontre culpados, quem faça crônicas, quem faça bibliografias de testemunhos, esses vazios, preenchidos pelo teatro e pela literatura, remetem a toda a extensão do vazio preenchido. Por isso, a expressão "teatro civil" não me causa aversão.

Nos teatros, as pessoas se encontraram após a catástrofe de Tangentopoli*; nos teatros, vão ouvir quem já não pode falar em outros lugares. Nos teatros, escolhem discutir novos percursos,

* Sistema de corrupção política que veio à tona com a Operazione Mani Pulite [Operação Mãos Limpas], em 1992, quando da prisão do engenheiro e membro do Partido Socialista Mario Chiesa. (N. T.)

pois é preciso olhar-se na cara, ouvir as palavras repercutirem e sentir o cheiro uns dos outros. O paradoxo que encontra solução é que justamente o teatro, que é em absoluto o lugar da mentira e da representação da ficção, se torna o lugar da verdade possível. Portanto, das verdades.

Verdade é o que mais me deixa obcecado. É a obsessão do meu livro. A verdade não é mensurável: parâmetros, provas e resultados de investigação nunca dizem a verdade, mas se aproximam dela, circunscrevem seu campo. O que talvez se tenha condições de avaliar é a possibilidade de conseguir articular a verdade, seus espaços, seus perímetros, as condições em que se gera. Compreender o espaço que é dado à pesquisa, à reflexão, ao percurso, para poder alcançar uma verdade, argumentá-la, encontrar o modo de dizê-la. E, sobretudo, encontrar os instrumentos para focá-la, encontrar o ponto de vista que não torne simples o que é complexo, mas que o torne visível e legível. Porque a verdade, seja ela qual for, deve, antes de tudo, ser lida. Quanto espaço têm hoje a verdade e sua narração? As verdades mais conhecidas, aquelas mais ocultadas, conseguem ser reveladas?

Os institutos de pesquisa internacionais têm a tarefa de monitorar todo aspecto da vida social, política e econômica de cada nação ou de sua interação em nível global. Devem continuamente recolher dados, atualizá-los com a máxima velocidade, desenforná-los. No entanto, o que esses dados não dizem é com base em que parâmetros se mede a avaliação final, a leitura do que foi reunido. Por isso, é necessária uma chave de leitura, um metro para a medição, um parâmetro. Os parâmetros que os institutos de pesquisa mandam como o raio de uma espada a laser através do espesso manto dos dados parecem de uma simplicidade desconcertante. Para compreender de modo imediato o andamento do crescimento econômico de um país e confrontar os desníveis de riqueza planetária, estabeleceu-se um índice de medição baseado no preço do Big Mac, o sanduíche mais famoso do McDonald's. Quanto mais caro custa o hambúrguer, mais a economia do país está em forma. Do mesmo modo, para avaliar a observância dos direitos humanos, avalia-se o preço pelo qual é vendido o kalachnikov. Quanto mais barato o fuzil, mais acessível é o mais letal e leve instrumento de morte, mais os direitos humanos são violados. Na Somália, um kalachnikov pode chegar a cinquenta dólares; no Iêmen, é possível encontrar AK47 usados, de segunda e terceira mãos, até por seis dólares.

Como avaliar o estado da verdade na Itália? O estado da possibilidade de dizê-la, de encontrá-la? O nível de percepção sísmica da verdade neste país, sua batida fraca, pode ser sentido no pulso de muitas situações ignoradas, apenas pinceladas nas crônicas locais, deixadas como picos isolados: episódios insignificantes para quem interpreta o traçado. Um juiz — mais de um juiz — que estava para ser mandado pelos ares com quilos de trotil; um padre obrigado a afastar-se da própria paróquia; outro que deve dosar as próprias palavras durante as homilias, do contrário não poderá mais pronunciá-las; um sindicalista morto por ter defendido os direitos dos trabalhadores, ou melhor, os direitos de quem queria levar adiante um pequeno comércio independente, ainda que apenas nas bancas do mercado. Se eu contasse esses fatos em um jantar, em qualquer cidade da Itália, meus comensais ficariam tão perplexos que dificilmente acreditariam em mim. Ou, na melhor das hipóteses, diriam que são histórias passadas, de décadas transcorridas, de territórios circunscritos. Histórias sicilianas, distantes, histórias terminadas. Ao contrário, estou falando do meu tempo, diria eu aos comensais. E do seu país, acrescentaria.

Muitas vezes, quando os outros me falam da Itália com seus problemas de desorganização, os dramas burocráticos, o urbanismo desregulado, o trânsito que subtrai tempo e vida, como de uma parte decadente da Europa que não deixa de ser Europa, é como se eu sentisse que vivo em um país que não conheço. Conheço um país onde a vida de cada um paga caro pela ausência dos princípios primordiais. Decidir não emigrar. Decidir pedir um extra sem ser demitido, decidir abrir um negócio sem precisar se orientar automaticamente sobre determinados fornecimentos, decidir prestar o próprio testemunho sem temer repercussões. Poder trabalhar em uma investigação sem ter toda a região contra si. O que parece ser consolidado em outros lugares, o que é sancionado por direito, mecanismo ao qual se tem acesso por default, como diriam os especialistas em informática, aqui não tem valor. Há lugares e situações em que não é possível pronunciar nomes, em que o simples fato de se realizar o próprio trabalho começa a ser um elemento que expõe ao perigo. Em que o que deveria ser simples — como indicar um erro, comunicar um desastre, decidir denunciar ou apenas dizer, perguntar, pretender — comporta sacrifício. Risco. Fuga. Perigo de morte. Isso ocorre na Itália.

Há que se perguntar, e me pergunto com frequência, se é a raiva a causa de ver apenas o mal, como se ela gerasse um estrabismo do olhar orientado para algo que vive escondido, e a raiva o desentoca. Como se o que fica girando no nosso estômago, como um bicho trancado no escuro e que não consegue encontrar vias de fuga, nos impusesse não pensar em outra coisa, nos condenasse à obsessão de pensar no que não se pode exprimir, pensar em como se pode existir comprimido entre poderes cada vez mais invasivos e que não nos permitem viver como gostaríamos. Mas ignorá-lo, ignorar tudo isso é impossível.

Uma expressão catalã sempre me deu a medida de quanto é complexo descobrir a verdade: "Quando há uma inundação, a primeira coisa que falta é água potável". E, no caos das notícias, você quer entender realmente o que está acontecendo. Quer água potável. Quanto vale a verdade neste país? Onde podem ser reunidas as histórias que traçam seus contornos? A atenção se torna determinante, uma vez que é ela a permitir que esses fatos não caiam no esquecimento. Mas a única atenção é a da narrativa.

O teatro coloca em voz o que é palavra, concede semblante, cobre as palavras com um manto de carne sem oprimi-las; ao contrário, descobre-as, dá-lhes epiderme e, portanto, faz das histórias de um lugar histórias de qualquer lugar, de um rosto todos os rostos, e é disso que o poder, seja ele qual for, tem mais medo. Porque seus inimigos deixam de ter rosto, mas qualquer rosto pode se tornar inimigo. O poder do espaço teatral como lugar que interrompe a solidão, que permite uma difusão de verdade feita de tímpanos e suor, de olhares e de luzes fracas me parece mais necessário hoje do que em outros tempos. Uma verdade dita na solidão não é outra coisa senão uma condenação em muitas partes deste país. Mas, se repercute nas línguas de muitos, se é protegida por outros lábios, se se torna alimento partilhado, deixa de ser uma verdade e se multiplica, assume novos contornos, torna-se múltipla, e não mais atribuível apenas a um rosto, a um texto, a uma voz. E, quanto ao simpósio, à reunião de convivas à mesa, ao banquete em que isso pode acontecer, me agrada pensar que também pode ser o palco. Seria necessário pretender que a atenção contínua e transbordante dada às declarações dos políticos secasse e que se abrisse espaço para uma constante e polifônica narrativa do país. Pretender que se multipliquem narrativas para conhecer e entender como única condição para assumir plena cidadania neste país, para entender de fato quais dinâmicas o governam, para conhecer o que acontece para além das rixas da política. Como em uma página de Victor Serge, quando, durante um processo na Rússia de Stalin, diante do juiz que só admite fiéis e traidores, o réu inocente, arrastado para a jaula, rosna por entre os dentes: "Apesar de tudo, a verdade existe".

QUANDO A TERRA TREME, O CIMENTO MATA

"Não vamos permitir que haja especulação, escreva. Diga em voz alta que aqui nem pensar em nos encher de cimento. Aqui, quem vai decidir como reconstruir nossa terra seremos nós..." No campo de rúgbi me dizem essas palavras. Me dizem isso bem na cara. Nariz contra nariz, chego a sentir o hálito. Quem as pronuncia é um senhor que depois me abraça com força e me agradece o fato de eu estar ali. Mas seu medo não terminou com o sismo.

A maldição do terremoto não é apenas aquele minuto em que a terra tremeu, mas o que vai acontecer depois. Bairros inteiros a serem derrubados, subúrbios a serem restaurados, hotéis a serem reconstruídos, dinheiro que chegará e, provavelmente, não apenas cicatrizará as feridas, mas também envenenará a alma. O medo dos habitantes de Abruzzo é que se venda como ajuda uma especulação sem limites nascida da reconstrução.

Aqui em Abruzzo voltou-me à mente a história de um habitante ilustre, Benedetto Croce, nascido justamente em Pescasseroli e que teve toda a família dizimada em um terremoto. "Estávamos à mesa para jantar, eu, minha mãe, minha irmã e meu pai, que se preparava para sentar-se. De repente, como se tivesse ficado mais leve, vi meu pai cambalear e, num piscar de olhos, afundar no chão que estranhamente se abriu, e minha irmã saltar para o teto. Aterrorizado, busquei minha mãe com o olhar e a alcancei no terraço, para onde nos precipitamos juntos, e desmaiei." Benedetto Croce ficou soterrado até o pescoço. Por muitas horas, seu pai conversou com ele, antes de falecer. Conta-se que lhe repetia uma única e contínua recomendação: "Dê cem mil liras a quem o salvar".

Os habitantes de Abruzzo foram salvos por um trabalho ininterrupto que nega todo lugar-comum sobre a italianidade preguiçosa ou sobre a indiferença à dor. Mas o preço a ser pago por essa região poderia ser altíssimo, muito além das cem mil liras do pobre pai de Benedetto Croce. O terror do que aconteceu em Irpinia quase trinta anos atrás — os desperdícios, a corrupção, o monopólio político e criminoso da reconstrução — não consegue mitigar a ânsia de quem sabe o que é o cimento, o que traz o dinheiro que chega não para o desenvolvimento, mas para a emergência. O que é tragédia para essa população, para alguém acaba se tornando ocasião, mina sem fundo, paraíso do lucro. Projetistas, agrimensores, engenheiros e arquitetos estão para invadir Abruzzo por meio de um instrumento que parece inócuo, mas é justamente dele que parte a invasão do cimento: as fichas de levantamento dos danos sofridos pelas casas. Nesses dias, serão distribuídas aos departamentos técnicos municipais de todas as principais cidades da região de Abruzzo. Centenas de fichas para milhares de inspeções. Quem tiver em mãos tais folhas terá a certeza de receber encargos muito bem remunerados e alimentados por um sistema incrível.

"Na prática, quanto mais grave o dano, mais você ganha", diz-me Antonello Caporale. Chego a Abruzzo com ele, jornalista que viveu o terremoto de Irpinia, e a raiva das vítimas é algo que não se consegue tirar facilmente. Para compreender o risco que corre Abruzzo, deve-se partir justamente dali, do sismo de 29 anos atrás ocorrido em Eboli, cidade vizinha. "Em Auletta", diz o vice-prefeito Carmine Cocozza, "ainda estamos liquidando as parcelas do terremoto. A cada cem mil euros de contribuição estatal, o honorário técnico global é de 25 mil." Neste ano, em Auletta, o governo dividiu ainda mais, como para completar as obras pós-terremoto: 80 milhões de euros no total. "Meu município recebeu dois milhões e meio. Vão servir para construir as últimas casas, para financiar o que ainda deve ser feito." É difícil imaginar que depois de 29 anos ainda chegue dinheiro para a reestruturação, mas isto é o que cabe aos técnicos: 25% da contribuição. Chega-se a isso calculando as tabelas profissionais. Naturalmente, tudo é feito segundo a lei. Custos de projeto, de direção dos trabalhos, ônus para a segurança, para quem realiza as verificações. Um aumento atrás do outro. As visitas são inúmeras. O técnico declara e carimba. O município só cuida de saldar.

O risco da reconstrução é justamente esse. Aumenta o valor do dano na perícia, aumenta o dinheiro, os contratos geram subcontratos e ciclo do cimento, escavações e escavadeiras, e as construções atrairão a vanguarda da construção civil em subcontrato na Itália: os clãs. As famílias da camorra, da máfia e da 'ndrangheta sempre estiveram por aqui. E não apenas porque nas prisões de Abruzzo está a cúpula dos chefes da camorra empresarial.

O risco é justamente o de que as organizações cheguem a repartir, em tempos de crise, os grandes negócios italianos. Por exemplo: para a 'ndrangheta, a Expo de Milão, e, para a camorra, a reconstrução de Abruzzo em subcontrato.

A única coisa a fazer é a criação de uma comissão capaz de controlar a reconstrução. Stefania Pezzopane, presidente da Província, e Massimo Cialente, prefeito de L'Aquila, são claros: "Queremos ser controlados, queremos que haja comissões de controle..." Nesse caso, os riscos de infiltrações criminosas são muitos. Há anos os clãs da camorra constroem e investem. E, por um estranho paradoxo do destino, justamente o edifício onde está encarcerada a maior parte dos chefes que investem no setor do cimento, ou seja, o presídio de L'Aquila (cerca de oitenta em regime de 416 bis*), foi o que ficou mais intacto. Mais resistente.

Os dados demonstram que a invasão da camorra ao longo dos anos foi enorme. Em 2006, descobriu-se que, teoricamente, a emboscada preparada para o chefe Vitale fora decidida em Villa Rosa di Martinsicuro, em Abruzzo. No dia 10 de setembro de 2008, Diego León Montoya Sánchez, narcotraficante que aparece entre os dez *most wanted* do FBI, tinha uma base em Abruzzo. Nicola Del Villano, tesoureiro de uma facção criminosa e empresarial dos Zagaria de Casapesenna, conseguira, em várias ocasiões, escapar da captura, e seu refúgio fora localizado no Parque Nacional de Abruzzo, de onde se locomovia livremente. Gianluca Bidognetti se encontrava aqui, em Abruzzo, quando sua mãe decidiu colaborar com a polícia.

* Artigo do Código Penal italiano que configura como crime a associação de tipo mafioso com vistas à delinquência. (N. T.)

A região de Abruzzo também se tornou um ponto-chave para o tráfico do lixo, escolhido pelos clãs devido à escassa densidade habitacional de muitas zonas e à disponibilidade de escavações desativadas. A investigação Ebano, feita pelos carabinieri, demonstrou que, no final dos anos 1990, foram despejadas cerca de 60 mil toneladas de lixo sólido urbano provenientes da Lombardia. Tudo acabava em terras abandonadas e escavações desativadas em Abruzzo. Por trás de tudo isso, obviamente, estavam os clãs da camorra.

Até hoje, L'Aquila não teve grandes infiltrações. Justamente porque faltava a possibilidade de grandes negócios. Mas agora se abre uma mina para as empresas. Por enquanto, a solidariedade impõe barreiras a todo tipo de perigo. No campo do Paganica Rugby, mostram-me os pacotes vindos de todos os times de rúgbi da Itália, bem como as camas preparadas por jogadores e voluntários. Aqui, o rúgbi é o esporte principal, ou melhor, o esporte sagrado. E, de fato, é a bola oval que alguns garotos lançam uns aos outros nas laterais das tendas que passa sobre minha cabeça assim que entro.

A resistência dessas pessoas é a argamassa que une voluntários e cidadãos. É quando resta apenas a vida, e nada mais, que compreendemos o privilégio de toda respiração. Isso é o que tentam me contar os sobreviventes.

O silêncio de L'Aquila assusta. Na hora do almoço, a cidade esvaziada se encontra imóvel. Nunca acontece de se ver uma cidade assim. Que ameaça desabar, cheia de pó. L'Aquila, nessas horas, está sozinha. Quase todos os primeiros andares das casas têm, ao menos, uma parte que explodiu.

Eu fazia uma ideia totalmente diferente desse terremoto. Achava que tivesse atingido apenas o centro histórico ou os distritos mais antigos. Não foi o que aconteceu. Tudo foi atravessado pelo tremor. Eu precisava vir aqui. E logo me lembro do motivo: "Você se lembrou de que é de L'Aquila...", dizem-me. L'Aquila foi uma das primeiras cidades, anos atrás, a me dar a cidadania honorária. E aqui se lembram disso e o lembram a mim, como um dever: presenciar o que está acontecendo, contá-lo. Recordar.

Paro diante da Casa do Estudante. Nesse terremoto, morreram jovens e velhos. Os que estavam na cama e viram o teto desabar ou afundaram no vazio, e aqueles que tentaram escapar pelas escadas, a ossatura mais frágil de um edifício.

Os bombeiros me deixam entrar em Onna. Tenho sorte, me reconhecem e me abraçam. Estão sujos de pó e, sobretudo, de lama. Não gostam que os jornalistas se metam em toda parte: "Depois preciso ir buscá-los; vai que algum teto desaba e ficam presos", diz-me Gianluca, engenheiro romano que me dá um presente que teria enlouquecido qualquer menino: um capacete vermelho-fogo dos bombeiros. Onna não existe mais. O termo "escombros" é bastante usado. É como se não significasse mais nada. Anoto no Moleskine* os objetos que vejo. Uma pia no chão, um livro fotocopiado, um carrinho de bebê, mas, sobretudo, lustres, lustres e mais lustres. Normalmente é o que nunca se vê fora de uma casa. E, no entanto, aqui se veem lustres em todo lugar. Os mais frágeis, os objetos que foram os primeiros a dar, muitas vezes inutilmente, o alarme do terremoto.

---

* Marca italiana de cadernos. (N. T.)

É uma vida parada e desabada. Levam-me para a frente da casa onde morreu uma menina. Os bombeiros conhecem cada coisa. “Veja esta casa. Era bonita, parecia benfeita; só que tinha sido construída sobre alicerces antigos.” Pouco se fez para fiscalizar...

Quem me fala sobre a dignidade extrema dessas pessoas são os bombeiros: “Ninguém nos pede nada. É como se para eles bastasse ter sobrevivido. Um velhinho me disse: ‘Você pode fechar as janelas para mim? Senão entra pó’. Fui lá, fechei as janelas, mas na casa faltavam telhado e duas paredes. Aqui, alguns ainda não entenderam o que foi o terremoto”.

Franco Arminio, um dos poetas mais importantes deste país, o melhor a ter falado do terremoto e do que ele gerou, escreve em uma poesia: “Vinte e cinco anos depois do terremoto, dos mortos pouco restará. Dos vivos, ainda menos”. Ainda estamos em tempo para que isso não aconteça em Abruzzo. Não permitir que a especulação vença, como sempre ocorreu no passado, é realmente a única homenagem verdadeira e concreta às vítimas desse terremoto, mortas não pela terra que treme, mas pelo cimento.

HOMENS

OSSOS DE CRISTAL

Seu avô era de Nápoles, pai de seu pai Antoine, chamado de Tony. Desde pequeno olhava-o tocar, agitava-se e inquietava-se, e todos ao redor achavam que só estivesse brincando. Não lhe deram o nome do avô, mas ele herdara seu talento para a música. E Tony foi o primeiro a perceber. Seu pai era "um homem muito tímido, muito reservado, muito italiano. Em casa, não era necessário falar muito de coisas pessoais nem de dinheiro". Era assim que Michel Petrucciani se lembrava dele. Violonista o avô, violonista o pai.

A família Petrucciani precisava manter três filhos com esses violões e com o trabalho de costureira da mãe. Às vezes, jantava-se tomando-se café com leite, mas em casa não faltava nada. Telefone, carro, belos móveis. E um dia chegou até uma televisão. Não uma daquelas pequenas, de deixar cego quem lhe assiste. Mas uma enorme. Michel se postou na frente dela o dia inteiro. A televisão o encantou, e o mudaria para sempre.

Uma noite, mal completara quatro anos, seu pai deixou a TV ligada, e estavam transmitindo um concerto de Duke Ellington.

Dentro do menino aconteceu algo que poderia ser descrito como uma espécie de encantamento. Quis um piano. O pai não podia comprá-lo. A família vivia em torno de Michel com grande apreensão. Nascera com uma doença de nome impronunciável: "osteogênese imperfeita". Dificilmente alguém, ao ouvir esse termo, consegue imaginar de que tipo de doença se trata. Mas seu nome popular, ao contrário, é terrivelmente claro: "ossos de cristal".

Os ossos frágeis como cristal se desgastam nas articulações, se rompem, se lascam. Continuamente, por qualquer motivo. As cartilagens se desfibram. A primeira vez que os ossos de Michel se quebraram foi no dia 28 de dezembro de 1962, em Orange, uma bela cidadezinha no sul da França. Era o dia do seu nascimento. Nasceu quebrado, Michel, e a partir desse dia nunca parou de procurar o modo para recompor os fragmentos dos seus ossos.

O piano que o pai acabara lhe dando de presente produzia um som deformado, nada a ver com aquele do concerto de Ellington. E o pequeno Michel o destruiu como um brinquedo que não funcionava. Assim, seu pai foi comprar um piano verdadeiro na base militar americana, onde frequentemente descartavam os usados. Michel, que foi educado em casa e enlouquecia os professores com sua impertinência, começou a ter aulas de piano. Estudou piano clássico por dez anos e obteve um diploma de conservatório. O jazz só lhe era permitido como esporte. Algo estranho, mas com um objetivo muito real, prático. Ele precisava de um exercício para tonificar os músculos, que tinham de sustentar aqueles ossos tão frágeis. Assim, colocaram-no para tocar bateria, e ele passou a se apresentar junto com o pai e os irmãos.

Michel Petrucciani não apenas tinha uma doença rara que lhe causava um sofrimento perene, uma infância dentro e fora dos hospitais, mas também estava destinado a permanecer um anão. Quando adulto, não superou um metro, foi dos 25 aos 45 quilos no último período, quando a barriga se tornou mais proeminente do que o queixo. Meses de cama, o corpo circundado por gesso, a espinha dorsal travada por coletes, o pescoço imobilizado. Passou o tempo infinito da internação olhando as únicas coisas do seu corpo que não se rompiam: as mãos. Suas mãos nem eram pequenas. Suas mãos eram o seu destino. A única parte dele que podia permitir-lhe construir um mundo e não sofrer naquele em que fora parar. Do modo como nele fora parar. Com suas mãos podia mudar as regras. Podia transformar. O piano era seu território; as mãos, suas armas. Quando se sentava no banco do piano, suas pernas não tocavam o chão, ele não conseguia alcançar os pedais. Seu pai lhe fabricou um mecanismo de madeira, um paralelogramo articulado, com o qual conseguia alcançá-los.

Assim que completou 18 anos, Michel foi embora de casa. De Paris, onde começou a fazer os primeiros concertos e obter os primeiros sucessos, pegou um avião para os Estados Unidos sem saber uma palavra de inglês e sem nem mesmo ter dinheiro para a viagem. Tony, colocado a par do fato consumado, tratou de cobrir o cheque sem fundos dado pelo filho que partira para a conquista da terra onde o jazz nascera. E onde Michel, o mais genial jazzista não americano, seria acolhido como alguém a quem cabia, por direito, um lugar entre os grandes.

Chegou ao *Big Sur*, o Grande Sul, trecho selvagem da costa californiana onde viveram Kerouac e Henry Miller. Ali, Orson Welles mandara construir uma casa enorme para viver com a mulher

Rita Hayworth. Michel se instalou na casa de um amigo pobretão e foi adotado pela comunidade local de hippies e artistas.

Encontrou um modo de viver recebendo comida e moradia em uma clínica onde gente podre de rica ia se tratar, porque, em contrapartida, tocava por algumas horinhas por dia. Também acabou por conhecer uma mulher, Erlinda Montaño, por quem se apaixonou tanto a ponto de propor-lhe casamento. No final, porém, ela só aceitou se casar com ele para permitir-lhe obter o *green card*. Mais ou menos como no filme homônimo, comentaria Petruche anos depois: só que Gérard Depardieu não é um anão de apenas 19 anos e Andie McDowell não é uma índia da tribo Navajo. A vida supera a imaginação e, no caso de Michel Petrucciani, o fez em grande estilo.

Um dia o levaram para conhecer Charles Lloyd, um dos maiores saxofonistas de todos os tempos. Atormentado e inseguro, conhecera dias de glória com um quarteto formado com Keith Jarrett. Depois, quase repentinamente, decidira abandonar o instrumento, descontente com o universo das gravadoras e dos músicos, e se retirara para meditar em meio aos bosques, trabalhando como corretor imobiliário. A celebridade de seu parceiro pianista desempenhara certo papel nessa renúncia. Desse modo, quando seu estranho hóspede lhe disse que era capaz de tocar piano, Lloyd quis ouvi-lo. Mostrou-lhe o que tinha em casa. Erlinda, que nos concertos levantava no palco o marido que tinha o peso de uma criança de três anos, colocava de lado as muletas e o ajudava a se pôr a postos. Assim, Michel começava a tocar. Charles Lloyd ficou perplexo. Poucos dias depois já organizava um concerto em Santa Barbara, onde se apresentaram juntos pela primeira vez. O saxofonista, cerca de trinta anos mais velho, apresentou seu novo parceiro, carregando-o nos braços e descrevendo-o como "o garoto-prodígio da França" que o levara de volta aos palcos. Um estranho milagre, que até pareceria californiano demais se Michel, com seu humor virulento e sua vitalidade mediterrânea, não fosse exatamente o contrário. Petrucciani ressuscitou o talento de Charles Lloyd, e este, por sua vez, o fez vir ao mundo.

Em 1982, quando ambos se apresentaram juntos no Festival de Montreux, a carreira de Petrucciani estava apenas começando. A partir desse momento, seria um giro triunfal pelo mundo, com Petruche se aperfeiçoando cada vez mais tecnicamente e sua música se tornando cada vez mais livre e rica. Ele passou a improvisar ou a compor não apenas a partir de temas dos maiores mestres do jazz — de Bill Evans a Miles Davis —, mas também sobre canções populares, como *Besame mucho.*

Alcançou tudo. Tocou com as lendas do jazz, com Dizzie Gillespie e Wayne Shorter, com Stan Getz e Sarah Vaughan, com Stéphane Grappelli e tantos outros. Fez concertos no Carnegie Hall de Nova York e se apresentou diante de João Paulo II. Gravou cerca de trinta discos para as gravadoras de maior prestígio e recebeu em Paris a Legião de Honra, a mais alta condecoração do país em que nascera. Tudo em pouco menos de vinte anos. Parecia que nada podia detê-lo e que dentro daquele corpinho frágil como um copo havia uma fonte inesgotável.

Quando tocava, às vezes parecia que estava se afogando, sufocado pela posição que devia manter ao teclado. Então, levantava a cabeça, extasiado por aquilo que estava tocando, como se estivesse fitando uma partitura imaginária que só ele podia ler e modificar com tanta rapidez. E colocava a língua para fora, como para tomar ar, para se concentrar. Colocar a língua para fora como cão sedento era o que também fazia Michael Jordan, o maior jogador de basquete de que a história da NBA americana se recorda. A língua de Petrucciani era menor, mas saía no momento de máxima necessidade de ar, de páthos, de concentração.

Essa sua capacidade de tocar maravilhava o mundo. Os ingênuos acreditavam que ele fosse muito conhecido porque era uma espécie de monstrinho hábil, que, apesar de tudo, tinha conseguido se tornar um ótimo pianista. A verdade era exatamente o contrário. Era um enorme pianista, e aquele corpo frágil e em miniatura poderia muito bem fazer esquecer as notas atrás de sua bizarrice. No teclado do piano corria seguindo as mãos. Um calo ósseo o impedia de abrir os braços, então saltitava no banco do piano, alcançando as oitavas altas e pulando até afundar nas oitavas baixas. Muitas vezes, vê-lo tocar dava a impressão de que, para ele, apertar as teclas fosse como escalar uma montanha rapidamente e perseguindo todos os arrepios das vertigens. Sua música chegara ao coração de milhões de pessoas, seus concertos eram acontecimentos em todo lugar, mas ele gostava de aceitar convites para lugares que não fossem glamorosos. O jazz tinha de chegar a todos. Até em Aversa, bem me lembro, decidiu ir tocar quando estava no auge da fama. Seu diário de vida era escrito com as notas. Em toda parte.

Mas, em 6 de janeiro de 1999, Michel Petrucciani morreu. Parece que a responsável indireta pela pneumonia que lhe custou a vida foi a caixa torácica, que, com o passar dos anos, provocou um colapso em si mesma, uma vez que seus pequenos ossos comprimiam os órgãos internos. Michel nunca pensara que morreria cedo. Porque amava não apenas a música — a seu respeito, dizia que o único verdadeiro talento consistia em amá-la tão perdidamente a ponto de tocar dez horas por dia e ter a impressão de ter tocado dez minutos. Michel Petrucciani amava a vida. E conseguiu vivê-la com toda a paixão que um ser humano pode colocar em suas horas. Amava rir dos seus defeitos físicos e daqueles dos outros, amava viajar, andar pelo mundo, ter belas casas. Ficava tentado a comprar uma em cada lugar que lhe agradasse. Ainda bem que não administrava seu dinheiro sozinho, do contrário teria esbanjado tudo em casas. Adorava ter ao redor muitos amigos e, sobretudo, amava as mulheres. E as mulheres retribuíam. Michel teve tantas, companheiras, mulheres, amantes. Após Erlinda, casou-se em Nova York com Gilda Buttà, uma pianista clássica, siciliana, lindíssima. Depois, Marie-Laure e, por fim, Isabelle, a última mulher que esteve a seu lado. Afirmava ter amado cada uma delas e sempre conservado por todas uma profunda amizade, mas que não conseguia ficar com nenhuma por mais de cinco anos.

Muitas vezes surge a pergunta de como Petrucciani, certamente um enorme talento, conseguia atrair mulheres tão bonitas. Corriam os boatos de sempre a respeito dos dotes sexuais de um anão. Circulavam anedotas legendárias, porque muitos não conseguiam entender o mecanismo da beleza. Não era a sua música que distraía e enfeitiçava as mulheres como em uma dança de serpentes. Tudo está contido na frase de uma de suas mais apaixonadas companheiras: "Quando eu via Michel, via tudo aquilo que ele imaginava. Tudo aquilo que Michel era. E era lindo". A beleza não é apenas traço somático, elegância, luz, fascínio. É a capacidade de fazer ver o que se é. Assemelhar-se àquilo que se imagina, mostrar o que se é de verdade. Sempre que me interrogo sobre o que é a beleza, penso em Petrucciani.

Michel chegou a ter dois filhos. Um, Alexandre, herdou sua doença, mas em um documentário está sentado no colo do pai, ao piano. Um pai e um filho que tinham algo a mais, a música e o talento, mas que se amavam como todos os outros. Alguém torceu o nariz para a decisão de pôr no mundo filhos com o risco de lhes transmitir a própria patologia. E, quando isso aconteceu, alguém tentou fazer Michel sentir-se culpado. Mas como podia um compositor de vida pensar que um risco fosse condição suficiente para não dar a vida? Nunca teria perdoado a si mesmo — isto sim — por não ter concedido uma possibilidade de vida. Existir era algo de que ele gostava demais, queria partilhá-lo e transmiti-lo. Criar era o que a música lhe ensinara.

Porque, para Michel, a música era vida, a própria vida, não seu mais nobre sucedâneo. Era a infinita riqueza da criação, cujo valor e cuja beleza são conhecidos por uma brincadeira da natureza. Para ele, as notas equivaliam a cores. Sobre um acorde de Sol improvisava uma extensão verde que sugeria uma paisagem provençal inundada por uma luz quente. E, graças à música, Michel conseguia não apenas fazer passar para segundo plano, como fizera — a mesma coisa que dizem ter acontecido com Stevie Wonder em relação à cegueira —, mas era capaz de obter da vida tudo aquilo que qualquer outra pessoa teria desejado. "Minha filosofia é me divertir muito e não deixar que qualquer coisa me impeça de fazer o que quero."

Após ter tocado ininterruptamente por quase uma hora durante um concerto, Michel parou, virou para o público e perguntou: "Ça va?".* Os que foram ouvi-lo deram risada. Era um modo de agradecer-lhes e, ao mesmo tempo, zombar deles, pois estavam preocupados com ele, perguntavam-se como fazia para

* Tudo bem? (N. T.)

aguentar, enquanto Michel, mesmo sofrendo fisicamente, nunca ficava tão satisfeito como quando tocava. Não era o sucesso, tampouco era apenas a satisfação de sempre ter conseguido melhorar. Não, eram justamente as notas que o faziam sentir-se bem. "É como fazer amor, como atingir um orgasmo: só que não é ilegal e se pode fazer em público."

APOSTAR TUDO

Encontro-o no vestiário do Camp Nou de Barcelona, um estádio enorme, o terceiro maior do mundo. Da arquibancada, Messi é uma manchinha, incontrolável e muito veloz. De perto, é um rapaz franzino, mas firme, muito tímido, fala quase sussurrando uma cantilena argentina, o rosto doce e limpo, sem um fio de barba. Lionel Messi é o menor campeão de futebol vivo. "La Pulga" é seu apelido. Tem a estatura e o corpo de um menino. De fato, foi ainda criança, por volta dos dez anos, que Lionel Messi parou de crescer. As pernas dos outros garotos se alongavam, bem como as mãos, a voz mudava. E Leo continuava pequeno. Alguma coisa não estava certa, e os exames confirmaram: havia uma inibição do hormônio do crescimento. Messi sofria de uma rara forma de nanismo.

Com o hormônio do crescimento, tudo ficou bloqueado. E esconder o problema era impossível. Entre os amigos, no campinho de futebol, todos perceberam que Lionel parara: "Eu era sempre o menor de todos, não importa o que fizesse nem para onde fosse". Diziam assim mesmo: "Lionel parou". Como se tivesse ficado para trás, em algum lugar. Aos 11 anos, com escassos um metro e quarenta, a camisa do Newell's Old Boys, seu time em Rosário, na Argentina, fica larga nele. Os shorts enormes dançam, e os sapatos, por mais que os cadarços estejam apertados, parecem chinelos. É um jogador fenomenal, porém no corpo de um menino de oito anos, não de um adolescente. Justamente na idade em que, entrevendo um futuro, estaria na hora de fazer crescer um talento; o crescimento primário, aquele de braços, tronco e pernas, se interrompe.

Para Messi, é o fim da esperança que ele nutre desde sua estreia em um campo de futebol, aos cinco anos. Sente que, com o crescimento, também terminou toda possibilidade de se tornar o que sonha ser. No entanto, os médicos percebem que seu déficit pode ser transitório, se combatido em tempo. O único modo para tentar intervir é uma terapia à base do hormônio Gh: anos e anos de contínuo bombardeamento que lhe permitem recuperar os centímetros necessários para enfrentar os colossos do futebol moderno.

É um tratamento muito caro que a família não pode se permitir: seringas de quinhentos euros cada uma, a serem usadas todos os dias. Jogar bola para poder crescer; crescer para poder jogar: dali em diante, este se torna o único caminho. Lionel nem consegue imaginar um modo de se curar que não se refira à paixão da sua vida, o futebol.

Mas só poderá se permitir esse maldito tratamento se algum clube de certo nível o colocar debaixo de suas asas e arcar com os custos. A Argentina está afundando na devastadora crise econômica e vendo fugir primeiro os investimentos, depois até as pessoas, cujas poupanças se volatilizam com a queda dos títulos do Estado. Netos e bisnetos de imigrados, que cresceram no bem-estar, buscam salvação emigrando para os países de origem de seus antepassados. Nessa situação, nenhum clube argentino, mesmo intuindo o talento do pequeno Messi, sente-se inclinado a bancar semelhante aposta.

Ainda que crescesse alguns centímetros — esse é o raciocínio —, atualmente, no futebol moderno, quem não tem um físico poderoso já não é nada. A Pulga será esmagada por uma defesa maciça; a Pulga não poderá marcar gol de cabeça; a Pulga não suportará os esforços anaeróbicos exigidos dos centroavantes de hoje. Mas Lionel Messi continua jogando do mesmo jeito no seu time. Sabe que deve fazê-lo como se tivesse dez pés, que deve correr mais rápido do que um potro, que deve ser imbatível com a bola no chão, se quiser ter a esperança de se tornar um jogador de verdade, um profissional.

Durante uma partida, é visto por um olheiro. Na vida dos jogadores, os olheiros são tudo. Toda partida a que assistem, toda punição que consideram executada de modo perfeito, todo menino que decidem seguir, todo pai com que vão falar significam traçar um destino. Desenhá-lo em linhas gerais, abrir-lhe uma porta. Todavia, no caso de Messi, o que lhe foi oferecido representa muito mais. Não apenas lhe é dada a oportunidade de se tornar um jogador, mas também a possibilidade de se tratar, de ter pela frente uma vida normal. De todo modo, antes de vê-lo, os olheiros que ouvem falar dele são muito céticos. "Se é muito pequeno, não tem chance, mesmo que seja forte", pensam. E, no entanto: "Foram necessários cinco minutos para entender que era um predestinado. Em um instante, ficou evidente o quanto aquele garoto era especial". É o que afirma Carles Rexach, diretor esportivo do Barcelona, após ter visto Leo em campo. É muito evidente que Messi tem nos pés um talento único, algo que vai além do próprio futebol: vê-lo jogar é como ouvir uma música, como se, em um mosaico descolado, toda pecinha voltasse a seu lugar.

Rexach quer detê-lo imediatamente: "Qualquer um que passasse por ali o teria comprado a peso de ouro". E, assim, fazem um primeiro contrato em um lenço de papel, um guardanapo de bar. Assinam ele e o pai da Pulga. Esse lenço é o que mudará a vida de Lionel. O Barcelona acredita naquele eterno menino. Decide investir no tratamento do maldito hormônio que parou de funcionar. Porém, para se curar, Lionel tem de se mudar para a Espanha com toda a família, que com ele deixa Rosário sem documentos e sem trabalho, confiando em um contrato redigido em um guardanapo, esperando que, dentro daquele corpo de criança, possa, de fato, estar o futuro de todos. A partir de 2000, por três anos, o clube garante a Messi a assistência médica necessária. Acredita que um garoto disposto a jogar futebol para se livrar de uma vida de inferno tenha dentro de si o combustível raro que faz alguém chegar a qualquer lugar.

Contudo, o tratamento é de amargar. Fica-se o tempo todo com náusea, vomita-se até a alma. Os pelos do rosto não crescem. Depois, tem-se a impressão de que os músculos vão estourar por dentro, de que os ossos vão arrebentar. Tudo se estica, se dilata em poucos meses, um período que, por sua vez, deveria ter sido de anos. "Eu não podia me permitir sentir dor", diz Messi, "não podia me permitir mostrá-la a meu novo clube. Porque eu devia tudo a eles". A diferença entre quem gasta o próprio talento para se realizar e quem aposta tudo nele é abissal. A arte passa a ser a sua vida, não no sentido de totalizar todas as coisas, e sim naquele de que somente a arte pode continuar a fazer viver, a garantir o futuro. Não existe um plano B, uma alternativa qualquer à qual se pode recorrer.

Após três anos, finalmente o Barcelona convoca Lionel Messi, e a família sabe que ele não estará em condições de jogar como se espera e que as dificuldades que terá pela frente serão insuperáveis. Na Argentina perderam tudo, e na Espanha ainda não têm nada. E Leo, a essa altura, recairia nas costas deles. Mas quando a Pulga joga, toda ansiedade se dissipa. Treinando duramente com o apoio do time, Messi consegue crescer não apenas em bravura, mas também em altura, ano após ano, centímetro após centímetro, espremido pelos músculos, polido nos ossos. A cada centímetro adquirido, um sofrimento. Ninguém sabe ao certo quanto mede agora. Alguns mal lhe dão pouco mais de um metro e cinquenta; outros, menos; alguns sites falam de um Messi que, continuando a crescer, chegou a um metro e sessenta. As estimativas oficiais mudam, aos poucos lhe concedendo alguns centímetros a mais, como se fosse um mérito, um prêmio conquistado em campo.

O fato é que, quando os dois times estão alinhados antes do apito inicial, o olho enquadra todas as cabeças dos jogadores mais ou menos na mesma altura, ao passo que, para encontrar a de Messi, deve descer pelo menos ao nível dos ombros dos companheiros. Para um esporte em que a potência conta cada vez mais e, para um atacante — os quase dois metros de Ibrahimovic e o metro e 85 de Beckham se tornaram a norma —, Lionel continua a parecer perigosamente uma pulga. Como diz Manuel Estiarte, o melhor jogador de polo aquático de todos os tempos: "É verdade, é preciso calcular que as probabilidades de Messi sair derrotado de um impacto corpo a corpo são elevadas, como elevado é o risco de ele ser totalmente atropelado pelos defensores. Mas somente com uma condição... antes devem conseguir alcançá-lo".

De fato, ninguém consegue manter-se em seu encalço. O centro de gravidade é baixo, os defensores o atacam, mas ele não cai nem se desloca. Continua a manter a corrida, vai chutando a bola, não para, dribla, pula, desliza, foge, finta. Ninguém consegue pegá-lo. Em Barcelona, dizem as más línguas que Roberto Carlos e Fabio Cannavaro, estrelas da defesa do Real Madrid, nunca chegaram a ver a cara de Lionel Messi porque não conseguem segui-lo. Leo é muito veloz, corre como uma flecha com seus pés pequenos, que parecem mãos pelo modo como conseguem segurar a bola e controlar cada movimento dela. Por causa de seus dribles, os adversários tropeçam no estorvo inútil de seus pés número 45.

Em uma publicidade à qual fora convidado para desenhar sua história com uma canetinha, é divertido e melancólico ver Messi retratar a si mesmo como um menininho minúsculo entre altíssimas florestas de pernas, perdido ali entre bolas muito grandes que voam longe. Mas quando tocam o chão, ele, veloz, as agarra e, pequeno como é, consegue passar entre as pernas de todos e chegar ao gol. Quando há arremessos laterais e os adversários recobram o fôlego, é justamente nesse momento que ele se lança e os ultrapassa. Assim, quando os marcadores imaginavam que o tinham às costas, já o encontram cinco metros à frente. O grande jogador não é aquele que faz com que se cometam faltas contra ele, mas aquele em que não se consegue passar nenhuma rasteira.

Ver Messi significa observar alguma coisa que vai além do futebol e coincide com a beleza em si. Algo semelhante a um arrebatamento, quase um arrepio de consciência, uma epifania que permite a quem está presente, vendo-o correr a passos miúdos e brincar com a bola, já não perceber nenhuma separação entre si e o espetáculo a que está assistindo, confundir-se plenamente com o que vê, a ponto de sentir-se uma coisa só com esse movimento desigual, mas harmônico. Nesse sentido, as jogadas de Messi são comparáveis às sonatas de Arturo Benedetti Michelangeli, aos rostos de Raffaello, ao trompete de Chet Baker, às fórmulas matemáticas da teoria dos jogos, de John Nash, a tudo que deixa de ser som, matéria, cor e se torna algo que pertence a todo elemento e à própria vida. Já sem separação nem distância. E nunca se viveu sem elas, só que, quando são descobertas pela primeira vez, quando, pela primeira vez, são observadas a ponto de nos deixar hipnotizados, a comoção é inevitável, e não se chega a outro lugar a não ser a intuir a si mesmo. A olhar-se no próprio fundo.

Ouvir os cronistas esportivos comentar suas cavalgadas seria o bastante para definir sua epopeia de malabarista. Durante uma partida entre o Barcelona e o Real Madrid, o cronista, ao vê-lo assediado por tentativas de falta, para de descrever a cena e inicia apenas uma satisfeita exclamação: "Não cai, não cai, não caiiiii". Durante outro desafio entre as históricas rivais, a ola estática "Messi, Messi, Messi, Messi" recebe um "as" suplementar, que ficará colado a seu nome: Messias. Esse é o outro apelido que a Pulga ganhou com a graça zombeteira de suas avançadas, com a estupefação quase mística que seu jogo suscita. "O homem se fez Deus e enviou seu profeta", assim dizem os textos em uma reportagem de televisão dedicada a "el Mesías" e àquele que, como encarnação divina do futebol, o precedeu: Diego Armando Maradona.

Parece impossível, mas, quando Messi joga, tem em mente as jogadas de Maradona, tal como um enxadrista muitas vezes se inspira na estratégia de um mestre que se viu em uma situação análoga. A obra-prima que Diego Armando realizara em 22 de junho de 1986, no México, o gol votado como o melhor do século, Lionel tenta repetir de modo quase idêntico e quase exatamente vinte anos depois, em 18 de abril de 2007, em Barcelona. Leo também parte de cerca de sessenta metros do gol, também descarta, em uma única corrida, dois meio-campistas, depois acelera para a grande área, onde um dos adversários que ele havia superado tenta derrubá-lo, mas não consegue. Ao redor de Messi aglomeram-se três defensores, e, em vez de mirar o gol, ele escapa pela direita, descarta o goleiro e outro jogador... e vai para o gol. Depois de marcá-lo, ocorre uma cena incrível: os jogadores do Barcelona, petrificados, com as mãos na cabeça, olham ao redor como se não estivessem acreditando que ainda fosse possível assistir a um gol do gênero. Todos pensavam que apenas um homem fosse capaz de tanto. Mas não foi o que aconteceu.

A imprensa logo inventa o apelido "Messidona", mas existe algo na semelhança dos dois campeões argentinos que ultrapassa tais ideias e causa arrepios. Em um esporte cuja fase épica parece ter ficado para trás, as proezas de Messi se parecem com a réplica de um mito, e não de um mito qualquer, mas daquele que mais está em contraste com nosso tempo: Davi contra Golias. Corpos minúsculos, bairros pobres, incapacidade de ver-se diferente desde que jogavam nos campinhos, cara sempre igual, raiva sempre igual, como uma inércia que se carrega por dentro. Teoricamente, tinham tudo que bastava para errar, tudo que bastava para perder, tudo que bastava para não agradar a ninguém e par não jogar. Mas as coisas aconteceram de outro modo.

Quando Maradona marcava aquele gol no México, Messi nem tinha nascido. Nasceria em 1987. E a razão pela qual o segui em Barcelona, a ponto de querer conhecê-lo, tem sua origem justamente nisto: ter crescido em Nápoles em meio ao mito de Diego Armando Maradona. Nunca esquecerei a partida dos Mundiais de 1990. Um destino terrível levou a Itália de Azeglio Vicini e Totò Schillaci a jogar a semifinal contra a Argentina de Maradona, justamente no estádio San Paolo. Quando Schillaci marca o primeiro gol, o estádio exulta. Mas dá para sentir que, nas curvas das arquibancadas, alguma coisa não está indo bem. Após o gol de Caniggia, a torcida não napolitana — não autóctone — começa a se zangar com Maradona, e então acontece uma coisa que nunca mais acontecerá na história do futebol e que nunca tinha acontecido até então: a torcida se alinha contra o próprio time nacional de futebol. Os torcedores da curva napolitana começam a gritar: "Diego! Diego!" Aliás, já estavam habituados a fazê-lo. Como criticá-los? Como podiam identificar-se com outros? Naquele momento, mais do que um time com jogadores provenientes de outras cidades italianas, de Roma, Milão e Torino, era Maradona quem representava a torcida do estádio San Paolo.

Maradona tinha conseguido subverter a gramática das torcidas. E, em Roma, fizeram-lhe pagar durante a final entre Argentina e Alemanha, onde o público, para se vingar da eliminação da Itália na semifinal e das deserções criadas dentro da torcida, começa a assobiar o hino nacional. Maradona espera que a câmera de televisão, ao deslizar focando cada jogador, chegue a seus lábios para lançar um "Hijos de puta!" aos torcedores que não respeitam nem o momento do hino. Uma final terrível, durante a qual, em Nápoles, todos torciam, obviamente, para a Argentina. Mas depois, o momento do pênalti absolutamente dúbio destrói toda esperança. Embora em franca dificuldade, a Alemanha deve vencer e vingar a Itália derrotada. Um pênalti dúbio, devido a uma falta cometida contra Rudi Voeller, é batido por Andreas Brehme. E o comentário do cronista argentino foi: "Só assim, irmão... só assim vocês podiam vencer Diego".

Lembro muito bem aqueles dias. Eu tinha 11 anos, e dificilmente voltarei algum dia a ver aquele tipo de futebol. Mas alguma coisa daquela época parece voltar. O gol do México contra a Inglaterra, o gol refeito pela Pulga vinte anos depois, marca um dos momentos inesquecíveis da minha infância. Pergunto-me que maravilha e que vertigem seria ver Messi jogar no estádio San Paolo; ele, de quem o próprio Maradona disse: "Ver Messi jogar é melhor do que fazer sexo". E de ambas as coisas Diego entende. "Gosto de Nápoles, quero ir logo para lá", diz Lionel. "Ficar um pouco ali deve ser muito bom. Para um argentino, é como estar em casa."

O momento mais incrível do meu encontro com Messi foi aquele em que lhe digo que, quando joga, se parece com Maradona — se parece, porque não sei como exprimir uma coisa repetida mil vezes, embora eu não possa deixar de dizê-la —, e ele me responde: "Verdad?" (É mesmo?), com um sorriso ainda mais tímido e contente. De resto, Lionel Messi aceitou me conhecer não porque sou um escritor ou por qualquer outra razão, mas porque lhe disseram que venho de Nápoles. Para ele, é como nascer em Meca para um muçulmano. Para Messi e para muitos torcedores do Barcelona, Nápoles é um lugar sagrado do futebol.

É o lugar da consagração do talento, a cidade onde o deus da bola jogou durante os anos mais belos, onde, do nada, partiu para derrotar os grandes times e conquistar o mundo.

Lionel parece o contrário do que se espera de um jogador: não é seguro de si, não usa as frases costumeiras que lhe aconselham dizer, fica vermelho e fixa os pés, ou então começa a roer as unhas do indicador e do polegar, aproximando-as dos lábios quando não sabe o que dizer e está pensando. Mas a história da Pulga é ainda mais extraordinária. A história de Lionel Messi é como a lenda do zangão. Dizem que o zangão não poderia voar porque o peso do seu corpo é desproporcional à envergadura das suas asas. Mas o zangão não sabe disso e voa. Messi, com seu corpo pequeno, com aqueles seus pés pequenos, com aquelas pernas pequenas, o tronco pequeno e todos os seus problemas de crescimento, não poderia jogar no futebol moderno, que é todo feito de músculos, massa e potência. Só que Messi não sabe disso. E é por isso que é o maior de todos.

TATANKA IRADO

"Não tem feito melhor do que aquele realizado com as próprias mãos." E os pugilistas concordam com essa frase de Homero. O boxe é raiva disciplinada, força estruturada, suor organizado, desafio mental e muscular. No ringue, ou se faz de tudo para ficar de pé, ou se esgotam as energias e passa-se a contar com a derrota. Em todo caso haverá combate, um contra o outro. Não há outra possibilidade nem outra mediação.

Haverá dois campeões no time nacional italiano nas próximas Olimpíadas: Clemente Russo, 91 quilos, peso-pesado, e Domenico Valentino, 60 quilos, peso leve. Vinte e seis e 24 anos. O primeiro, campeão mundial; o segundo, vice-campeão. Ambos policiais. Pugilistas que os adversários chineses estudam há anos, prevendo as competições em Pequim. Russo e Valentino são de Marcianise, a toca onde se criam os filhotes do boxe. Quando crescem, vão para a polícia ou para o exército, e, por fim, direto para as Olimpíadas.

Marcianise, cidade de 40 mil habitantes, é uma das capitais mundiais do pugilismo, sem dúvida a capital italiana. Nela há três academias gratuitas, onde os rapazes de todo o território de Caserta vão dar socos no saco de boxe. Existe uma razão para Marcianise ser o viveiro histórico dos pugilistas na Itália. Justamente ali, os americanos estacionados na Campânia chamavam de *sparring partners* os carpinteiros e os pastores de búfalos da região, que disputavam com os marines por alguns dólares. E, depois de conseguirem derrubar muitos, continuaram a lutar, construíram academias e começaram a ensinar os rapazes do lugar.

Um dos treinadores que tornou famosa a academia Excelsior de Marcianise é Mimmo Brillantino. Uma espécie de sacristão do pugilismo, treinador de campeões europeus, olímpicos e mundiais. Identifica-os quando são pequenos, fareja-os, segue-os e enxerga-os em sua alma. E depois os cria, meio como domador de tigres, meio como irmão mais velho. Todas as manhãs, Mimmo Brillantino se apresentava bem cedo na casa de Clemente Russo para acordá-lo. Seis horas: corrida. Até as oito e meia, quando começava a escola. Quando esta terminava, ia buscá-lo: almoço, lição de casa e, depois, treino de novo. Com o sol, de mangas curtas; debaixo de chuva, com capuz. Treina-se sempre, com constância.

Pouco antes da partida para as Olimpíadas, conheço Clemente Russo e Domenico Valentino no centro poliesportivo da Polizia di Stato, onde treinam todos os policiais empenhados em cada disciplina. Desde o grande judoca Pino Maddaloni até a campeã de esgrima Valentina Vezzali, todos estão nas Fiamme Oro.*

* Grupo esportivo da Polizia di Stato. (N. T.)

Ali, Clemente Russo é chamado de "Tatanka", termo com o qual os Lakhota Sioux indicam o bisão macho. O nome lhe foi dado por um de seus professores, após ter assistido *Dança com lobos*. Ao tentar se comunicar com Pássaro Pontapé, seu novo amigo, o tenente John Dunbar se agacha e leva dois dedos à cabeça para representar os cornos de um bisão. O cacique entende e diz: "Tatanka". Dunbar assente e repete.

Clemente Russo ganhou esse apelido porque, no ringue, às vezes se esquece de que é um pugilista. Abaixa a cabeça, fica com o nariz na altura do peito, os olhos voltados para cima, a testa baixa. E dá-lhe soco. É preciso gritar-lhe do canto que é um esportista, não um espancador. Mas, como diz Giulio Coletta, da equipe nacional: "Se você luta desse jeito e não derruba logo o adversário, ele ganha de você, porque você perde todas as energias e, depois, já não tem fôlego nem concentração para se defender. Aí você cai. Como um bisão depois de ter levado carga".

Tatanka tem uma tatuagem no flanco. Um bisão americano correndo, que usa luvas de boxe nas patas anteriores. Clemente me conta que entrou na academia "porque eu era encorpado! E não aguentava mais passar o tempo do lado de fora dos bares". Hoje, o maior mérito de Clemente Russo é a visão de conjunto. Parece ter em mente, do primeiro ao último minuto, o que deve fazer. Além do mais, é forte, mas não considera a força sua melhor qualidade: "A força é a última coisa. A primeira é a mente. É o principal, Robbè". Os verdadeiros pugilistas não nascem como brigões; ao contrário, muitas vezes vai-se à academia para desenvolver a agressividade e só depois para dominá-la. "Primeira coisa: não é necessário apanhar. Depois, a segunda é bater." A esse respeito, Clemente e Domenico se exprimem em coro.

A Excelsior, academia que os formou, comemorou 20 anos de atividade, dos quais 10 no topo da classificação reservada às sociedades de pugilismo. Porém, diferentemente do que acontece com os outros esportes, os treinadores, que os seguem com uma paixão de missionários, ganham pouco, só o necessário para sobreviver. No entanto, passam os dias na academia construindo pugilistas. Contando as flexões, ensinando-os a bater no saco de boxe, a pular corda, a correr, a resistir. "E a ser homens", acrescenta Claudio De Camillis, policial, árbitro internacional e chefe do setor Fiamme Oro que acompanhou todos eles.

"Nos ligam de Marcianise, nos avisam quando há garoto novo no pedaço. Chega o telefonema de Brillantino ou do treinador Angelo Musone, ou de Clemente De Cesare, Salvatore Bizzarro e Raffaele Munno, os 'Templários' do boxe. Nós os aceitamos porque também nos falam da mentalidade desses garotos, da proveniência e da seriedade deles." A polícia os recruta e confia neles. Sem as Fiamme Oro, não existiria pugilismo amador. Portanto, já não existiria boxe na Itália.

A essa altura, os patrocinadores deixam de investir no esporte, e a única possibilidade seria ir para a Alemanha, país que atrai as escolas mais temidas do boxe contemporâneo, os pugilistas do Leste. Russos, ucranianos, cazaques, uzbeques, bielo-russos. Os novos e ávidos combatentes. Os gladiadores que relançaram a atenção mundial para o pugilismo e que hoje fazem da Alemanha a terra prometida do boxe. Em Marcianise, muitos italianos também se tornaram campeões; outros continuaram sendo bons atletas, e nada mais. Porém, todos se mantiveram distantes da camorra. Às vezes, os rapazes que tinham parentesco com alguma família iam treinar de manhã, e aqueles da família rival iam à tarde, mas, de todo modo, o boxe os arrastava para longe de certas lógicas.

As regras do pugilismo são incompatíveis com as do clã. Um contra o outro, cara a cara. O cansaço do treino, o respeito pela derrota. A lenta construção da vitória. Como recorda Clemente Russo: "É uma vida de sacrifícios; faz 20 anos que não tenho forças para ficar acordado até tarde da noite. E não me lembro de nenhum momento em que pude me permitir ficar jogando conversa fora de bar em bar, como se faz na nossa região". A camorra não administra o pugilismo por uma simples razão, e Clemente Russo a conhece bem: "Já não dá muito dinheiro. Com o primeiro título europeu de juniores que levei, comprei uma motocicleta".

Somente na Alemanha e na Espanha é que a máfia russa está sempre se infiltrando para tentar entrar no negócio. Mas, para os Belforte e os Piccolo, mandachuvas de Marcianise, dinheiro e modos de arranjá-lo não faltam. Os primeiros até conseguiram mandar vir as câmeras de televisão da "Vita in diretta"* para filmar o casamento de Franco Froncillo, irmão do emergente chefe Michele Froncillo. Queriam que a cerimônia, que teve até helicóptero soltando uma chuva de pétalas sobre os noivos e convidados, não fosse imortalizada pelas costumeiras filmagens pagas, e sim pela RAI. De maneira que não apenas os parentes, mas também as donas de casa de toda a Itália pudessem admirar e invejar a noiva.

---

* Programa de debates e entrevistas com personalidades italianas, apresentado pela rede de televisão RAI Uno. (N. T.)

Os "Mazzacane" e os "Quaqquaroni" — como são chamadas as famílias rivais — são dois clãs capazes de hegemonizar um vasto território repleto de pequenas e médias empresas. Um território que abriga o maior centro comercial da Itália e o maior cinema com várias salas — recordes estranhos para uma região com alto índice de desemprego e marcada pela emigração. Significa que há muitos subcontratos a serem ganhos, muitos estacionamentos a serem administrados, muita segurança privada a ser imposta. E, sobretudo, muito crime organizado.

Em março de 2008, a administração municipal de Marcianise foi dissolvida devido à infiltração da camorra. E, em 1998, Marcianise foi a primeira cidade italiana, desde o final da Segunda Guerra Mundial, a ter toque de recolher imposto pelo governador da província. Nos anos 1990, contava-se um morto por dia. Quando os Mazzacane e os Quaqquaroni começaram a se massacrar, os treinadores de boxe foram fundamentais para salvar o território. Isso porque seguiram nada menos do que o imperativo do pugilismo, "todos na academia, sem distinção de cor, mentalidade ou gosto", porque, "por dentro, todo mundo é vermelho como sangue", como dizem nas academias da minha região.

Mimmo Brillantino e os outros treinadores iam buscar os rapazes nos bares, nas praças, fora da escola. E, assim, tiravam-nos do deserto em que os clãs conseguem recrutar os jovens, de geração em geração, para colocá-los em seus tabuleiros de xadrez. O boxe rompia esse mecanismo, e o fazia de modo definitivo. Nesse sentido, o ringue é mais eficaz do que uma faculdade. Porque, depois que você combateu com o suor do próprio rosto e com as mãos, alistar-se torna-se uma derrota.

Em 2007, em Chicago, Tatanka demonstrou o que significa vir de uma academia de Marcianise. Colocou seu capacete azul e derrubou o alemão Povernov, para o qual havia perdido em 2005 nos mundiais da China. Esquivou-se dos socos do montenegrino Gajovic, que, mesmo tendo experiência com os campeonatos europeus, os mundiais e as Olimpíadas, e mesmo tendo eliminado muitos desafiantes promissores, não conseguia enquadrar Clemente, que lhe escapava. Depois, derrotou o tão ambicioso chinês Yushan. Até chegar à obra-prima final contra o poderoso canhoto Chakhkiev, que, aparentemente, por três vezes conduziu o jogo, ajudado por juízes que ignoravam os golpes de Russo. A tática permitira a Chakhkiev disparar ao toque do último round com um 6-3 que parecia colocá-lo em segurança. O canto de Clemente estava desmoralizado, tentava fazer com que ele não percebesse, mas, àquela altura, se preparava para a derrota. Tatanka, porém, acreditou na vitória até o final. "Ele não está aguentando mais, acabou o gás. Vou derrubá-lo, vou derrubá-lo." Em dois minutos tem início a recuperação. Um gancho, um *jab*, esquiva um golpe de esquerda e vai direto no zigoma do russo. Faz quatro pontos sem receber nem um soco sequer. Chakhkiev levou uma saraivada de pancadas. Nem consegue mais se lembrar de onde está. A luta se conclui com 7-6, e Clemente sai campeão do mundo.

Outro talento mundial de Marcianise é Domenico Valentino. Todos o chamam de Mirko. É o nome que sua mãe havia escolhido, só que, por respeito ao sogro, acabou lhe dando o nome do avô. Porém, após ter pagado a conta no cartório, logo passou a chamá-lo de Mirko. O melhor peso leve que já vi. Veloz, técnico, não dá trégua ao adversário. Ele próprio explica sua estratégia:

"Tocar e fugir, tocar e fugir". "Eu era cabeleireiro em salão feminino", conta, "depois comecei a treinar. Em Marcianise é normal, e, assim, me dei conta de que dentro de mim havia um pugilista." Parece incrível que um dos pugilistas mais fortes do mundo tenha sido cabeleireiro; parece até o resgate da imagem de toda uma categoria.

De coiffeur, Mirko se tornou o mais temido peso leve europeu. Quando está no canto, fala espanhol. "Ponho esse no final de todas as palavras, assim me sinto um pouco Mario Kindelán." Kindelán, peso leve cubano e mito de Mirko, foi duas vezes medalha de ouro nas Olimpíadas e três vezes campeão mundial. Quando vencia, sussurrava a seus desafiantes na lona: "Esses socos não são meus, são os socos da revolução".

Domenico Valentino olha-se no espelho para estudar os próprios movimentos, extremamente velozes, os pés que giram junto com o golpe de direita. O espelho é fundamental no boxe. Você pula corda na frente do espelho, dá socos, acerta a guarda. Você se olha tanto que consegue até se ver como outro. O corpo que você encontra refletido já não é o seu, e sim um corpo, e ponto-final: a ser modelado, a ser construído. A tornar-se insensível à dor e forte à reação.

O pugilismo continua sendo um esporte épico, porque se baseia em regras da carne que põem o homem diante de suas possibilidades. Até o último homem da Terra, com suas mãos, sua raiva e sua velocidade, pode demonstrar o próprio valor. A luta transforma-se em um confronto com questões fundamentais que a vida contemporânea tornou quase impossível. No ringue, você compreende quem é e quanto vale. Quando está lutando, não conta o direito, não conta a moral, nada conta a não ser o seu perímetro de carne, suas mãos, seus olhos. A velocidade ao bater e esquivar, a capacidade de sobreviver ou sucumbir, de vencer ou fugir. Não dá para mentir no contato físico. Não dá para pedir ajuda. Se o fizer, estará aceitando a derrota.

Mas não é o êxito de uma luta a estabelecer quem realmente é o mais forte. Mais do que a vitória, mais do que os resultados das lutas, conta a prática da experiência da dor, conta a ausência de sentido, que é preciso sustentar para poder subir no ringue e nele ficar. Para ficar dentro da vida. Espírito combativo e agonia. Claudio De Camillis pega Mirko pelo braço e diz: "Veja só, Robbè, ele não tem nem 60 quilos. Quem o vê na rua diz: 'Este daí eu esmago'. E, no entanto, é um tanque de guerra".

No Mundial de Chicago, Domenico Valentino bateu em velocidade o armênio Javakhyan, vice-campeão europeu. Ficava dançando na frente dele e, assim que o armênio tentava golpeá-lo, enchia-o de socos. Depois venceu Kim Song Guk, norte-coreano e pugilista treinado nos golpes velozes, mas que não conseguia pegá-lo. Na final com o inglês Frankie Gavin, Valentino apresentou-se com a mão direita machucada: seu ponto fraco, as mãos pequenas e frágeis. Uma vantagem da qual Gavin desfrutou com perfeição. Que pena. "Nunca lavo nada até vencer. Cuecas, meias, shorts. Depois, se perco, jogo tudo fora. E, quando venço, ninguém aguenta ficar perto de mim, de tanto que cheiro a suor."

Também desta vez está com as mãos machucadas. Pergunto-lhe: "Você não as cobriu direito com as faixas?" "Não", responde, "isto é outra coisa". E vira a cabeça. Abaixo da nuca aparece um nome tatuado: "Rosanna", a namorada. Após um momento, admite. "Briguei com ela e, como sou nervoso, destruí uma motocicleta a socos. Mas, se eu vencer nas Olimpíadas, me caso com ela." Domenico Valentino tem um senso muito forte de desafio, bem como de respeito pelo desafiante. "Do meu canto você nunca vai ouvir frases do tipo 'acabe com ele', 'mate-o'. Nunca. Bate-se no inimigo, e ponto-final." Ficou muito amigo de Frankie Gavin, é amigo do time uzbeque, mas "não gosto dos turcos, porque, quando ganham, tiram sarro da sua cara, ficam agitando a bandeira debaixo do seu nariz. Quanto aos outros, são todos irmãos lutadores".

Uma luta memorável foi aquela contra Marcel Schinske, em 2007, em Helsinque. Os rapazes de Marcianise a reveem no YouTube. O pugilista alemão tenta uma estratégia de ataque. Agita-se, quer intimidar. Mas se descobre, o que é um erro fatal para quem está lutando com um pugilista veloz. E, de fato, Valentino logo lhe mete um direto no queixo, tão forte que Schinske não apenas vai à lona de imediato, como também cai duro, os braços parados ainda em posição de guarda, os olhos virados para cima. Domenico Valentino nunca mais vai esquecer aquele direto. "Robbè, senti como uma descarga elétrica em todo o braço. Nunca tinha sentido uma coisa dessas. É como se toda a sua dor tivesse entrado em mim. Fiquei assustado porque, depois de ir a nocaute, também começou a escoicear como um epilético."

Relembra Claudio De Camillis: "Precisei pegá-lo e abraçá-lo, fazê-lo descer lentamente do ringue. Chorava, soluçou por 40 minutos, pensava que o tinha matado. Só quando lhe assegurei que estava bem é que se acalmou". Pode parecer incrível, mas é assim: subir no ringue para derrubar um adversário e, depois de derrubá-lo, ficar preocupado se ele se machucou muito, se vai poder continuar a ser homem e pugilista. Como Joe Frazier, um dos mitos de Clemente Russo.

Joe Frazier lutava de modo compacto, um tijolo pretíssimo de músculos, mas era ágil e ganhou o título mundial. Porém, naquele período, Mohamed Ali, o campeão dos campeões, estava fora, tinha decidido deixar o boxe. E, em 1971, quando Frazier luta com Ali, entende que somente depois de tê-lo enfrentado é que poderá se definir realmente como um campeão. Após 15 retomadas, encontra a ocasião para um gancho. Ali cai. Derrotado. Quatro anos depois, Frazier renova o desafio. Uma luta considerada das melhores que já foram realizadas. Nenhum deles consegue vencer o outro. Frazier e Ali sangram, os olhos perdem a visão ao incharem, o fôlego falta. Os árbitros não têm coragem de interromper uma luta acompanhada pelo mundo inteiro; os treinadores tampouco estão a fim de ser os responsáveis por jogar a toalha. Então é Frazier quem decide. Ambos estão exaustos e machucados, e Frazier teme matar ou ser morto. Com o coração a mil, a respiração curta, o maxilar luxado, os supercílios sangrando, os árbitros desconcertados. Joe Frazier reconhece que cabe a ele. E se retira deixando a vitória a Ali.

As leis que surgem quando as outras não funcionam são escritas com o corpo. Lealdade, raiva e estima pelo adversário nascem depois que você tentou massacrá-lo e depois que ele tentou massacrar você, e ambos estão quites. "No fundo", disse Frazier na época, "não é necessário encontrar muitas motivações. No seu íntimo, você sempre sabe o que é certo e o que é errado". Joe Frazier citara Immanuel Kant sem saber.

Domenico tem um rosto inconfundível. Tem cara de pugilista, embora "nunca tenham quebrado meu nariz; ele é assim de natureza". Um daqueles rostos que os socos e os exercícios limam lentamente, como o vento e a água fazem com as rochas. Piero

Pompili o enquadra, depois me diz para olhar na objetiva, e me aparece um rosto quase asteca. Piero Pompili fotografa pugilistas desde sempre. Quase todos os pugilistas do mundo foram retratados por ele na academia quando eram apenas um aglomerado de ambições e esperanças diante do saco de boxe. Pompili reconhece neles as obras dos grandes mestres: "Guido Reni, aqui está Guido Reni", ou então: "Caravaggio, você é um Caravaggio". Os pugilistas o observam, gostam dele, mas não entendem o que o exalta. E ele os persegue como fazem os fotógrafos de modelos, mas com palavras bem diferentes: "Vai, Tatanka, gancho, gancho. Vai, Mirko, rápido, golpeie, golpeie". Pompili enxerga além; o conjunto das pulsões que dilaceram um homem é traçado no preto e branco das suas fotos.

Ao observar Tatanka no ringue enquanto Pompili fotografa, tenho sensações diferentes. Nunca senti inveja de um homem na vida, mas invejo Clemente Russo. Seu corpo em movimento transmite um sentido arcaico de familiaridade. Porque é assim que você imagina Heitor, Alexandre, Aquiles, Eneias, os soldados de Xenofonte, os soldados em Salamina ou nas Termópilas. Mais tarde, você fica sabendo que não eram musculosos, que Aquiles não tinha mais que um metro e cinquenta, que Leônidas era gorducho e calvo, mas ninguém consegue tirar da sua mente a imagem da beleza épica do combate, e agora Clemente Russo a encarna.

"Antes de uma luta", diz Tatanka, "não consigo pensar em nada. Antes de uma luta, fico uma semana sem fazer amor. Nada. Fico concentrado e só vejo na cabeça os meus golpes, aqueles que deveriam encerrar a partida." "Já eu penso em quem não está mais aqui", rebate Mirko, "nos amigos que foram embora. Nos parentes que morreram". Sempre se combate por alguém, por alguma coisa que deve chegar; sempre se combate em nome de alguma coisa, mas instintivamente. “Somos como os cavalos nos boxes antes da corrida. É isso o que somos antes da luta.”

Os pugilistas de que Clemente mais gosta são Roy Jones Jr. e Oscar De La Hoya. E Mohamed Ali? Responde Mirko: “Ali era uma grande cabeça, mas talvez houvesse melhores do que ele. Porém, ninguém como ele foi; ao mesmo tempo, cabeça, corpo, imagem e luta política. Ali era um campeão da comunicação. Não apenas um pugilista”.

Roy Jones Jr. é um pugilista que trouxe o break dance para o boxe. Suas lutas eram um verdadeiro espetáculo de dança. Às vezes, antes de golpear, dava passos ritmados para trás, parecidos com os movimentos bruscos de um rapper. Roy Jones Jr. lutava com a guarda baixa, abria completamente os braços, punha a cabeça para a frente e lançava uma saraivada de *jabs*, de direita ou de esquerda. Muitas vezes treinava na água. “Dar socos na água torna o ar mais leve”, dizia-lhe seu treinador.

Oscar De La Hoya, também amado por Valentino, é um pugilista americano de origem mexicana que muda continuamente de categoria porque, durante anos, ninguém conseguiu vencê-lo. Precisou encontrar desafiantes pelo mundo. Oscar De La Hoya sobe no ringue e sua equipe o segue, levando-lhe uma bandeira bifronte: de um lado, estrelas e listras; de outro, tricolor com a águia do México. Oscar dedica toda luta ganha à sua mãe, que morreu de câncer quando ele tinha 18 anos. Trabalha nos flancos, depois parte com golpes nos zigomas, cegando os olhos, e, quando o desafiante agarra as cordas e cai, Oscar De La Hoya se afasta, deixando a conta ao árbitro, até ouvi-lo chegar a dez. Então, olha para o céu e exclama: "Para você, mãe". De La Hoya é um pugilista completo, veloz, não um esportista duro na queda; é dinâmico e nervoso. "Para mim, a luta mais bonita", diz Mirko, "é aquela entre De La Hoya e Floyd Mayweather Jr., dois condottieri. O melhor do pugilismo em absoluto." De La Hoya, cara de índio; Mayweather, rosto de bom moço, traços suaves. O primeiro representando os mexicanos, os porto-riquenhos, os *latinos*, em geral, toda a emigração sem *green card*. O segundo, a burguesia afro-americana, os homens de ébano elegantes, os negros que venceram. Malcolm X está distante. E mais ainda o estão O. J. Simpson, Puff Daddy, os negros cafonas que exibem dinheiro, sucesso e mulheres.

Na apresentação da luta, Mayweather brinca de imitar Ali, insultando De La Hoya, mas o mexicano comenta: "Parecia mais um chihuahua do que um durão". Para um esporte como o boxe, que acabou ficando pobre, essa luta tinha uma bolsa de respeito: 45 milhões de dólares. De La Hoya tinha como treinador o pai de Mayweather, que, no entanto, antes da luta, rompe todas as relações. Não pode treinar seu pugilista para uma luta contra seu filho. E, assim, De La Hoya muda de treinador. A luta é um espetáculo. De La Hoya agride, golpeia, mas Mayweather se defende e contra-ataca. Tem a raiva da ambição, quer demonstrar que é o número um. De La Hoya já sabe que é o maior, parece não querer demonstrar mais nada. Luta, mas, àquela altura, já não parece interessado na vitória. É como se tudo já tivesse acontecido. E, ao final, o *chico de oro* do pugilismo mundial é derrotado por um boxeador nunca antes derrotado. "Sempre vence as lutas quem deve demonstrar alguma coisa a alguém, mas, sobretudo, a si mesmo", me diz De Camillis.

Clemente e Mirko irão a Pequim bem carregados. Levarão apertada em seus punhos toda a raiva desta terra. Quando são parados na rua em Marcianise, todos perguntam: "Quando vamos para Pequim?" Não dizem "vão", mas "vamos". Porque, nesse tipo de missão, já não se está sozinho, mas se divide a soma de muitos. Uma soma que reforça a alma. E, assim, a esses dois pugilistas seria o caso de pedir uma coisa: restituam a esta terra aquilo que nos tiraram, demonstrem o que significa nascer aqui — a raiva, a solidão, o nada todas as noites. Porque tudo isso é a matéria de que são feitos Clemente e Mirko, matéria que não há igual em outros lugares. A fome verdadeira de tornar-se alguém, alcançar um objetivo, distinguir-se da covardia e da adulação daqueles que estão ao redor. Porque a vida se mede a cada queda; porque combater significa não confiar em ninguém, saber que aqui tudo está sempre na subida, proteger sempre os ombros e se lembrar sempre de quem não conseguiu chegar lá.

Porém, na ambição pode estar reunida a aspiração de todo um território, fazendo com que se leve no desafio as esperanças de muitos, e os socos que dá e recebe no ringue deixam de ser gestos esportivos para tornar-se símbolos. Tornam-se os socos de toda uma geração, os ganchos e os *uppercut* de quem já não aguenta estar sempre na subida e, dia após dia, põe de lado uma nova porção de raiva. Então, deixa-se de lutar só por si mesmo, pelo título, pelos treinadores, pelo dinheiro que levará para casa, pela namorada com quem quer se casar. E luta por todos. Como De La Hoya sempre lutou junto com todos os *latinos* dentro dos seus punhos; como lutou Mohamed Ali, que tinha no sangue o resgate de todos os africanos do mundo; ou como Jake La Motta, com a fúria que girava no corpo dos ítalo-americanos.

Então, a vocês, Clemente e Mirko, carregados desse significado inscrito em seus músculos, com seu olhar, com a velocidade de seus socos e de suas pernas, com sua coragem que não os fez caminhar rente aos muros, não resta outra coisa a não ser cravar no canto quem desafiá-los e tentar fazer uma coisa só: vencer.

O HOMEM QUE ERA DONNIE BRASCO

Melhor ficar entre as pessoas, damos menos na vista... Joe Pistone não se sente nada tranquilo quando está na Itália. Olha os rostos ao seu redor, mantém um tom de voz baixo, fica em estado de alerta, mas o administra com serenidade. Nada de novo para a sua vida. Espero do lado de fora do restaurante. Nada de Joe. Joe Pistone é uma espécie de ícone vivo, uma lenda viva que caminha, e estou bastante ansioso. Ansioso por ver-me diante de seu talento. Um talento trágico, complexo.

O que para mim continua sendo o mistério de Joe Pistone é sua capacidade de se mimetizar, de se transformar, de acreditar em sua representação. Ou melhor, de dividir a própria alma em compartimentos estanques, a ponto de fazer surgir o pior de si não como alguma coisa externa, e sim como uma faceta que é parte dele. Passam-se muitos minutos, tento entrar. Joe está em um canto. De costas para a parede. Está sentado à mesa, come azeitonas e cospe na mão os caroços. Eu o aguardava do lado de fora do restaurante, e ele estava dentro havia um bom tempo.

"Melhor esperar sentado, comendo, do que do lado de fora e em pé, a menos que você queira brincar de alvo."

Pistone me cumprimenta e me olha: "É difícil um italiano se vestir mal como você". Joe Pistone é Donnie Brasco, o personagem que se tornou célebre graças ao filme de Mike Newell. Na realidade, durante muitos anos esse nome fora o que de mais secreto podia existir. Um nome conhecido apenas entre os filiados ao clã Bonanno e, sobretudo, do FBI. E, no FBI, somente um grupo restrito sabia que Donnie Brasco era o nome de fachada do agente infiltrado por seis longuíssimos anos na família mais poderosa de Nova York.

Joe parece o avesso de Johnny Depp. Talvez houvesse mais semelhança entre Al Pacino e Lefty, o mafioso que fez Donnie entrar no clã, achando que ele era um comerciante de pedras preciosas. Mas Joe é claro: "O filme é um filme, minha vida é minha vida". Começa-se a conversar. "Sabe", diz Joe, "em Nova York a máfia tinha muito poder no setor das construções e no setor do lixo. Praticamente monopolizava esses dois mercados. Conseguia isso controlando os transportes, os sindicatos e por intermédio da sua relação com a política. Agora, isso — até por causa dos duros golpes da polícia — não existe mais ou sua presença já não é tão forte. Agora tudo mudou. As gerações jovens querem tudo na hora. E conseguem com a droga; é assim que se faz dinheiro rápido, não é? Quando me infiltrei, minha geração obviamente negociava a droga, mas só os boss a controlavam. A regra era: nada de droga no bairro. Vamos vendê-la no Harlem. Aos negros. Ou aos ricos, filhos da Nova York elegante. Mas nada nas nossas zonas. As novas gerações, entretanto, não estão nem aí, porque querem o dinheiro hoje, de imediato. Eles próprios usam drogas:

no passado, era impossível em uma família mafiosa que o boss e seus colaboradores mais próximos cheirassem coca. Por todas essas razões, há um grande atrito entre as velhas e as novas levas. Uma espécie de conflito de gerações. Os novos clãs perderam o controle sobre os sindicatos porque as novas gerações não têm a experiência e a diplomacia de corromper os políticos como sabiam fazer seus pais. Seria um trabalho demorado demais. E eles vivem no imediato. Os jovens não têm embasamento político. Uma vez perdidos os sindicatos, perde-se também o controle sobre o comércio do país. Perdido o controle da indústria dos transportes sobre rodas, que o comércio movimenta, já não é possível controlar os preços."

O que é estranho para Joe Pistone é o fortíssimo poder que os cartéis italianos continuam a ter na Itália e no mundo. Todas as máfias do mundo se inspiram, como modelo, lógica, ação e investimento, naquela italiana, embora há anos em Nova York os italianos tenham delegado aos albaneses, nigerianos e, sobretudo, aos russos o controle do território. Joe me pediu para levar-lhe um exemplar americano de *Gomorra*, e vira o livro tentando esconder a capa, um enésimo gesto de prudência. Depois me diz: "Seja como for, aqui na Itália ninguém conhece essa capa americana, não é?"

Quando se viu falando diante do Senado dos Estados Unidos para relatar sua atividade de infiltrado, Pistone disse que quanto mais os mafiosos se americanizavam, mais se distanciavam da mentalidade mafiosa. Quanto mais os EUA entravam em suas veias, menos se tornavam confiáveis. "Sabe, a certa altura, nos Estados Unidos, o clã Bonanno chamou muitos da Sicília; era um modo de se sentir mais seguro. Na época, o chefe Carmine 'Lilo'

Galante importou mafiosos sicilianos para os States. Teve a previdência de entender qual direção estavam tomando os jovens ítalo-americanos que vinham perdendo sua 'cultura'. Àquela altura, a terceira geração já estava mesmo se distanciando. Eis por que levou diretamente para a América a máfia siciliana que lhe era mais leal. Sabia que os mafiosos sicilianos poderiam andar pela América e matar em liberdade porque, uma vez presos, ninguém saberia quem eram. E depois, eram mais confiáveis: nada de droga, nada de extravagâncias. Disciplina e honra."

Nos seis anos em que ficou infiltrado, Joe viu estruturar-se todo o organograma do clã. "Com o tempo, os sicilianos se tornaram muito poderosos, tanto que hoje, dentro dos Bonanno, encontramos duas facções: sicilianos e americanos, que não se veem com bons olhos. Os americanos tinham ciúmes dos sicilianos importados por Bonanno, e os sicilianos achavam os americanos soft demais. Porque os americanos não matavam policiais nem políticos, enquanto na Sicília eles não tinham esses escrúpulos. No fim, aconteceu de o boss Galante ser assassinado. E coube aos americanos formar uma estreita aliança com os sicilianos, aos quais foram prometidas posições de poder dentro da família Bonanno."

Vez por outra, enquanto falo, esqueço que estou diante de Donnie Brasco. Deixamo-nos levar às conversas sobre os sistemas máximos de criminalidade. Até eu lhe dizer: "Joe, sabe que na minha região você é um mito para os dois lados da barricada, para a polícia, mas também para os rapazes da camorra? Donnie Brasco é Donnie Brasco porque tem peito. O resto não vale nada em certas lógicas". Joe ri e comenta: "Forget about it!", a mítica frase do filme que todos os gângsteres repetem continuamente e que todos os garotos da minha região repetem uns aos outros, imitando as expressões de Al Pacino e Johnny Depp. Traduziram-na por "está pensando o quê?". "O Porsche é um carrão, está pensando o quê?", "os Yankees têm um péssimo batedor, está pensando o quê?", "Alicia Keys tem a bunda mais linda do mundo, está pensando o quê?" Uma expressão que confirma. Confirma tudo e o contrário de tudo.

Pergunto a Joe Pistone se, quando estava infiltrado, nunca recebeu ordem para matar. E ele repete ironicamente: "Forget about it!". Várias vezes mandaram-no matar pessoas, mas conta que sempre conseguiu escapar. "Me atribuíram 'contratos'. E tive de dizer sim: você não pode recusar; do contrário, te matam. E deixa eu te dizer uma coisa: se se tratasse de escolher entre mim e um mafioso, teria sido ele. Eu o teria matado. Mas nunca me vi nessa situação. Um dia, eu estava com outros mafiosos no clube onde a gente se encontrava. Toca o telefone, e a pessoa ao aparelho me diz que o homem que eu devia matar estava em certo endereço. Os outros me disseram: 'Ok, agora vamos pegá-lo'. Entendi que não podia escapar, porque, se fôssemos até lá e eu não o matasse, eles é que acabariam comigo. Então entendi que o cara devia morrer. Mas quando estávamos para sair, o telefone tocou de novo, e me disseram que aquelas informações eram falsas. Por isso não fomos. Mas eu sabia que sempre tinha de ter em mente o que estava disposto a fazer para salvar a minha vida."

Ter em mente quem era. Essa é a coisa mais difícil. E tê-lo apenas em mente, e não no peito nem no estômago. Por dentro devia ser Donnie Brasco, não Joe Pistone. Por seis anos longe da família, seis anos em que, se você confessa a si próprio quem é de fato, acaba cometendo erros, falhas, imprecisões, torna-se escrupuloso e moral. O contrário do que é necessário. Seis anos em que você deve fazer gravações, anotar rostos, humores, compreender o que está acontecendo a você e o que te acontecerá. Joe tenta fazê-lo tendo fé. Uma fé no destino — como se dissesse: cedo ou tarde, todos nós morreremos; quando chegar a minha hora, não poderei fazer nada, mas, antes de esse momento chegar, poderei fazer de tudo para viver. "Uma vez, um cara me esquadrinhou: 'Se você não nos convencer de que é realmente um ladrão de joias, vão te encontrar enrolado em um tapete'. Tive de me salvar com as palavras, sem deixar transparecer nenhuma ansiedade, como se eu dissesse: 'Se está querendo acabar comigo, vá em frente, estou aqui'."

"Em outra ocasião, um cara me acusou de ter roubado do clã dinheiro proveniente da droga. Para provar que era verdade, convocaram algumas reuniões. Se, nesses casos, você entra em pânico, te levam para 'dar uma volta', ou seja, para fora da cidade, depois te dão de presente uma bala na nuca. Assim, em vez de me afastar para evitar o passeio, fiquei nas imediações, exatamente do outro lado da porta onde estavam reunidos. Esperando que terminassem, sem o menor medo. E só. Não há muito o que fazer." Não consigo entender como conseguiu fingir que não estava com medo. Pode-se sorrir por fingimento, e por fingimento estar alegre, ser mafioso, mas realmente não consigo imaginar como se faz para fingir que não se sente medo. Você o sente e o afugenta? Impossível entender isso. São mecanismos que você só pode vivenciar, ou melhor, aos quais só pode sobreviver. Se tiver sorte. Digo-lhe o seguinte: "Admiro essa sua capacidade de ter mantido separadas as duas vidas. Na minha opinião, foi o que salvou a sua alma". Joe me olha com ar melancólico e não quer responder outra coisa além de "thanks".

Começamos a comer, e, assim, os tons baixam. O gravador se enche de sons de talheres arranhando os pratos, de copos tilintando para brindes tolos que fazemos às coisas mais disparatadas, "à vida", "fodam-se os mafiosos", "à Itália", "ao Sul". Conseguimos destemperar toda ânsia e toda tensão inicial, chego até a pronunciar o nome de Donnie Brasco em voz alta, sem que Joe faça outra coisa além de lançar uma olhada à sala do restaurante para ver a reação. Nada. Pode-se continuar a falar em tom normal. "No meu país", argumento, "fazer parte da máfia significa ter sex appeal e um séquito de *groupies*". Joe Pistone confirma a universalidade da coisa. "Na América é igual. Depois, quando você está na máfia e entra em um restaurante, te dão os melhores lugares. O mesmo também acontece quando você entra em uma loja de roupas. As mulheres, quando você é um boss, dão logo o braço para você..." Usa sempre uma expressão que eu não conhecia, *on the arm*, algo semelhante a "dão para você logo de cara".

Pergunto-me se, depois de anos passados de determinado modo, ainda que difíceis, não chegou a sentir falta desse tipo de vida, mas Joe é categórico: "Não, nunca senti falta. Para mim era só um trabalho. Tive sorte de crescer em um bairro italiano onde a máfia era de casa: eu a conhecia, e ela não me fascinava. Não achava que fosse algo especial". Já, no filme, a relação entre Depp e Pacino está toda centrada em uma espécie de nostalgia. Brasco sabe que perderá o afeto de Lefty, que talvez Lefty, tão logo descubra que Brasco é um agente, poderá ser morto. Mas não foi assim que aconteceu na realidade. "Quando gravam um filme, devem fazer de modo que o herói mostre seus sentimentos. Se o herói diz à polícia: 'Façam o que quiserem com essa escória, matem-na. Estou me lixando', então os diretores mudam a cena porque o público não gosta. Por isso quiseram dar a impressão de que eu sentia muito pelas pessoas que acabaram na prisão ou que foram mortas: para não dar a impressão de que meu personagem fosse sem coração. Mas, quando me transformei em Donnie Brasco, talvez eu tenha realmente ficado sem coração."

Eu, que nasci e cresci em um território onde muitas pessoas queridas acabaram nos centros vitais da camorra, nunca consegui considerá-las alheias aos afetos e às emoções porque estavam escolhendo caminhos opostos ao meu. Nem sempre se pode obrigar o coração a não querer bem a alguém porque ele vive fazendo o que você despreza e odeia com a cabeça. Pergunto-lhe como fez para não se preocupar com essa relação natural que nasce em certos territórios e para denunciar aqueles de quem, no fundo, tinha gostado. Mas Joe é claro ao dizer que nunca envolveu nas investigações pessoas que eram obrigadas a se relacionar com a máfia, mas que não eram filiadas: "Entendo você. Quando eu trabalhava disfarçado para o FBI, perguntaram-me se eu tinha informações sobre as pessoas do meu bairro, gente que conheci crescendo. Respondi que não, porque eu tinha vivido ali. No final, é a mesma coisa tanto no sul da Itália quanto em Nova York".

Em seis anos de disfarce, enquanto trabalhava em Manhattan, Joe Pistone conseguia ver uma vez a cada seis meses as três filhas que viviam em Nova Jersey. Uma privação enorme. "Quando eu voltava e achava que ainda era um pai, descobria que não era mais. Que estava acostumado a ser um homem sem família e que a minha família já não estava acostumada comigo. Mas eu estava convencido de estar agindo em nome de uma sociedade melhor, por um país melhor; sabia que, no final, minhas filhas teriam um benefício com aquilo que eu estava fazendo. Era o único modo possível de ver as coisas. E a minha família entendeu." Pistone levou à prisão cerca de 150 filiados ao clã Bonanno, e por sua cabeça oferecem um prêmio de 150 mil dólares que nunca foi pago, pronto a ser entregue a quem fizer o favor de eliminá-lo para os mafiosos ítalo-americanos de Manhattan. Nos processos, muitos pistoleiros do clã, seus ex-amigos, das grades lhe fizeram o sinal da pistola com a mão, apontando o indicador contra ele e imitando o som do disparo. Encontro a coragem para repetir-lhe que não entendo como pode, de fato, ter superado o medo. Quando me foi atribuída a escolta, Gaetano Maruccia, coronel dos carabinieri, me disse, citando Roosevelt: "A única coisa de que se deve ter medo é do próprio medo". Um modo de me aconselhar a continuar meu trabalho, a fazê-lo serenamente e não cair na armadilha dos clãs, que querem te colocar nas costas uma ansiedade contínua e, assim, afastar você de si mesmo. "Concordo plenamente", diz Joe. "Nunca tive medo realmente. Se você o tem, leem isso na tua cara. Eu estava sempre alerta. Sabia sempre que, se cometesse um erro, podia morrer. E o medo faz você cometer erros."

Tudo bem, digo a mim mesmo, mas, e depois? Depois que o trabalho sob o disfarce acabou? Como faz para viver serenamente? Não dá para continuar, durante décadas, a não ter medo do medo, ou dá? "Temos provas de que a máfia mandou gente proveniente de todo canto dos Estados Unidos para dar cabo de mim. No fundo, depois não era diferente de quando eu estava infiltrado, porque na minha cabeça eu estava fazendo a mesma coisa. Fazia o que era justo. E como era justo, não havia motivo para ter medo. Porque eu era um dos bons. E parar para pensar: o que de pior podem me fazer? Me matar? Não via isso como uma coisa tão grave."

No fundo, Joe é um homem simples. Em paz consigo mesmo. Sempre teve em mente que estava fazendo seu trabalho, que estava do lado certo e que teria feito todo o possível para fazer bem o seu trabalho. Nunca se considerou um herói nem um infame. Mas o que sua família teve de suportar não pode ter passado facilmente por sua consciência. "Foi o momento mais duro da minha vida, quando o prêmio pela minha cabeça foi estendido à minha família, e meus familiares tiveram de mudar de identidade e se transferir para outro lugar. Sim, me senti culpado, porque não é uma vida normal. Nunca. Quando você fica conhecendo gente nova, não pode ter nenhuma conversa que remeta ao passado, a quem você era, ao que fez. É duro para a família. E essa situação impôs mais restrições a eles do que a mim. Até porque sei cuidar de mim mesmo." Pergunto-lhe se tentou salvaguardar sua memória. "A primeira coisa que fiz foi deixar a alguém a narrativa da minha verdade; assim, se me acontecesse alguma coisa, haveria uma pessoa em condições de restituí-la. Havia um agente do FBI a quem contei tudo. Era um amigo meu. Eu também era amigo do juiz Falcone."

Depois é Joe quem começa a me fazer perguntas. Diz que custa a imaginar uma luta antimáfia com esperanças de vitória na Itália. Percebe que hoje, no país, a máfia é ainda mais poderosa do que aquela que conhecera nos tempos em que era Donnie Brasco, quando os clãs americanos tinham ligações políticas e controlavam, além da droga, os transportes, o negócio do lixo e da construção civil, todas as ramificações que continuaram a cultivar e reforçar na Itália. Os boss italianos são donos de empresas, muitos dos que detêm o controle regional são formados, têm perfil de alto nível. Fica quase chocado com essa crueldade burguesa das organizações italianas. "Sabe, os mafiosos americanos são gângsteres, são considerados gângsteres, e eles próprios se veem como tais: começam do zero, como criminosos comuns, depois sobem os degraus da organização. Só nos clássicos do cinema é que você os vê fazer o papel do homem de negócios. Sentem-se fora da sociedade 'normal', uma casta à parte. Já aqui, na Itália, sei que há doutores e advogados fazendo parte dela." Joe tentou desmontar o mito mafioso em suas relações de quando era Donnie Brasco. "Nos Estados Unidos, grande parte dos mafiosos não constrói mansões nem palácios. Sua vaidade se concentra nas roupas, nos carros, nas mulheres com que andam. Não era difícil desmontá-los; não são como os boss italianos, que constroem a própria lenda. Só Gotti fez isso nos EUA." Dita por Joe, a coisa impressiona. Pergunto-me até que ponto a máfia ítalo-americana pôde ser atacada, até porque nunca sobrepôs a realidade ao cinema, enquanto a nossa seguiu Hollywood, não apenas mandando construir mansões idênticas, mas, sobretudo, querendo realizar sonhos de grandeza e de poder. E conseguiu. Enquanto se discute a esse respeito, não é possível não falar da *Família Soprano*, a série de TV que parece ter mudado o curso da história televisiva e da imagem mafiosa nos EUA e em metade da Europa.

"Na América, a máfia só é conhecida nas cidades maiores, como Chicago e Detroit, porque as atividades mafiosas se concentram nas áreas industrializadas. Nas outras regiões dos Estados Unidos — como no Sul —, a influência mafiosa não existe porque não há indústria. Portanto, podemos dizer que a razão de seu grande sucesso no país é que as pessoas ficam fascinadas por alguma coisa que muitas vezes não conheciam e pela possibilidade de ver na TV o lado 'bom' da família mafiosa, embora violenta e corrupta, que nenhuma outra transmissão jamais fizera ver. Gosto da *Família Soprano*, mas os ítalo-americanos ficam muito irritados. Nos EUA existem organizações que nasceram justamente para proteger a imagem deles. Pode parecer paradoxal, mas nos Estados Unidos é muito comum, quando alguém fica te conhecendo e descobre que você é italiano, ouvir comentários do tipo: 'Então você é membro da máfia'. Isso eu não suporto."

Conto-lhe um episódio que lhe diz respeito: "Uma vez, um boss napolitano disse que Joe Pistone se tornara Donnie Brasco fazendo os Bonanno de bestas porque não tinha cara de mafioso, e sim de homem de verdade. Já os amigos, para fazer gozação comigo, diziam que, para mim, com essa cara que tenho, não havia esperanças". Joe ri: "Acho ridículo que, em relação ao que já está feito, os boss sintam necessidade de recorrer a essas desculpas para se justificar. Eu os enganei, e pronto. Não há desculpas".

Enganados, e pronto. Não por causa da cara, mas pelas outras qualidades que vou percebendo à medida que a noite fica menos tensa e Joe Pistone continua a encher a própria taça. Joe sabe esquadrinhar as pessoas que tem diante de si, pesa-as com o olhar, vê seus detalhes; parece até que pode saber qual foi a última vez que você cortou as unhas e se traz santinhos na carteira. Me olha, me pergunta sobre a plaquinha de identificação militar que trago no pescoço: "Dos paraquedistas, não é?" Depois quer saber: "Por que você usa esses três anéis?" Tento explicar-lhe que é um antigo costume na minha região, que os uso mais por tradição do que por crença. Três como Pai, Filho e Espírito Santo. "Bonito", me diz. Joe também gosta de usar símbolos. Me mostra o *Claddagh Ring*, um símbolo irlandês de amizade e amor, um anel que partilha com a mulher. São sempre os detalhes que nos mostram o quanto a realidade é superior à imaginação e fazem intuir o quanto é maior do que Johnny Depp esse senhor já de idade, bem conservado e barrigudo. Como essa fé céltica, algo que nada tem a ver com Donnie Brasco e com todo o imaginário ítalo-americano, escolhida para testemunhar o vínculo com a mulher que ficou a seu lado durante a vida inteira, apesar de tudo.

Joe Pistone se levanta. Terminamos. Me abraça com força, acolhendo minhas costas em seus braços, depois pega uma máquina fotográfica. Eu e Pistone parecemos uma dupla de turistas meio embriagados. Ou melhor, um tio americano que veio visitar o sobrinho. Já não nos preocupamos em não dar na vista, levantamo-nos no salão do restaurante e damos início aos flashes para tirar fotos de recordação, daquelas horríveis, mas capazes de fixar um momento importante demais para se levar em conta a beleza das imagens. Um clima estranho, divertido, sereno. Joe coloca o chapéu e o sobretudo, e vai embora. Voltamos a nos abraçar, e ele me diz, olhando nos meus olhos: "Sigam em frente aqui na Itália; há tudo que fazer, estamos no início". Vamos seguir. Prometo, Donnie, prometo, Joe.

SIANI, CRONISTA DE VERDADE

Em 23 de setembro de 1985, foi assassinado à porta de sua casa, no Vomero, Giancarlo Siani, jovem cronista do jornal *Il Mattino*, que contara, com extrema precisão e habilidade, as guerras entre os clãs da camorra. Giancarlo Siani foi morto em uma Nápoles bem diferente daquela aparentemente pacificada de hoje. Trezentas pessoas assassinadas por ano a tornavam uma cidade em guerra perene.

Para muitos, a causa precisa de seu assassinato permanece um mistério. Não convence a verdade processual ou, pelo menos, não convence a todos. O artigo de quatro mil toques assinado por Siani e publicado em *Il Mattino*, em 10 de junho de 1985, gerara muitos incômodos ao clã Nuvoletta. O jovem cronista ousara insinuar que a prisão de Valentino Gionta, chefe de Torre Annunziata, ocorrida em Marano, fora o preço pago pelos Nuvoletta para evitar uma insustentável guerra da camorra com o clã de Bardellino. Os Nuvoletta, decididos a se desfazer de seu incômodo filiado Valentino Gionta, que invadira com os próprios negócios os territórios de Bardellino, preferiram vendê-lo aos carabinieri a matá-lo. Ser descobertos e denunciados como infames em um artigo de *Il Mattino* aborreceu o clã de Marano e, por seu intermédio, também seu mais poderoso aliado, Totò Riina, chefe da máfia vencedora de Corleone. Os Nuvoletta decretaram a morte de Siani para demonstrar ao clã Gionta a mentira de sua hipótese (na realidade, totalmente verdadeira).

Por outro lado, para muitos outros observadores, esse artigo não foi a razão para a sua condenação à morte; antes, é preciso voltar a atenção para as investigações que Giancarlo Siani estava fazendo sobre a reconstrução pós-terremoto, o grande negócio dos contratos que voltara a engordar os bolsos de dirigentes políticos, empresários e, sobretudo, de camorristas. Siani havia reunido um material precioso, com nomes e situações, para dele fazer um livro que nunca será publicado, pois seu rascunho jamais será encontrado.

No entanto, o único motivo em comum para as diversas hipóteses está certo: Siani foi morto por aquilo que escrevia. Nos estreitos espaços que lhe eram concedidos, esse jovem correspondente conseguia reconstruir os cenários da camorra, os equilíbrios de poder, evitando encalhar no mero dado de crônica. Giancarlo Siani abria novas hipóteses de sentido através de elementos que descobria em campo ou lhe eram fornecidos pelos fatos. Seu jornalismo fundava-se na análise da camorra como fenomenologia de poder, e não como fenômeno criminoso. Nesse sentido, em seus artigos a conjectura e a hipótese se tornavam instrumentos para compreender os entrelaçamentos entre a camorra, o empresariado e a política.

Refletir sobre o caso Siani deve ser não apenas um modo de reverenciar seu sacrifício e recordar sua breve vida; deve tornar-se um momento necessário para se refletir sobre o estado atual do jornalismo investigativo, que, a essa altura, parece extinto. A morte do jornalismo investigativo torna-se uma garantia de silêncio sobre os complicadíssimos negócios econômicos da camorra. Essa morte é celebrada pelo pesado manto de silêncio que caiu definitivamente sobre a insolúvel questão das relações entre DC, PSI e Nuova Famiglia,* o cartel camorrista que, nos anos 1980 e 1990, reunia todas as famílias da Campânia e que Hobsbawm definiu como a maior holding empresarial da Europa. Após remessas a julgamento, sentenças e apelações, as investigações judiciárias ficaram encalhadas e, com elas, também aquelas jornalísticas. No entanto, o *pentito* Pasquale Galasso começara com eficácia a relatar os mecanismos e as operações econômicas, os investimentos e as relações clientelistas que estavam mostrando as lógicas detalhadas e as dinâmicas precisas com que o poder democrata-cristão administrara o Estado.

O homicídio de Siani ocorreu 20 anos atrás; no entanto, quem olhar para o horizonte atual terá a impressão de que foi ontem. A Nápoles dos centuriões da Democracia Cristã, que Siani observava e denunciava, parece nunca ter sido derrotada: Antonio Gava, Paolo Cirino Pomicino, Alfredo Vito e Aldo Boffa continuam a representar poderes políticos e econômicos ainda fortes e, como se não bastasse, formalmente imaculados. Por outro lado, a camorra não morreu. Sua hegemonia é fortíssima e absoluta.

---

* Respectivamente, Democrazia Cristiana, Partito Socialista Italiano e organização camorrista criada no final dos anos 1970. (N. T.)

Somando os lucros de toda atividade legal e ilegal, os clãs da Campânia administram mais de 10 bilhões de euros anuais, um patrimônio astronômico que se insere no tecido da economia legal europeia e mundial. Nesse sentido, parece absurdo ainda falar de criminalidade organizada. Seria mais sensato definir os clãs como um verdadeiro empresariado, capaz de entrar no mercado "limpo" com uma preciosíssima mais-valia, garantida pela proteção militar e pelo acesso a mercados clandestinos e perenes, como a agiotagem e a droga.

Nunca, como nesta fase, seria necessário um jornalismo investigativo, capaz de desenredar o emaranhado de investimentos que vê os clãs camorristas transmutarem-se em prestigiosas empresas, controlar os transportes, impor preços e produtos — como no caso Parmalat, em que a aliança com a camorra permitiu ao grupo emiliano obter um monopólio na distribuição do leite — e, obviamente, transformarem-se em grandes forjas de voto e de poder político. Os jornais locais são os únicos periódicos que dão informação sobre a camorra, transformando-se, porém, em boletins de morte e de guerras entre clãs, em um fluxo de crônica sem vontade de aprofundamento nem de denúncia. A figura do jornalista investigativo deveria colocar-se como intermediária entre a verdade jurídica e a verdade histórica. Dois planos bastante diferentes e que, com frequência, não podem ser sobrepostos. É justamente a infinita construção e desconstrução dos elementos, dos fatos e das hipóteses que representa a tarefa do jornalista que se ocupa da camorra.

Giancarlo Siani foi morto aos 26 anos, em uma noite ainda estival de setembro, quando voltava para casa cheio de vida, com sua Méhari, de um dia alegre. Sua jovem biografia e a foto daquele corpo magro e de óculos, curvado pelos tiros de pistola, mostram o quanto era frágil aquele rapaz, cujas palavras verdadeiras fizeram tremer os chefes de poderosíssimas organizações. É justamente em nome da infinita força da denúncia, unida a uma terrível fragilidade da pessoa, que será preciso encontrar as coordenadas para fazer renascer um novo jornalismo investigativo difundido e eficaz, a ponto de não obrigar os poucos enviados de província, que não são ouvidos, a uma heroica e solitária batalha.

O GUARDIÃO DO FAROL

Sou acordado por um telefonema da diretora do *L'Espresso*, anunciando-me a morte de Enzo Biagi. Permaneço na cama, fitando o teto por muito tempo. Tinham me dito que estava mal, mas não me preocupei: nos últimos anos, vi Biagi resistir a todo comentário sobre sua velhice e a quem já o considerava à margem da seráfica senilidade, que nos deixa confuso e atordoado. Eu achava que também desta vez ele conseguiria afugentar as asas negras dos corvos sobre ele. Não foi o que aconteceu.

Na lembrança de quem exerce a mesma profissão, Biagi é uma imagem que se esvai entre editoriais e transmissões, arquitrave da comunicação democrática italiana. Porém, não creio ter condições de me confrontar com sua vida e com aquilo que significou para a informação deste país. Ao contrário, sou incapaz disso.

Para mim, e acho que posso dizer para a minha geração, é algo estranhamente novo e renovado. E que um senhor de idade, elegantemente imóvel atrás da escrivaninha, se tornasse referência para algo novo resulta estranho. Bizarro. Totalmente distante do que foi quando jovem, diretor severo, cronista venenoso e transversal, distante de suas relações com a DC e com o PCI.* Para mim, nada disso tudo era Enzo Biagi. Ele e sua geração carregam um sabor diferente das barbas de 1968 e 1977. Livros diferentes, nada de Mao, absoluta ausência das derivações leninistas.

Com Enzo Biagi se falava com frequência de Corrado Alvaro, o escritor calabrês de quem gostava muito e que considerava "um narrador da Itália, capaz de fazer a Itália se espelhar no Aspromonte e reconhecer-se". Para mim, Biagi sempre foi diferente dos homens da geração do meu pai. Homens que ontem profetizavam viradas que marcariam época e hoje pregam a impossibilidade de mudar. Biagi tinha a qualidade de enfrentar o fragmento do cotidiano. O problema ponto por ponto. Sem se precipitar na solução, mas avançando a cada passagem e desenvolvimento. O que as pessoas queriam ouvir era aquilo de que ele queria se ocupar. Ser necessário a quem não tem tempo a perder. O pensamento do cotidiano, impostos, terrorismo, escola, doenças, até conectá-las a macroquestões. Fazer entender, difundir, divulgar, mas também disciplinar e controlar.

Nunca vi Biagi como um cão de guarda da democracia, e sim como alguém que nunca abandonou sua vocação de guardião do farol da democracia. Um guardião do farol, como Maqroll, o gajeiro descrito por Alvaro Mutis, ocupado em garantir a iluminação para que se pudesse entrar serenamente no porto. Em vez de guiar as embarcações e de indicar-lhes as rotas, iluminava seu ponto de chegada, para que todas pudessem chegar em liberdade. Esse era o talento de Biagi e seu maior mérito. Falar a muitos

* Respectivamente, Democrazia Cristiana e Partito Comunista Italiano. (N. T.)

como se estivessem na sua sala, todos dignos de convite. E em momento algum esnobar ou ceder ao esnobismo do telespectador a ser tratado como macaco nu diante da tela.

O último limiar da resistência em que Enzo Biagi acreditou foi o de fazer bem as coisas. Ele gostava dessa máxima de Elio Petri* e era capaz de contar a Itália pela clareza do dado. Coisa rara, sobretudo para um editorialista que odiava o editorial como mero comentário individual. Dois fatos, um diante do outro, duas ideias, duas visões. O incômodo com as certezas ideológicas, com o bem e o mal, com o ateísmo descarado e com o catolicismo que se transforma em ortodoxia, com a política gritada, com as manobras silenciosas. Um modo de se opor propondo-se a fazer o contrário daquilo que detestava como contradição. Quem odeia a gargalhada dos politicantes buscará a palavra respeitável; quem detesta a aproximação se apegará à exatidão. Um modo simples de viver. Ser diferente daquilo que não se quer ser. Não tentar agradar a todos e identificar aquilo pelo qual vale a pena se posicionar. E, para Biagi, tomar decisões fortes foi uma escolha de respeito para com a confiança de quem o ouviu e, apenas em um segundo momento, para com a própria consciência. Não tratar o próprio espaço de comunicação como um palácio onde portas e mais portas se abrem aos diversos poderes políticos, fazendo com que oportunistas se tornem soubrettes e estrategistas de aprofundamento, e factótuns virem especialistas em módulos 740.**

Quando voltou para a TV, Enzo Biagi me ligou. Naquela hora, percebi que há momentos em que temos a impressão de atravessar o tempo de outra maneira, como se os segundos e minutos se

* Elio Petri (1929-1982), cineasta e documentarista italiano. (N.T.)

** Formulários para a declaração do imposto de renda. (N.T.)

unissem em uma espécie de colcha, obrigando-nos a compreender que todo instante vai ficar traçado em nossa memória. Viver o retorno televisivo de Enzo Biagi é um desses momentos.

Fui à sua casa, comemos juntos. Biagi me contou episódios vividos em Nápoles, no pós-guerra. Falou-me de ruas em que morei durante anos, mas que em sua recordação estavam arrasadas, escuras; todavia, conseguimos nos entender viajando nas cartografias de dois séculos diferentes. Conversamos sobre o estado das coisas, uma espécie de reconhecimento dos elementos do desastre. Sobre uma política que não tem a geometria da boa administração nem a energia para mover grandes paixões. Sobre um país dividido em dois, onde Norte e Sul não se comunicam, onde tudo possui uma única dimensão do narrar, onde cada vez menos se conhece o que acontece e toda a atenção é atraída pelo emaranhado da política. Conversamos sobre um país onde "o pensamento de um parlamentar corre o risco de ter uma atenção maior em relação àquilo que ocorre, e o público conhece suas tristes palavras e não sabe o que está acontecendo com o país". Biagi me falou de quando foi ao casamento de Giovanni Falcone:* "Até o final desconfiaram dele; só com sua morte conseguiu fazer justiça a seu trabalho. Só depois de sua morte é que todos entenderam que seu caminho era o correto para modificar a relação mortal entre Cosa Nostra e política. Um país que reconhece essas coisas apenas depois do sacrifício é um país doente".

Quando uma voz nos chama para a maquiagem, passam em nosso rosto uma espécie de algodão embebido em alguma coisa.

---

* Giovanni Falcone (1939-1992), magistrado italiano que se ocupou de importantes processos contra a máfia e a criminalidade organizada em seu país. Morreu em um atentado com sua mulher e seus seguranças. (N.T.)

Loris Mazzetti o chama enquanto ele, acompanhado da filha Bice, se dirige à poltrona da transmissão. Olham-se: "Enzo, cinco anos, Enzo, cinco anos. Agora estamos voltando". Biagi se comove, Mazzetti parece cerrar os dentes. É como se tivesse soado uma hora, um momento em que o veto cai. Resistir parece ter sido o comportamento mais correto, uma força que vem de longe, que tem os músculos já treinados para superar venenosos pântanos, o fascismo, as BR,* a Democracia Cristã, o PCI, Tangentopoli.

No estúdio, Biagi me sorri e sibila: "Sem o Sul, este país seria mutilado, pobre. Não suporto quem insiste em falar mal do Sul", como uma pessoa que convida a observar onde as coisas contam. Será complexo superar a ausência de Biagi. É como se um matemático perdesse uma fórmula de prova, um modelo para resolver uma equação.

Biagi era assim. Mesmo no silêncio, refletia sobre o que diria e pensaria, com que movimento, como jaguar da palavra, se voltaria para desmontar as contradições das palavras alheias. Era um confronto.

"Precisamos nos ver em breve", disse-me, "falar de muitas coisas; há muitas coisas que não estão bem, mas acho que ainda existe espaço para mudar."

"Claro, nos veremos em breve, Enzo", respondi-lhe.

Ambos sabíamos que nunca mais nos veríamos. Adeus, Enzo, que a terra lhe seja leve.

---

* Brigate Rosse: Brigadas Vermelhas, grupo terrorista. (N. T.)

EM NOME DA LEI E DA FILHA

Como italiano, sinto apenas a necessidade de esperar que meu país peça desculpas a Beppino Englaro.* Desculpas porque, aos olhos do mundo, mostrou-se um país cruel, incapaz de entender o sofrimento de um homem e de uma mulher doente. Desculpas porque se pôs a gritar e a acusar, torcendo por um lado ou por outro, sem que houvesse lados a serem defendidos.

Nesse caso, não se trata de ser a favor da vida ou da morte. Não é assim. Beppino Englaro certamente não estava torcendo pela morte de Eluana, até mesmo seu olhar carrega os traços da dor de um pai que perdeu toda esperança de felicidade — e até de beleza — por causa do sofrimento de sua filha. Beppino devia e deve ser absolutamente respeitado como homem e como cidadão, também e sobretudo se suas ideias não forem compartilhadas. Porque se

* Eluana Englaro (1970-2009), italiana que viveu em estado vegetativo por 17 anos, até seu pai, Beppino Englaro, conseguir na justiça o direito de interromper sua alimentação artificial. (N.T.)

dirigiu às instituições e, lutando dentro delas e com elas, apenas pediu que a sentença da Suprema Corte fosse respeitada.

Perguntei-me por que Beppino Englaro, como, de resto, alguém lhe havia sugerido, não considerou oportuno resolver tudo "à moda italiana". Muitos nos hospitais sussurram: "Por que fazer disso uma batalha simbólica? Era só levá-la para a Holanda, e tudo se resolveria". Outros ainda aconselhavam o costumeiro método silencioso, duas notas de 100 euros a uma enfermeira experiente, e tudo se resolveria logo e em silêncio.

Como no filme *As invasões bárbaras*,* em que um professor canadense, já doente terminal e vítima de terríveis dores, se reúne com amigos e familiares em uma casa às margens de um lago e, graças ao apoio econômico do filho e a uma competente enfermeira, pratica clandestinamente a eutanásia.

Pergunto-me por que e com que espírito conseguiu aceitar todo esse clamor. Por que não seguiu o exemplo de quem silenciosamente emigra em busca da felicidade, sempre que as próprias finanças o permitam. Em busca de técnicas de fecundação proibidas na Itália ou em busca de um fim digno. Com a amarga consciência de que, a essa altura, não se emigra da Itália apenas para encontrar trabalho, mas também para nascer e morrer. No caso Englaro, voltaram sob novas vestes aquelas fórmulas distantes e empoeiradas que nos repetiam na universidade durante as aulas de filosofia.

O princípio kantiano "age apenas segundo aquela máxima que podes querer, ao mesmo tempo, que se torne uma lei universal" faz-se carne e suor. E talvez somente nessa circunstância consigamos explicar a nós mesmos a história de Sócrates, e então entender,

* Filme de Denys Arcand (2003). (N.T.)

depois de tê-la ouvido milhares de vezes, por que ele bebeu cicuta e não fugiu. Tudo isso voltou a ser atual, e parece evidente que esse querer ficar até o final, aquela via de fuga ignorada, ou melhor, odiada, é muito mais do que uma campanha em favor de uma única morte digna, é uma batalha em defesa da vida de todos.

Sem dúvida, quem não partilha da posição de Beppino tinha o direito e, imposto pela própria consciência, o dever de manifestar a contrariedade a interromper uma alimentação e uma hidratação que por anos se deram por uma sonda. Mas a batalha devia ser feita com base na consciência, e não tentando, de todas as maneiras, interferir com uma decisão sobre a qual a magistratura estava se interrogando havia tempos.

Beppino pediu à lei, e a lei, após anos de apelações e recursos, confirmou-lhe que aquilo que ele estava pedindo era um direito seu. Isso foi o bastante para suscitar raiva e ódio em relação a ele? Mas a caridade cristã é aquela que o faz chamar de assassino? Da história cristã aprendi a reconhecer a dor alheia antes de qualquer coisa. E a entendê-la e senti-la na minha carne. Por outro lado, alguém que nada sabe da dor por uma filha imóvel em uma cama compara Beppino ao conde Ugolino, que por fome devora os próprios filhos? E ousam dizer essas baixarias em nome de um credo religioso. Mas não é assim. Conheço uma Igreja que é a única a agir nos territórios mais difíceis, próxima das situações de maior desespero, a única que dá dignidade de vida aos migrantes, a quem é ignorado pelas instituições, a quem não consegue se manter na superfície em meio a esta crise. A única a dar comida e estar presente para quem não conseguiria ser ouvido por ninguém. Os padres combonianos e a comunidade de Santo Egídio, os cardeais Crescenzio Sepe e Carlo Maria Martini são ordens, associações e personalidades cristãs fundamentais para a sobrevivência da dignidade em nosso país.

Conheço essa história cristã. Não aquela de acusação a um pai inerme que, como arma, tem apenas o direito. Beppino, por respeito à filha, difundiu a foto de Eluana sorridente e muito bonita, justamente para relembrá-la em vida, mas podia ter mostrado o rosto deformado — macilento? Inchado? —, as orelhas que ganharam calos e a saliva pingando, um corpo sem expressão e sem cabelos. Mas não queria vencer com a força da chantagem pela imagem; bastava-lhe a força daquele direito que permite ao ser humano, como tal, poder decidir o próprio destino. A quem pretende ganhar crédito com a Igreja, ostentando proximidade com Eluana, pergunto: onde estava quando a Igreja trovejava contra a guerra no Iraque? E onde está quando a Igreja pede humanidade e respeito para os migrantes amontoados entre Lampedusa e os abismos do Mediterrâneo? Onde, quando a Igreja, em certos territórios, como única voz de resistência, pretende uma intervenção decisiva para o Sul e contra as máfias?

Seria bom poder pedir aos cristãos de toda a Itália que não acreditem em quem está apenas querendo especular sobre debates nos quais nada se deve demonstrar quanto aos fatos, mas apenas tomar partido. O que faltou nesses dias, como sempre, foi a capacidade de perceber a dor. A dor de um pai. A dor de uma família. A "dor" de uma mulher imóvel há anos e em uma condição irreversível, que deixara a seu pai uma vontade. E pessoas que nem mesmo a conheciam e que não conhecem Beppino agora põem em dúvida essa vontade.

Pouco ou nenhum foi o respeito pelo direito. Mesmo quando esse direito não é considerado partilhado pela própria moral, justamente porque é um direito que pode ser exercido ou não. É esta a essência da democracia. Entendo a vontade de impulsionar as pessoas ou de tentar convencê-las a não usufruir desse direito, mas não a negar o direito em si. O espetáculo que a Itália deu de si no mundo é o de um país que especulou sobre a enésima tragédia.

Mais uma vez, muitos políticos usaram o caso Englaro para tentar agregar consenso e distrair a opinião pública, em um país que foi colocado de joelhos pela crise e onde a crise está permitindo aos capitais criminosos devorar os bancos, onde os salários estão congelados e não parece haver solução. Mas essa é outra história. E justamente em um momento de crise, de frases automáticas, de pouco respeito, Beppino Englaro teve a força de não agir em silêncio, encontrando atalhos ilegais com os quais talvez lhe restasse apenas sua dor. Dirigindo-se ao direito, lutando dentro das instituições e com elas, pedindo que a sentença da Suprema Corte fosse respeitada, fez com que, por outro lado, a dor por uma filha em coma há 17 anos deixasse de ser uma dor particular e se tornasse também minha, nossa dor. Fez com que se redescobrisse uma das maravilhas esquecidas do princípio democrático, a empatia. Quando a dor de um é a dor de todos. E, assim, o direito de um torna-se direito de todos.

FELICIA

Durante vinte anos. Durante vinte anos, tempo que, fechamos os olhos, não conseguimos nem de longe delinear. Durante vinte anos, Felicia tentou lutar para que a memória de seu filho não fosse apagada e a ausência de uma sentença de condenação não voltasse a sugar para dentro de um redemoinho sem lembrança o sentido daquilo que seu filho tinha feito e tentado fazer. Durante anos, Peppino foi definido por certa imprensa e por certos políticos como nada menos do que um terrorista que morrera enquanto colocava uma bomba em um trilho. A encenação que os mafiosos de Badalamenti arquitetaram para não ter problemas justamente em sua cidade deu certo por vinte e quatro longuíssimos anos.

Todos os dias, a frágil Felicia, junto com seu filho Giovanni, continuava a olhar no rosto as pessoas de Cinisi, os carabinieri, os homens da Cosa Nostra. Durante vinte anos, esperou que surgisse um fragmento de verdade e que Tano Badalamenti, o boss da Cosa Nostra que matara seu filho, fosse finalmente condenado.

Felicia Bartolotta viveu durante vinte anos com o assassino de seu filho ditando as leis em Cinisi depois de voltar de suas viagens aos EUA; com Badalamenti que, antes de ser derrotado pelos corleoneses de Riina e Provenzano, era o incontestado soberano dos negócios da Cosa Nostra.

Em uma bonita entrevista de alguns anos atrás, fizeram a Felicia a pergunta de sempre. Uma pergunta que sempre fazem aos meridionais. Uma pergunta grosseira, mas já considerada normal quando se conversa com um homem ou uma mulher do Sul. "Por que não muda de cidade?" Ela respondeu com sua costumeira resistência, aparentemente ingênua: "Não posso mudar para outra cidade, primeiro porque tenho tudo aqui: a casa, meu filho trabalha aqui e, depois, preciso defender meu filho". E o defendeu de verdade. Na audiência no tribunal, a pequena Felicia apontou o dedo contra Badalamenti, fitou-o nos olhos e o acusou de ser o assassino de seu filho, de não apenas tê-lo matado, mas também dilacerado, de ter sido não apenas um mafioso, mas também um animal selvagem. Badalamenti permaneceu imóvel; a ele, a quem nem mesmo Andreotti jamais ousou impor uma palavra, parecia impossível ser acusado por aquela velhinha. Felicia carregou dentro de si aquele filho, até quando, após 24 anos, uma sentença e um filme de sucesso, *Os cem passos*,* finalmente deram memória e verdade a um rapaz que não deixou a cidade e que quis alinhar-se contra a Cosa Nostra, revelando suas dinâmicas através da voz de sua pequena Rádio Aut e poucas folhas mimeografadas. Uma batalha contínua e solitária a ser travada imediatamente, "antes que não se perceba mais nada".

* Filme de Marco Tullio Giordana (2001). (N.T.)

Eu enviava a Felicia os artigos que estava escrevendo sobre a camorra; assim, como por uma espécie de fio que, de longe, eu sentia que me ligava à batalha de Peppino Impastato. Uma tarde, em pleno agosto, toca o telefone: "Robberto? Sou a senhora Impastato!" Mal consegui responder, fiquei muito sem graça, mas ela continuou: "Não precisamos nos dizer nada. Só te digo duas coisas, uma como mãe, e outra como mulher. A de mãe é 'fique atento'; a de mulher, 'fique atento e siga em frente'".

Hoje, muitos jovens se reuniram do lado de fora da casa de Felicia para homenagear essa senhora que até o fim lutou com um fogo perene contra toda certeza de derrota. Mas Cinisi está ausente. Nada de prefeito, nada de presidente da Região, nada de nada. Melhor assim. Os sorrisos dos jovens vindos de todas as partes da Sicília são bem melhores. No entanto, os patrões de sempre voltaram e continuam a comandar. Mas ela está lá. Seu corpo está sereno. A verdade emergiu, os jovens conhecem Peppino, sabem quem foi, conhecem o caminho trilhado por ele. Podem segui-lo. Ela já podia morrer tranquila. Adeus, Felicia.

BUSINESS

A MAGNÍFICA MERCADORIA

Não existe nada no mundo que possa competir com ela. Nada em condições de atingir a mesma velocidade de lucro. Nada que possa garantir a mesma distribuição imediata, o mesmo abastecimento contínuo. Nenhum produto, nenhuma ideia, nenhuma mercadoria que possa ter um mercado em crescimento exponencial há mais de 20 anos, tão vasto a ponto de permitir acolher sem limite novos investidores e agentes do comércio e da distribuição.

Nada de tão desejado e desejável. Nada na face da Terra permitiu tamanho equilíbrio entre demanda e oferta. A primeira encontra-se em crescimento perene; a segunda, em constante aumento, atravessando gerações, classes sociais e culturas. Com pedidos multiformes e exigências sempre diferentes de qualidade e gosto. É a cocaína o verdadeiro milagre do capitalismo contemporâneo, capaz de superar qualquer contradição. Os ávidos a chamam de petróleo branco. Os ávidos, ou seja, os grupos mafiosos nigerianos de Lagos e Benin City, que se tornaram interlocutores fundamentais para o tráfico de coca na Europa e na América, a tal ponto que nos EUA estão presentes com uma rede criminosa comparável apenas, conforme conta a revista *Foreign Policy*, àquela ítalo-americana. Caso se decidisse falar por imagens, a coca apareceria como o fole de toda construção, o verdadeiro sangue dos fluxos comerciais, a linfa vital da economia, a poeira lendária que pousa nas asas de borboleta de qualquer grande operação financeira. A Itália é o país onde os grandes interesses do tráfico de cocaína se organizam e se consolidam em macroestruturas que dela fazem o ponto de articulação central para o comércio internacional e para a gestão dos capitais de investimento. A empresa-coca é, sem dúvida alguma, o negócio mais rentável da Itália. O primeiro empreendimento italiano, a empresa com maiores relações internacionais. Pode contar com um aumento anual de 20% de consumidores, um crescimento impensável para qualquer outro produto. Somente com a coca os clãs faturam 60 vezes o que fatura a Fiat e 100 vezes o que fatura a Benetton. A Calábria e a Campânia fornecem os maiores mediadores mundiais no tráfico de coca; na Campânia ocorreram as maiores apreensões da Europa nos últimos anos (uma tonelada apenas em 2006); e, somando os relatórios da Antimáfia calabresa e napolitana em matéria de narcotráfico, chega-se a calcular que a 'ndrangheta e a camorra negociam cerca de 600 toneladas de coca por ano.

A estrada africana, a estrada espanhola, a estrada búlgara e a estrada holandesa são os infinitos e múltiplos percursos da coca que têm um único ponto de chegada, de onde depois ela parte novamente para novos destinos: a Itália. Estreitas alianças com os cartéis equatorianos, colombianos, venezuelanos, com Quito, Lima, Rio, Cartagena. A coca supera toda barreira cultural e toda distância entre continentes. De imediato, anula diferenças. Seu único mercado: o mundo. Seu único objetivo: o dinheiro. Na Europa, a 'ndrangheta e a camorra conseguem movimentar a cocaína mais do que qualquer outra organização. Muitas vezes em alianças entre si, alianças novas e inéditas entre grupos, aos quais a mídia italiana tradicionalmente reserva uma atenção marginal e confinada à crônica, deixando que no cone de sombra gerado pela fama da Cosa Nostra continuem a melhorar e transformar suas capacidades de importação e gestão da coca. Os jovens filiados, como muitas vezes aparece nas investigações da Antimáfia calabresa, já não chamam a 'ndrangheta por seu nome arcaico e dialetal, e sim por Cosa Nuova. E o fato de a Cosa Nuova poder ser a definição adequada para uma organização cada vez mais transversal e em estreita aliança com os cartéis napolitanos e casalenses da camorra é algo mais do que uma simples suspeita. Entre a América do Sul e o sul da Itália parece haver um único cordão umbilical que transmite coca e dinheiro, canais conhecidos e seguros, como se existissem trilhos aéreos imaginários e galerias marítimas que ligam os clãs italianos aos *narcos* sul-americanos.

Certa vez, em uma praia de Salerno, fiquei conhecendo um. O único que parecia sentir satisfação em ser chamado de *narco*. Deitado na espreguiçadeira, com as axilas expostas ao sol, falava de si com os silêncios certos para alimentar a curiosidade e não saciá-la. Falava de si sem dar nenhum detalhe que pudesse se tornar prova, dava a entender aquilo que era e deixava que sobre ele chovessem lendas. Era alguém que se dizia amigo de um chefe guerrilheiro colombiano, Salvatore Mancuso; falava dele como de uma espécie de semideus, uma potência capaz de mover capitais imensos e de ligar o sul da Itália à Colômbia com um único e indissolúvel nó. Mas esse nome não me dizia nada. Um nome italiano na Colômbia, um dos muitos. Depois, alguns anos mais tarde, fiquei conhecendo cada centímetro de lenda e de tinta judiciária.

Salvatore Mancuso é o chefe das AUC (Autodefensas Unidas de Colombia), os paramilitares que há décadas dominam mais de dez regiões do interior da Colômbia, disputando cidades e plantações de coca com os guerrilheiros das Farc. Mancuso é responsável por 336 mortos entre sindicalistas, prefeitos, membros do Ministério Público e ativistas pelos direitos humanos, segundo suas próprias confissões, feitas à mesa da Comissão de Paz e Justiça, instituída no âmbito da negociação entre os paramilitares e o governo do presidente colombiano Álvaro Uribe. Até agora, Salvatore Mancuso conseguiu evitar todo pedido de extradição tanto para os EUA quanto para a Itália — para onde queriam que viesse para responder por toneladas de coca exportadas —, pois se deixou prender, colocando-se, assim, sob a "proteção" da justiça de Bogotá. Condenado a 40 anos por um dos massacres mais ferozes da história colombiana, o de Ituango, atualmente colabora no processo de desmobilização da guerrilha e, por isso, a Lei colombiana nº 975 reduziu sua pena a somente oito anos, que ele desconta trabalhando em uma fazenda no norte do país. Mas, na realidade, de lá continua a ter um posto através do qual administra a distribuição da melhor coca colombiana com os cartéis italianos.

Para muitos, ouvir o nome de Mancuso significa sempre ouvir aflorar a voz de uma testemunha que escapou de um dos massacres realizados por seus homens das AUC. Um lavrador, apertando o microfone como se estivesse espremendo um tubo de pasta de dente para dele fazer sair a última gota, diz no tribunal: "Arrancavam com colheres os olhos de quem ousava se rebelar". Milhares de homens a seu serviço, uma frota de helicópteros militares e inteiras regiões por ele dominadas o transformaram em um soberano da coca e da selva colombiana. Mancuso tem um apelido, "el Mono", o Macaco, evocado por seu aspecto de orangotango ágil e atarracado. A investigação Galloway-Tiburon, coordenada pela DDA* de Reggio Calabria, demonstra que ele tem o maior número de negócios com a Itália. Possui até passaporte italiano. A Itália seria a nação mais segura para hibernar, caso a Colômbia ficasse muito arriscada. Em diversas investigações da Antimáfia (Zappa, Decollo, Igres, Marcos), Mancuso é considerado o narcotraficante que mais enche a Europa de coca através das janelas dos portos italianos. O governo italiano que conseguir trazê-lo para a Itália será o único capaz de poder declarar ter feito algo decisivo contra o tráfico de cocaína, pois, enquanto ele for deixado na Colômbia, todo dia será como apor a assinatura a seus negócios.

A contribuição fundamental da criminalidade organizada italiana está na mediação dos canais e na capacidade de garantir contínuos capitais de investimento. Os capitais com que a coca é comprada se definem como "lances". E os lances dos clãs italianos chegam antes daqueles de qualquer outro concorrente: pontuais, consistentes, capazes de permitir aos produtores ter garantias de venda ao atacado e até de liberá-los da necessidade de transportar a carga até o destino. A operação Tiro Grosso, coordenada pelos promotores públicos Antonio Laudati e Luigi Alberto Cannavale,

* Direzione Distrettuale Antimafia: Direção Distrital Antimáfia. (N. T.)

concluída em 2007 pelos carabinieri do Núcleo de Operações da província de Nápoles e que contou com a colaboração da polícia e da Guardia di Finanza* e com a participação de dezenas de polícias europeias, da DEA** americana e da Direção Central para os Serviços Antidroga, dirigida pelo general Carlo Gualdi, obriga a mudar de maneira radical o olhar sobre os caminhos da coca. Surge uma nova figura, o broker, e o eixo internacional do tráfico desloca-se da Espanha para Nápoles.

Após os atentados de 11 de março de 2004, a Espanha decretou o máximo rigor nas fronteiras, o que se traduziu no aumento exponencial do controle de portos e veículos. Assim, o país que antes era considerado pelos *narcos* um enorme depósito onde se podia estocar cocaína com a única condição de que não fosse destinada ao mercado interno, agora torna-se problemático como ponto de articulação para o comércio. Desse modo, toda a droga acaba sendo desviada para outros portos, como Anvers, Rostock e Salerno. Neles a coca chega depois que os lances foram decididos, e não apenas os clãs participam deles, mas também os mensageiros, os próprios brokers e quem quiser tentar a estrada do investimento nessa substância alquímica que rende cem vezes o custo inicial. Em uma interceptação feita pelos carabinieri de Nápoles no âmbito da operação Tiro Grosso, Gennaro Allegretti, acusado de ser um mensageiro, estava preparando uma viagem para a Espanha e chamava um amigo seu para participar do lance. Do outro lado do telefone, o amigo, que acabara de sair do banco, sabia que não tinha muito dinheiro vivo e, portanto, queria desistir:

* Guarda Fiscal. (N. T.)

** Drug Enforcement Agency: Agência de Repressão às Drogas (EUA). (N. T.)

— O que você tem para fazer na segunda-feira? Porque eu, no domingo, preciso estar preparado... se você me disser que não... eu, no domingo à noite, vou pegar o carro e ir embora. Segunda de manhã cedo vamos embora.

— Acho que não, porque fui agora ao banco, é quase certo que não.

— Pô, cara... não vá perder o trem de novo. Meia Itália participou. Qual o problema? No mês que vem você entra com três milhões a mais.

Os brokers se encontram nos hotéis de meio mundo, do Equador ao Canadá, e os melhores são os que fundam sociedades de importação-exportação. Negociam com produtores como Antonio Ojeda Díaz, que de Quito a Guayaquil — isso é o que aparece ainda na investigação Tiro Grosso — organizava seus contatos com os italianos através de empresas de importação-exportação com a Turquia. A Istambul chegavam apenas os contêineres, enquanto a coca desembarcava em várias etapas durante as paradas nos portos italianos e alemães. As modalidades do tráfico gerido pelos brokers napolitanos são ilimitadas. Das caixas de abacaxi em calda, nas quais a coca é escondida em forma de pequena almofada entre uma fatia e outra, aos cachos de bananas, nos quais as bolinhas de coca são costuradas no corpo de cada banana.

Muitas vezes, os mediadores sul-americanos, como Pastor ou Elvin Guerrero Castillo, vivem justamente em Nápoles e administram seus negócios diretamente de lá. Na Itália, o broker número um, segundo as acusações, é Carmine Ferrara, de Pomigliano. De acordo com os investigadores, conseguia administrar os lances mais importantes. Ele próprio se vangloria de sua competência em uma interceptação: "Todos querem trabalhar comigo". Os lances são recolhidos pelos diversos clãs, Nuvoletta, Mazzarella, Di Lauro, Limelli, pelos casalenses, grupos frequentemente rivais entre si, mas que conseguem ter acesso à coca através dos próprios brokers. A forma do tráfico é simples e empresarial. Brokers que agem como intermediários com os *narcos*, depois os mensageiros que transportam e, em seguida, os "cavalos", que são os homens filiados que a passam aos vários subgrupos dos clãs. Por fim, os "cavalinhos", que a dão diretamente aos traficantes. Toda etapa tem seu lucro, mas hoje a coca passou dos 40 euros o grama, de 2004, para 10, 15 euros nas praças mais importantes da Itália. Outro capítulo são as praças no coração de Nápoles, a capital do tráfico.

O mecanismo dos brokers é fundamental para os produtores de coca: não são filiados, não têm conhecimento, a não ser sumário, das estruturas organizacionais dos clãs e, portanto, mesmo que cheguem a falar, não sabem dos clãs, e o clã não sabe deles. Se os brokers são presos, o cartel do crime continua pronto a se tornar interlocutor de novos brokers e, ao mesmo tempo, se uma família é desmantelada, os brokers continuam a ter seus interlocutores sem sofrer outro dano além de um cliente a menos. Dirigem-se a outras famílias ou a novas famílias que surgirão.

Levanta-se uma brisa de escândalo momentâneo quando são difundidos certos dados inquietantes: como o fato de que mais de 80% das notas italianas mostram traços de cocaína ou de que os esgotos de Florença contêm mais resíduos de coca do que os londrinos. Todavia, que a coca é o principal motor da economia criminosa e de que esta é a mais próspera das economias do nosso tempo são dados sobre os quais muitas procuradorias vêm trabalhando há anos em silêncio e, muitas vezes, com recursos inadequados.

O procurador Franco Roberti, de rosto anguloso, fortemente mediterrâneo, olhos rasgados ao modo oriental, coordenador da DDA de Nápoles até abril de 2009, um passado na Direção Nacional Antimáfia, há muito tempo e antes de qualquer emergência reitera, relembra e destaca, com a obstinação de quem quer olhar além do momento crítico, onde, de fato, reside o problema. Nas entrevistas coletivas das mais importantes operações antidrogas coordenadas por seu gabinete, delineia sem meias medidas a situação grave, gravíssima a que se deve fazer frente. "Em Nápoles se mata quase exclusivamente por causa de droga. A cocaína corre em grande quantidade e gera lucros fabulosos. Os clãs disputam o controle do tráfico. Se um clã investe um milhão de euros em um lote de coca, em pouquíssimo tempo ganha, pelo menos, quatro com ele. Quadruplica o lucro em relação ao custo em um tempo microscópico." Somente para a operação Tiro Grosso, os negócios dos brokers napolitanos abrangiam desde a Espanha (Barcelona, Madri e Málaga) até a França (Marselha e Paris), depois a Holanda (Amsterdã e Haia), a Bélgica (Bruxelas), a Alemanha (Münster) e, em seguida, mensageiros e contatos na Croácia, em Atenas, em Sófia e Pleven, na Bulgária, em Istambul, na Turquia, e, por fim, Bogotá e Cucuta, na Colômbia, Caracas, na Venezuela, Santo Domingo, e Miami, nos EUA.

Todos os mensageiros utilizados tinham rigorosamente a ficha limpa e viajavam em carros modificados. E a modificação dos carros era tão sofisticada que beirava o inverossímil. A coca e o haxixe eram preparados como um leito estendido logo acima do eixo do automóvel, sobre o qual em seguida se montava o corpo do veículo. Nas oficinas da periferia de Nápoles, de Quarto, Agnano e Marano, o método usado é, como dizem os mecânicos, "à moda camicase". Assim como os camicases mudaram para sempre a estratégia militar contemporânea, dispersando toda defesa efetiva, pois até então se partia do pressuposto de que o atacante tentaria se salvar, do mesmo modo, os narcotraficantes entenderam que a única maneira de escapar dos postos de bloqueio era organizar cargas que só podem ser descobertas com a desmontagem do próprio automóvel. Algo impossível para qualquer patrulha.

Uma vez, durante uma operação de apreensão de um automóvel, mesmo sabendo com certeza de que nele havia cocaína, os carabinieri não conseguiam encontrá-la. Desmontado o carro peça por peça, não se identificava a coca. Os cães a sentiam, mas não conseguiam localizá-la. Agitavam-se confusos e espumando pelo nariz. A coca estava escondida sob forma cristalizada nos fios da instalação elétrica. Somente um eletricista experiente poderia encontrá-la, desencapando mais fios do que o necessário.

Para o transporte, usam-se as famílias dos traficantes. São o melhor modo para distribuir as cargas. As famílias reais, não metaforicamente os clãs, mas justamente os familiares de ficha limpa e que fazem os trabalhos mais disparatados. Oferecem a eles um fim de semana na Espanha e 500 euros por cabeça para a viagem. Com o advogado pago em caso de prisão, obviamente. Uma família com ficha limpa — pai, mãe e filha — que parte no sábado ou domingo de manhã e faz a viagem não levantaria a suspeita de nenhuma patrulha. Na última primavera, na estrada Roma-Nápoles, os carabinieri pararam uma família que viajava em uma Chrysler, espaçosa e bem carregada sobre um leito de

240 quilos de cocaína. Quando prenderam os pais, um suboficial não conseguia tirar dos braços da mãe uma menina completamente desesperada e em lágrimas. E os rostos desses traficantes de domingo eram incrédulos, como de quem não se dá totalmente conta do que estava fazendo.

A Chrysler parece construída justamente para os traficantes que a forram. Em cima dos pneus, nos vãos das janelas, que muitas vezes não podem ser abaixadas porque estão transbordando de coca. Nos anos 1980 era o Panda; hoje, não há traficante que não deseje uma Chrysler na própria vaga de garagem. Todo carro de traficante é protegido por um sistema de estafetas que avisam se há postos de bloqueio e se organizam de maneira que, em toda saída, indicam se o automóvel deve sair ou prosseguir na estrada. Nunca falam por telefone sobre a chegada ou a partida da carga, tampouco conhecem todo o percurso. Sabem apenas em que cidades têm bases e a elas se referem somente depois que chegam. Quando já se encontram no destino, comunicam sua presença, de modo que, mesmo tendo ouvido a conversa, os investigadores já não teriam tempo de ir até lá e fazer as apreensões. Um cartão telefônico para cada viagem, que depois é jogado fora.

Em uma interceptação, um traficante, no pedágio ao norte de Caserta, percebe que os carabinieri o estão esperando e que vão detê-lo, então dá um tempo na frente do pedágio e liga imediatamente para os outros: "Me pegaram. Liguem para o advogado, desliguem todos os celulares, mandem todos os outros parar". Quando são seguidos, os mensageiros e estafetas tentam deixar para trás os carros camuflados dos carabinieri e preparam em algumas áreas de estacionamento caminhões que abrem o ventre de seus baús, carregam o automóvel e partem. Anônimos.

Caminhões entre outros caminhões. É tão difícil vencer o sistema de estafetas que, em abril passado, os carabinieri tiveram de aterrissar com um helicóptero em plena autoestrada rumo a Cápua para deter um mensageiro.

Os métodos para despistar são extenuantes. Antes de chegar a Nápoles, um automóvel que vinha da Espanha e era seguido para a operação Tiro Grosso fez o seguinte percurso: partiu de Ventimiglia, foi a Gênova, depois voltou a Ventimiglia, em seguida foi a Roma, depois voltou para Florença, foi para Caserta e, por fim, a Nápoles. Tudo chega a Nápoles, mas de lá também pode partir novamente. Pistoia, La Spezia, Roma, Milão e depois Catania. As narinas esbranquiçadas da Itália aspiram coca batizada em Nápoles. Não há lugar aonde a coca negociada pelos brokers napolitanos não chegue. Não há grupo criminoso que não negocie com eles. A máfia turca pediu coca com urgência aos brokers napolitanos, oferecendo-lhes armas em troca. As investigações para desmantelar as negociatas de coca pelos brokers são complicadíssimas. Grande parte do mecanismo do contrabando foi metamorfoseado em tráfico de cocaína. Com efeito, os Mazzarella — segundo apareceu nas investigações — concederam aos brokers seus "capitães", ou seja, os traficantes de imigrantes que, nos anos 1980, transportavam cigarros e que agora, dos portos marroquinos e espanhóis, levam de tudo a Nápoles, Mergellina e Salerno. Antes de ser usada, uma lancha Squalo era necessariamente testada pelos capitães napolitanos, que continuam a ser inapreensíveis na gestão dos tráficos por mar. Impossíveis de serem encontrados, os irmãos Russo, chefes na cidade de Nola e herdeiros do império que foi de Carmine Alfieri, segundo relatórios dos carabinieri, refugiam-se em embarcações, nunca pisam em terra e estão sempre em trânsito pelo Mediterrâneo e pelos oceanos.

Nápoles é uma cidade que distrai, a microcriminalidade e as guerras entre clãs dão imperativos que não conseguem conceder tempo aos grandes negócios dos clãs e das burguesias da coca. E essa é uma certeza que os brokers conhecem bem. Mas nem sempre é assim. E, para entendê-lo, é preciso conhecer o general Gaetano Maruccia, comandante provincial dos carabinieri de Nápoles. Quando o encontrei pela primeira vez, tive a impressão de conversar com um estrategista competente e impassível, mas, ao mesmo tempo, nele vi o ímpeto do capitão Bellodi de *O dia da coruja.** Qualidades inconciliáveis que, no entanto, pareciam vir acompanhadas em um homem capaz de manter unidas as contradições entre aquilo de que não se pode prescindir em momento algum e a nenhum custo, e aquilo que se faz porque, por trás do dever, o motor vivo de uma escolha é o que resta para agir. Originário da Puglia e com sangue calabrês, um passado na Sicília e em Roma, semelhança com um Marlon Brando maduro, cabelos brancos puxados para trás, voz de baixo. No canto da boca, o charuto sempre presente e, no gabinete, um estranho objeto que de vez em quando solta um perfume para anular o mau cheiro do tabaco. Fiquei surpreso com o fato de que conseguisse enquadrar o problema estrutural do território em uma situação em que se está sempre correndo atrás da emergência, do imperativo da cotidianidade e da obsessiva demanda de soluções diárias e imediatas. Maruccia tem ideias claras: "É fundamental compreender que

* Romance de Leonardo Sciascia. (N. T.)

o mercado legal não apenas está infiltrado pelos capitais gerados pela coca, mas também é fortemente determinado por esses capitais. E entender essas determinações é a tarefa mais complicada. Nossas últimas investigações demonstram que Nápoles é um ponto central de articulação do tráfico internacional de cocaína, mas também um ponto de partida para a lavagem de dinheiro, o reinvestimento, a transformação da qualidade do lucro do narcotráfico em qualidade econômica legal. Descobrir os tráficos, os canais de chegada e as múltiplas técnicas pelas quais a cocaína e o haxixe chegam aqui é um trabalho fundamental, mas é apenas a primeira parte do trabalho e talvez até a mais simples. São as transformações que precisamos entender: precisamos entender como o pó branco se torna todo o restante. Comércio, empresas, construções, fluxos bancários, gestão do território, envenenamento do mercado legal. Partindo-se dessa macroeconomia a ser desmantelada, depois os crimes de pequeno e médio portes terão vida difícil e agirão sem esperança de crescimento. Mas o percurso deve ser esse, e não o contrário".

Os resultados obtidos pelo Comando provincial dos carabinieri de Nápoles são múltiplos. Por fim, todo o clã dos Sarno, poderoso no crime organizado e na coca, que administrava um tráfico de armas com o Leste usando como fachada ônibus que transportavam enfermeiras, foi debelado com 60 prisões. E mesmo o mecanismo do narcotráfico em Scampia foi enfrentado não apenas com as prisões em massa do último nível hierárquico, ou seja, dos traficantes, mas com a destruição dos fortins através dos quais os clãs defendiam a praça: um método novo e de impacto, que põe lado a lado centenas de homens para ocupá-la e, assim, impedir qualquer hipótese e veleidade de revolta.

Maruccia não tem nenhum sonho de palingenesia, só sabe ver além do caos, além do manto de dados individuais que chovem sobre uma realidade que inúmeras vezes se considera esmagada no subdesenvolvimento do crime, mas que, em vez disso, traz em si enormes potencialidades criminosas e empresariais. "É inegável que a capacidade deles de fazer da cocaína um empreendimento é sua maior qualidade. Transformar uma periferia arruinada como a área norte de Nápoles em uma indústria próspera, ainda que criminosa, é uma capacidade com a qual devemos nos confrontar e que, de todo modo, devemos desmontar como se desmontam grupos industriais e financeiros, e não corjas de bandidos. Temos à frente a mais importante empresa do território, e temo que seja não apenas deste território, mas do país inteiro. Quando se trata de enfrentar os problemas de Nápoles, não se pode permanecer dentro das fronteiras regionais; ao contrário, recursos, meios e atenção nunca são suficientes, porque os percursos partem daqui e, às vezes, terminam aqui, mas envolvem fronteiras da nação inteira e, frequentemente, do mundo inteiro. A importância de uma cooperação internacional cada vez mais eficiente é determinante não apenas para o narcotráfico, mas deve ser transversal, deve atingir os capitais de investimento que os clãs movimentam em todos os cantos do mundo. Ou se parte desse conhecimento, ou sempre se raciocinará de maneira parcial."

Portanto, é impensável continuar a observar a cocaína como uma dinâmica exclusivamente criminosa. Ela se torna um paradigma através do qual se deve compreender a economia europeia, que não possui petróleo, aquele preto, e certamente se torna uma porta de acesso para compreender a economia italiana. Bastaria seguir os rastos dos investimentos em cocaína feitos pelos brokers da Campânia e da Calábria para entender para onde se orientarão no futuro os mercados legais. A coca, inominável valor agregado da vida cotidiana de milhares de pessoas e impronunciável talento criminoso da economia italiana, só pode ser contada como um modelo metafórico, tal como é o zero no pensamento matemático. Transferindo o que disse Robert Kaplan,* "olha o zero e nada verás; olha através do zero e verás o infinito", parece imperativo afirmar: "Olha a coca e verás apenas pó; olha através da coca e verás o mundo".

* Robert S. Kaplan: matemático norte-americano, professor na Harvard Busines School e idealizador, junto com David Norton, do Balanced Scorecard (BSC), sistem de avaliação de desempenho empresarial. (N. T.)

CONSTRUIR, CONQUISTAR

Bin Laden conseguiu pôr as mãos em um dos territórios mais cobiçados, o centro de Milão, na Cerchia dei Navigli.* A via Santa Lucia é uma daquelas ruazinhas senhoris, tranquilas, quase invisíveis, que, no entanto, estão a dois passos dos locais da última moda e dos imponentes edifícios históricos, onde advogados e tabeliães têm seus escritórios, e onde os empresários buscam apartamentos e showrooms para viver ao lado das antigas famílias milanesas. Justamente ali se encontra a última presa urbanística de uma cidade que, acima de tudo, vê seus flancos se expandirem e, nas periferias, duplicar e triplicar até mesmo o próprio nome. E que, no entanto, tinha um coração intacto, um território ilibado no qual ainda se podia construir e vender por 15 mil euros o metro quadrado. Justamente ali, no grande negócio imobiliário milanês, é que Bin Laden conseguiu entrar.

Bin Laden não é o temível chefe da Al Qaeda, não é saudita, não é nem mesmo islâmico e não conhece outra fé além do

---

* Perímetro que compreende a área medieval da cidade. (N. T.)

dinheiro. "Bin Laden" é o apelido de Pasquale Zagaria, empresário do clã do cimento, o clã dos casalenses. É originário de Casapesenna, uma cidadezinha da província de Caserta onde há mais empresas de construção civil do que habitantes. "Bin Laden" é o apelido que aparece nas investigações da Antimáfia de Nápoles, coordenada pelos promotores públicos Raffaele Cantone, Raffaello Falcone e Francesco Marinaro: uma alcunha devida à sua capacidade de desaparecer e, sobretudo, à sua temibilidade, ao medo que seu nome gera só de ser pronunciado. Conta-se, porém, que esse apelido foi criado quase por brincadeira: se tivessem instituído um prêmio por Pasquale Zagaria, tal como fizeram com Osama, alguns empresários do clã e seus subalternos declararam ironicamente que o trairiam, pois, uma vez que a fidelidade também se tornava motivo de lucro, então era iusto poder contratá-la e vendê-la.

Segundo as acusações da Antimáfia de Nápoles, Pasquale Bin Laden Zagaria é um dos empresários capazes de hegemonizar os subcontratos da Alta Velocità* Nápoles-Roma, de determinar as obras da linha ferroviária Alifana, de ter empresas prontas para entrar no negócio do TAV** Nápoles-Bari e no projeto do metrô de Aversa, e prontas para administrar a conversão para escala civil do aeroporto de Grazzanise, que deveria se tornar o maior da Itália. As empresas de Zagaria venceram no mercado nacional graças aos preços concorrenciais, à capacidade de mover maquinários e homens e à velocidade de realização. Constroem por toda parte na Emilia Romagna, na Lombardia, na Umbria e na

* Ferrovia de alta velocidade entre Nápoles e Roma. (N. T.)

** Treno Alta Velocità: Trem de Alta Velocidade. (N. T.)

Toscana. O crescimento exponencial de Pasquale Zagaria, sua ascensão até se tornar um dos mais importantes empresários italianos da construção civil, ocorreu sobretudo desde que foi capaz de colocar o coração de seu império e aquele dos casalenses na Emilia Romagna, particularmente em Parma, que hoje é uma das cidades que mais estiveram ligadas à Camorra, tendo absorvido em seu tecido econômico os capitais dos clãs.

Mas não houve nenhuma espécie de colonização, muito pelo contrário. No Norte, as empresas de construção civil crescem rapidamente, trabalham, constroem, vendem, compram, alugam, só que não raro entram em crise. Assim, é necessário que cheguem novos capitais, homens e grupos capazes de tranquilizar os bancos e intervir imediatamente. A camorra casalense oferece excelentes condições: os capitais mais conspícuos, os melhores operários e a absoluta supremacia na resolução de qualquer problema burocrático e de organização. E a família Zagaria, que dentro do clã detém a liderança do cimento, pode fazer melhor do que qualquer outro competidor na aquisição de terrenos, na capacidade de escolher os materiais pelo melhor preço, em encontrar terrenos em que se pode construir, em transformar pântanos inacessíveis em atraentes terrenos onde erguer condomínios luxuosos.

A figura que une Bin Laden Zagaria a Parma é o construtor Aldo Bazzini. Empresário do cimento com interesses em Milão, Parma e Cremona, segundo as acusações torna-se laranja de Zagaria quando sua sociedade se fortifica mediante o casamento. Bin Laden se casa com a enteada de Aldo Bazzini, que, em um telefonema a seu advogado Conti, assim comenta a novidade:

Conti: Para onde foi sua filha?...

Bazzini: Minha filha se casou com um... um boss! É! No Sul!

C: Puxa, que coisa! E está bem?!

B: Está sim!

C: Foi ela que achou esse marido, hein, Bazzini?

B (rindo): ... Foi sim!

C: É preciso ter cuidado ao andar com ela!... Senão o marido me vê e...

B (rindo)

C: É mesmo um boss?

B: É sim, é sim!

C: E ela está... está levando vida de... de rica?

B: Nossa, de podre de rica!

C: De podre de rica!

E, efetivamente, a vida melhora. Em uma anotação encontrada pelos carabinieri estão marcadas as despesas dos Zagaria e, entre pavimentações, argamassas, tijolos e rebocos encontram-se listados 19 mil euros por uma excursão de um dia em Montecarlo e 20 mil por uma despesa em Oro Mare, a cidade das joias.

Assim, após o casamento do boss, as empresas de Bazzini, que lentamente estavam indo para o buraco, começam a se recuperar graças aos capitais e às competências dos casalenses. E é interessante notar que os nomes das empresas de Bazzini, que, segundo a DDA de Nápoles, de fato são administradas pelos casalenses, não apresentam nenhum vínculo com o território meridional. Nuova Italcostruzioni Nord srl, Ducato Immobiliare srl e até mesmo uma empresa homenageando o autor da *Cartuxa de Parma*, a Stendhal Costruzioni srl.

A Emilia Romagna sempre foi território de investimento do clã dos casalenses. Giuseppe Caterino, preso na Calábria há dois anos, era um chefe que tinha seu feudo em Modena. Desde sempre, na via Benedetto Marcello, existe uma fortaleza casalense. O mesmo se pode dizer de Reggio Emilia, Bologna, Sassuolo, Castelfranco Emilia, Montechiarugolo, Bastiglia e Carpi. Basta seguir o percurso das empresas de construção civil e o sofrimento de muitos emigrantes da zona rural de Aversa, maltratados por seus conterrâneos do clã. Até as modalidades militares foram exportadas para os territórios de investimento. Tudo começou no dia 5 de maio de 1991, com um conflito entre grupos de pistoleiros dos casalenses, em Modena. Em 14 de março de 2000, prepararam uma emboscada em Castelfranco Emilia. Depois, em Modena, em 10 de maio de 2007, Giuseppe Pagano, dono da empresa de construção civil Costruzioni Italia, foi ferido nas pernas.

O tecido conjuntivo italiano é o cimento. O cimento é o sangue arterial de sua economia. Com ele você nasce e se torna empresário; longe dele, todo investimento anda na corda bamba. O cimento armado é o território dos vencedores. Em silêncio, o clã do cimento adquiriu poder na Itália, um silêncio que se construiu com a certeza de que, naquilo que lhe concerne, não repercutiria além das fronteiras da Campânia. Um clã desconhecido na Itália, porém muito conhecido e temido onde consegue hegemonizar tudo. No processo contra o clã Zagaria, o promotor público Raffaele Cantone disse com firmeza: "Estamos diante de boss que agem, pensam e se relacionam como empresários. E são empresários. Dizer que existe o clã Zagaria e que ele comanda todo o território é como dizer que se respira ar".

O clã conseguiu se tornar tão poderoso porque, no Sul, controla todo o ciclo do cimento. Impõe o abastecimento, administra todo tipo de contrato, dita as leis do crime organizado para cada trabalho. Um sistema que não permite descontinuidades. A extorsão torna-se um instrumento fundamental para relacionar tudo e todos na mesma rede econômica, e quem é submetido à extorsão obrigatoriamente faz parte dessa rede. Há dezenas de telefonemas em que empresários pedem aos homens do clã: "Me deixem trabalhar", e outros telefonemas dados para não deixá-los participar dos leilões falimentares: "Somos de Casapesenna, aqueles terrenos são nossos". Basta pronunciar o nome da cidade de proveniência que todo bom empresário entenderá. A argamassa é monopolizada por eles. Quem quiser trabalhar deve conversar com eles, que condicionam todos os produtores de cimento: Cocem, Dmd, Beton, Luserta, Cls.

Nenhum canteiro de obras pode contratar empresas que não tenham recebido dos casalenses a permissão para trabalhar. Nas investigações, surge um episódio significativo: uma empresa aparentemente desconhecida deles estava trabalhando sem a "permissão" no canteiro de obras do canil de Caserta. De imediato, a ordem foi: "Bloqueiem os caminhões, não deixem ninguém trabalhar". Depois, descobriram que a empresa era uma de suas miríades de emanações, e tudo voltou à normalidade.

E, assim, as empresas dos clãs conseguem economizar, ganham os contratos no Sul e melhoram sua qualidade no Norte. Crescendo, conseguiram chegar às grandes obras. Em 2003, aprova-se o projeto dos grandes canteiros de obras do governo Berlusconi. Segundo as investigações da DDA de Nápoles, em um hotel romano ocorre uma reunião de cúpula para tentar fazer com que o clã entre no projeto. Roma é território conhecido dos casalenses, que já tentaram a escalada ao time da Lazio e se tornaram os sócios vencedores de Enrico Nicoletti, chefe da Banda della Magliana.* O ponto de encontro é a sala de reuniões de um hotel na região da via Veneto. Nela se encontram o construtor Aldo Bazzini, o chefe Pasquale Zagaria, o político e ex-assessor socialista Alfredo Stocchi e, por fim, Bernini, presidente do Conselho Municipal e consultor do ministro Lunardi. Em 1994, Giovanni Bernini, homem de confiança da Forza Italia na Emilia Romagna, é eleito para o Palazzo Ducale;** em 2002 é o mais votado de toda a Casa delle libertà.*** Bernini, que a Antimáfia napolitana interroga como testemunha, explicará que Zagaria lhe havia sido apresentado como um empresário, o que, de resto, não deixa de ser verdade, mas declara que ignorava que também fosse um boss. A investigação para por aí. O que aconteceu depois ninguém sabe. Mas é evidente que não são os clãs que precisam das grandes obras, e sim o contrário. O cimento chama o cimento mais eficiente, os preços mais convenientes.

Pasquale Bin Laden Zagaria estava foragido, era procurado em vão enquanto suas empresas-satélite continuavam ganhando os contratos. Porém, em seguida, se entregou. Entregou-se e pediu o processo abreviado. Ao julgamento, no tribunal de Nápoles, comparece todo o estado-maior do clã. A melhor estratégia: a lei torna-se algo que deve conter o negócio, a praxe econômica. Portanto, é inútil desafiá-la quando não se consegue

---

* Organização criminosa originária de Roma. (N. T.)

** Sede do Comando Provincial dos Carabinieri em Parma. (N. T.)

*** Coalizão de centro-direita, fundada por Silvio Berlusconi em 2000. (N. T.)

infringi-la, quando as malhas são demasiadamente estreitas. É preciso arcar com o prejuízo, torná-lo mínimo. Não entrar em conflito com o Estado.

Quando o promotor público Raffaele Cantone conseguiu entender os mecanismos, iniciando investigações importantes sobre o clã do cimento e conseguindo confiscar canteiros de obras por um valor superior a 50 milhões de euros, o clã pensou em mandá-lo pelos ares. Os relatórios falavam de trotil encomendado aos fiéis aliados calabreses. Informações que quase todos os meios de comunicação de massa ignoram. Cantone teve a escolta redobrada, e a tensão no território se tornou altíssima. A 'ndrangheta e a camorra casalense sempre foram aliadas, gêmeas no silêncio que conseguem obter, diferentemente da Cosa Nostra. Mas, depois, os falcões do clã são aplacados pelas pombas. Entendem que não é o momento da carnificina. E o clã mais feroz do Sul se contém. O mesmo clã que tinha massacrado um jovem sindicalista, Federico Del Prete, e que não hesitara em massacrar um filiado próprio, porque na prisão ele tivera relações homossexuais, "enlameando" a honradez de todo o cartel. Não quer câmeras televisivas, não quer atenção nacional. Quer permanecer desconhecido. Desse modo, suspende a condenação ao magistrado.

Pasquale Zagaria é irmão de Capastorta. "Capastorta"* é o apelido de Michele Zagaria. Foragido há mais de 11 anos, atualmente assume o posto de Bernardo Provenzano à frente dos boss mais procurados da Itália. Michele é o boss militar do clã dos casalenses, o líder inconteste. Na realidade, formalmente, junto com Antonio Iovine, "'o Ninno", é uma espécie de vice-rei do

* Literalmente, cabeça torta. (N. T.)

boss preso Francesco Sandokan Schiavone. Michele Zagaria organizou um clã eficiente, e sua vida, obviamente, é matéria de lenda, mas nas histórias do poder da camorra a lenda é mais referência mítica do que invenção. Os relatórios falam de sua mansão em Casapesenna, que, no lugar do teto, tem uma cúpula de vidro para fazer a luz chegar a uma enorme árvore plantada na sala. Todavia, além da espantosa arrogância das construções, comum a todos os boss do clã do cimento, a estratégia de vida do boss é quase calvinista. Michele Zagaria rejeitou a família e, oficialmente, não criou uma própria. Parece que teve uma filha, mas não teve a coragem de reconhecê-la, dando-lhe seu sobrenome; não se casou e vive na solidão. O boss passava grande parte da sua condição de foragido na igreja, e não há na cidade quem não conheça a história de Michele Zagaria, que marcava no confessionário os encontros com seus fiéis colaboradores: nada de confissão, só negócios. O clã Zagaria é disciplinado, recusa a cocaína em seu interior. Quando os rapazes do clã começaram a fazer uso dela, Pasquale Zagaria interveio e os puniu, trancando-os no cercado com os porcos. Mas o boss também cede à coca. Em uma interceptação ambiental, um subordinado seu, Michele Fontana, conhecido como "'o Sceriffo",* tímido e respeitoso, ousa perguntar ao boss se alguma vez já cedeu ao vício. A resposta do boss é terrivelmente épica: "Eu disse: 'Michele... você precisa matar uma curiosidade minha... por acaso já usou droga?...' Então, acrescentei: 'Me desculpe se me permito...'. E ele olhou na minha cara e respondeu: 'Você não sabe que eu sou como o padre: faça o que eu digo, mas não faça o que eu faço?'..."

* O Xerife. (N. T.)

Michele Zagaria também fica atento à encenação de si próprio. Certa vez, uma empresária muito poderosa, Immacolata Capone, encontra-se com um homem do boss, justamente 'o Sceriffo, e ele diz que deve fazer-lhe uma surpresa. Faz com que ela se sente no banco da frente de um carro. A mulher ouve rumores no capô e uma voz dizendo que não aguenta mais. Quando pede explicações, o Xerife apenas murmura: "Senhora, não se preocupe". Então, chegam a uma mansão faraônica na zona rural de Caserta, e do capô sai Michele Zagaria, que entra em casa. Ela, espantada com o boss, nem consegue lhe dirigir a palavra, embora sejam parceiros de negócios bem-sucedidos há anos. Segundo alguns relatórios, o boss sentou-se no centro da sala de uma de suas tantas mansões, sala essa pavimentada com mármores raros, e, acariciando um tigre preso à corrente, começou a discorrer sobre contratos, argamassa, construções e terras. Uma imagem cinematográfica, que sozinha é capaz de criar um mito, alimento com o qual os clãs devem nutrir seu poder feito de desaparecimentos e contratos.

Dona Immacolata fora capaz de construir uma rede empresarial e política de grande espessura. Pertencente ao clã Moccia, tornara-se interlocutora do clã Zagaria e era desejada por muitos camorristas, que a cortejavam para poderem se tornar companheiros de uma boss-empresária de grande calibre. Segundo as acusações, o político que a ajudara em seus negócios é Vittorio Insigne, conselheiro regional da UDEUR,* para o qual os promotores públicos Raffaele Cantone e Francesco Marinaro pediram a condenação a três anos e oito meses por concurso externo em

* Unione Democratici per l'Europa: União dos Democratas pela Europa. (N. T.)

associação com a camorra.* Insigne teria intercedido para arranjar um certificado antimáfia para as empresas de Capone. Nas interceptações aparecem contínuas referências ao político, bem como a respeito da repartição dos lucros. Segundo as acusações, Insigne intervinha para fazer com que Capone ganhasse os contratos, mas depois ela transferia parte dos lucros a ele. No momento das investigações, Vittorio Insigne fazia parte da Comissão dos Transportes da Região da Campânia.

O grupo da Antimáfia napolitana, coordenado por Franco Roberti, também conseguiu descobrir que Capone tinha se aproximado de Cesare Giancane, coronel da aeronáutica militar e diretor dos trabalhos no canteiro de obras da OTAN, em Licola. Com efeito, segundo as acusações, o clã Zagaria conseguiu até mesmo trabalhar para o Tratado do Atlântico, construindo a central de radar instalada nas imediações do Lago Patria, ponto fundamental para as atividades militares da OTAN no Mediterrâneo. Mas talvez a bravura lhe tenha sido fatal, pois Immacolata Capone foi morta em novembro de 2004, em um açougue de Sant'Antimo. Poucos meses antes, eliminaram seu marido.

Com a política, o clã faz o que quer. Não há, como nos anos 1990, uma espécie de sujeição necessária. Ao contrário, hoje a política é súdita dos negócios e, portanto, também dos negócios da camorra. Em uma interceptação, Michele Fontana, 'o Sceriffo, conta como se interessou pela campanha eleitoral das últimas eleições em Casapesenna e diz: "Meu cavalinho subiu". 'O Sceriffo

---

* Crime que se configura quando uma pessoa, sem fazer parte do organograma de uma organização criminosa, desempenha alguma atividade que favoreça as finalidades dessa organização. (N. T.)

chama de "cavalinho" o político que, segundo as investigações, é Salvatore Carmellino: uma espécie de recurso para ficar tranquilo na prefeitura, um contato para suas intenções, capaz de se tornar um referencial para os negócios da associação. A política local como celeiro para os próprios negócios diretos, aquela nacional como espaço em que, de vez em quando, se pode discutir, usar, ignorar, abusar, administrar. Se, de acordo com von Clausewitz, a guerra não passa da continuação da política com outros meios, e, segundo Michel Foucault, a política é a guerra conduzida com outros meios, os clãs empresariais não são outra coisa senão economias que usam todos os expedientes para vencer a guerra econômica.

Recentemente, os carabinieri do ROS* de Roma, que haviam conduzido de maneira notável a investigação sobre Capastorta, deveriam voltar a segui-lo. A essa altura, tem-se certeza de sua presença em Casapesenna; afinal, um chefe militar não pode abandonar seu território. É preciso permitir às forças policiais do local que sejam auxiliadas, fazer com que as investigações sejam intensificadas, e as empresas de cimento, monitoradas, seguidas em cada aspecto, impedindo que monopolizem o mercado e destruindo, assim, toda remota ideia de livre concorrência. Hoje, qualquer distração que seja concedida ao poder do clã tem sabor de conivência. Até agora, o governo de centro-esquerda fez muito pouco, demonstrou-se lento, distraído e condescendente na batalha contra o empresariado criminoso da construção civil e contra as burguesias empresariais diretamente ligadas aos clãs. É necessário que o governo intervenha no mecanismo de contrato dos

* Raggruppamento Operativo Speciale: Grupo de Operações Especiais. (N. T.)

aluguéis, ou seja, na possibilidade de alugar os maquinários dos clãs sem deixar rastos. Seria preciso proibi-los ou não impor a mesma autorização dos subcontratos. É necessário que se comece a regulamentar o mecanismo dos contratos, não permitindo que uma empresa do Norte possa vencer e depois dar todo o trabalho em subcontrato.

Mas o silêncio é total e culpado. No processo Spartacus, o maior relativo à máfia nos últimos 15 anos e que no dia de sua sentença não recebeu atenção na imprensa nacional, a camorra tenta, em apelação, cancelar suas 21 condenações à prisão perpétua. Mas seria muito grave se se deixasse a seu destino uma das pouquíssimas tentativas realizadas nesta terra para deter os déspotas do cimento criminoso. A equipe de defesa do clã, o enorme exército de advogados que as várias famílias da Camorra — Schiavone, Bidognetti, Zagaria, Iovine, Martinelli — têm à disposição, quer sobretudo silêncio e minimização; quer que o olhar se dirija para outro lugar. Quer conduzir o interesse nacional a ver esses casos como desvios de periferia, muitas vezes auxiliados pela náusea de uma classe intelectual distante desses mecanismos e de uma classe política que, quando não está metida neles, já não consegue compreender suas dinâmicas. É interessante ouvir as interceptações dos boss locais, dos empresários dos clãs, até para entender como para eles é fundamental que o interesse nacional seja atraído pela guerra no Iraque, pelos DICO* e, principalmente, pelo terrorismo de qualquer matriz.

* Diritti e doveri delle persone stabilmente conviventi: Direitos e deveres das pessoas que vivem em união estável. (N. T.)

Nos próximos meses, não será preciso desviar os olhos da apelação do processo Spartacus. Os boss não têm condenações definitivas, a Corte de Cassação anula muitas penas de prisão perpétua. É fundamental que não se dissolva a atenção nacional, que se siga o odor do cimento, para que cimento, lixo, transportes e supermercados deixem de ser os reservatórios da lavagem de dinheiro e do principal investimento dos clãs. Do contrário, será tarde demais. Já não haverá fronteira, supondo-se que ainda exista alguma, entre economia legal e ilegal. Temo que possa acontecer de que toda palavra que conta essas dinâmicas fique muda, incompreensível, como se viesse de um mundo que se crê distante; de que toda investigação judiciária se torne simplesmente um negócio entre juízes, advogados e incriminados, a ser resolvido no tempo mais longo possível e no espaço de atenção mais restrito, e onde até mesmo as vítimas de homicídio se tornem um mal fisiológico, algo que só pode continuar assim. Temo que possa acontecer de que as palavras que contam tudo isso se tornem incompreensíveis. Corre-se o risco de escrever não para comunicar o que ocorreu, mas para fazer passar diante dos olhos aquilo que nunca será conhecido por quem olha ou lê.

A PESTE E O OURO

É um território que não sai da noite. E que não encontrará solução. O que está acontecendo é grave, porque se tornam extraordinários os direitos mais simples: dispor de uma rua acessível, respirar ar não poluído, ter expectativa de vida na média de um país europeu. Viver sem precisar ter a obsessão de emigrar ou se alistar. É uma noite escura a que cai nestas terras, porque ser devorado pelo câncer torna-se algo que se assemelha a um destino compartilhado e inevitável como nascer e morrer; porque quem administra continua a falar de cultura e democracia eleitoral, comete as discussões bizantinas mais vãs, e quem está na oposição parece devorado pelo terror de não participar dos negócios, em vez de estar interessado em modificar seus mecanismos. Morre-se de uma peste silenciosa que nasce dentro do corpo onde você vive e faz com que você acabe nas seções de oncologia de meia Itália. Os últimos dados publicados pela Organização Mundial de Saúde mostram que a situação na Campânia é inacreditável. Falam de um aumento vertiginoso das patologias de câncer. Pâncreas, pulmões, canais biliares, mais de 12% em relação à média nacional. Em setembro de 2004, a revista médica *The Lancet Oncology* falava de um aumento de 24% dos tumores no fígado nos territórios dos aterros sanitários, e as mulheres são as mais atingidas. Vale a pena lembrar que as regiões mais expostas a risco no Norte da Itália apresentam um aumento de 14%.

Mas talvez esses casos ocorram em outro país. Porque quem governa e quem está na oposição, quem conta e quem discute, esses vivem em outro país. Porque, se vivessem neste, seria impensável que percebessem tudo isso só quando as ruas estão cheias de lixo. Talvez acontecesse em outro país de o presidente da Comissão de Negócios Gerais da Região da Campânia ser proprietário de uma empresa — a Ecocampania — que recolhia o lixo em todos os cantos da região e além dela, e não tivesse o certificado antimáfia. No entanto, não acontece em outro país de o lixo ser um enorme negócio. Com ele, todos lucram: é um recurso para as empresas, para a política, para os clãs, um recurso que se paga triturando os corpos e envenenando as terras.

Lucram as empresas de coleta: hoje, as da Campânia estão entre as melhores da Itália e são até mesmo capazes de competir com os mais importantes grupos de coleta de lixo do mundo. Com efeito, as empresas de lixo napolitanas são as únicas italianas a fazer parte da EMAS* francesa, um sistema de gestão ambiental com o objetivo de prevenir e reduzir os impactos ambientais ligados às atividades que são exercidas no território. Quem for à Liguria ou ao Piemonte verá que inúmeras atividades, que são

* Eco-Management and Audit Scheme: Gestão Ambiental e Esquema de Auditoria. (N. T.)

administradas por sociedades da Campânia, trabalham segundo todos os critérios normativos e do melhor modo possível. No Norte se limpa, se coleta, se está em equilíbrio com o ambiente; no Sul se enterra, se suja, se queima.

Lucra a política, pois, como demonstra a investigação dos promotores públicos Milita e Cantone, e da Antimáfia de Nápoles sobre os irmãos Orsi (empresários que passaram da centro-direita para a centro-esquerda), neste momento, o mecanismo que favorece atividades criminosas e que serve de base para três poderes — político, empresarial e camorrista — é o sistema dos consórcios. O consórcio público-privado representa o sistema ideal para enganar todos os mecanismos de controle. Na prática, serviu para criar situações de monopólio sobre a escolha de empresários muitas vezes próximos à camorra. Os empresários consideraram que, por direito, cabia à sociedade pública fazer a coleta de lixo em todos os municípios da realidade do consórcio. Isso teve como efeito prático a criação de situações de monopólio e de lucro enorme, que no passado não existiam. No caso da investigação de Milita e Cantone, ocorre que o consórcio adquiriu, por uma cifra colossal e inflada (cerca de nove milhões de euros) e por meio de faturas falsas, a sociedade de coleta Eco4. As empresas privadas ficaram com os lucros e despejaram as perdas no consórcio. A política tirou do sistema dos consórcios 13 mil votos e nove milhões de euros por ano, enquanto os clãs faturaram seis bilhões de euros em dois anos.

Mas os proprietários dos aterros sanitários também lucram cifras imensas, conforme demonstra o caso de Cipriano Chianese, advogado e empresário de uma pequena cidade, Parete, seu feudo. Durante anos administrara a Setri, sociedade especializada no transporte de lixo especial vindo do exterior: de toda parte da Europa transferia lixo para Giugliano-Villaricca em transportes irregulares, sem nunca ter tido a autorização da Região. Porém, tinha a única autorização necessária, a da camorra. Acusado pelos promotores públicos Raffaele Marino, Alessandro Milita e Giuseppe Narducci de concurso externo em associação com a camorra e de extorsão agravada e continuada, é o único destinatário da medida cautelar assinada pelo GIP* de Nápoles. No centro da investigação está a gestão das escavações X e Z, aterros clandestinos na zona de Scafarea, em Giugliano, de propriedade da Resit e adquiridas pelo Comissariado de governo durante o estado de emergência na coleta de lixo, em 2003. Segundo as acusações, Chianese é um daqueles empresários em condições de explorar o estado de emergência. Com a atividade de despejo do lixo, realizada por sua Resit, conseguiu faturar para o Comissariado extraordinário uma importância de mais de 35 milhões de euros, apenas para o período compreendido entre 2001 e 2003. As instalações utilizadas por Chianese deveriam ter sido fechadas e saneadas. Em vez disso, tornaram-se minas em época de emergência. De acordo com os colaboradores de justiça, graças à amizade com alguns expoentes do clã dos casalenses, Chianese adquirira, por preços irrisórios, terrenos e edifícios de valor e obtivera o apoio eleitoral nas políticas de 1994 (candidato nas listas da Forza Italia, não foi eleito) e o "nada obsta" para o despejo do lixo no território do clã. A Procuradoria apreendeu preventivamente os bens atribuíveis ao advogado-empresário de Parete: complexos turísticos e discotecas em Formia e Gaeta, além de inúmeros apartamentos entre Nápoles e Caserta. Com o estado de emergência,

* Giudice per le Indagini Preliminari: Juiz para as Investigações Preliminares. (N. T.)

a cidade repleta de lixo, as lixeiras transbordando e os protestos, os políticos às vésperas da eleição viram na Resit, com sede em Tre Ponti, na fronteira entre Parete e Giugliano, sua solução.

Com o despejo do lixo na Campânia lucram as empresas do Nordeste. Conforme demonstrou a operação Houdini, de 2004, o custo de mercado para despejar corretamente o lixo tóxico impunha preços que iam de 21 a 62 centavos de euro o quilo. Os clãs forneciam o mesmo serviço por 9 ou 10 centavos de euro o quilo. Os clãs da camorra conseguiram garantir que 800 toneladas de terras contaminadas por hidrocarburetos, de propriedade de uma empresa química, fossem tratadas pelo preço de 25 centavos de euro o quilo, incluído o transporte. Uma economia de 80% em relação aos preços normais. Se o lixo ilegal, administrado pelos clãs, fosse compactado, ele se tornaria uma montanha de 14.600 metros, com uma base de três hectares. Seria a maior montanha existente na Terra. Os clãs não recusavam nem mesmo a *Moby Prince*, embarcação que pegou fogo e que ninguém queria despachar. Segundo a Legambiente,* foi despejada no território de Caserta, seccionada e abandonada à ação do tempo em campos e aterros.

Neste país, seria preciso fazer com que as pessoas conhecessem *Biùtiful cauntri* (escrito à maneira napolitana), um documentário de Esmeralda Calabria, Andrea D'Ambrosio e Peppe Ruggiero: fazer com que vissem o veneno que de todos os cantos da Itália foi sepultado no Sul, massacrando ovelhas e búfalas e fazendo exalar um odor de ácido do coração dos pêssegos e das maçãs do tipo Annurca.**

---

* Associação ambientalista italiana, surgida nos anos 1980. (N. T.)

** Variedade de maçã típica da Campânia. (N. T.)

Mas talvez seja em outro país que se conheça o rosto de quem envenenou esta terra. É em outro país que os nomes dos responsáveis são conhecidos; no entanto, isso não basta para torná-los culpados. É em outro país que a maior força econômica é o crime organizado; no entanto, a obsessão da informação continua sendo a política, que preenche o debate cotidiano de intenções polêmicas, enquanto os clãs que destroem e constroem o país o fazem sem que haja uma real oposição por parte da informação, demasiadamente episódica e distraída em relação aos mecanismos.

Não foi absolutamente a camorra a ter suscitado esse estado de emergência. A camorra não tem a conveniência de criar situações de emergência, não precisa delas. Seus interesses e lucros sobre o lixo, como sobre todo o resto, ela sempre os realiza, de qualquer maneira, faça sol ou faça chuva, com estado de emergência e com a aparente normalidade, quando segue melhor os próprios interesses e ninguém se preocupa com seu território, quando o resto do país lhe confia os próprios venenos por um custo imbatível e acredita que assim pode lavar as mãos e dormir um sono tranquilo.

Quando se joga alguma coisa no lixo, lá no cesto, embaixo da pia da cozinha, ou se fecha o saco preto, é preciso pensar que ele não se transformará em adubo, em composto, em matéria pútrida que engordará ratos e gaivotas, mas se transformará diretamente em ações societárias, capitais, times de futebol, edifícios, fluxos financeiros, empresas, votos. Do estado de emergência não se quer e não se pode sair porque é um dos momentos em que mais se ganha. Mas o estado de emergência nunca é criado diretamente pelos clãs. O problema é que a política dos últimos anos não conseguiu encerrar o ciclo do lixo. Os aterros sanitários estão se exaurindo. Fingiu-se não entender que, enquanto tudo fosse parar nos aterros, não se podia não chegar a uma situação de saturação. Muito pouco deveria ir parar nos aterros, mas quando tudo é despejado neles, o espaço chega ao fim. O que torna tudo isso trágico é que não são esses dias que ficam comprometidos, não são as ruas que hoje são atingidas pelas "sacolinhas" de lixo a sofrer danos. São as novas gerações que os sofrerão. O próprio futuro está comprometido. Quem nasce nem sequer poderá tentar mudar o que aqueles que o precederam não conseguiram parar e transformar. Nestas terras martirizadas, encontram-se 80% a mais de más-formações fetais em relação à média nacional. Valeria a pena lembrar a lição de Beowulf, o herói épico que arranca o braço do Ogro que empesteava a Dinamarca: "O inimigo mais astuto não é aquele que lhe tira tudo, mas aquele que lentamente o acostuma a não ter mais nada". Justamente assim, acostumar-se a não ter o direito de viver na própria terra, de entender o que está acontecendo, de decidir sobre si mesmo. Acostumar-se a não ter mais nada.

GUERRA

SÍNDROME DE VOLLMANN

Conheci, certa vez, William Trevor Vollmann na Costa Amalfitana. Para mim, que tinha lido todas as suas obras publicadas na Itália, vê-lo na Costa Amalfitana era como encontrar Mike Tyson em um camarote do Scala de Milão. Na realidade, o talento de Vollmann coincide com a arte mais verdadeira e ambígua do narrador de prestígio, que é conseguir se transformar sem se desvirtuar, encontrar-se nas situações mais diversas, porém permanecendo igual a si próprio. Um olho que se envolve e se camufla para compreender, mas que nunca conseguirá ser até o fim aquilo que quer conhecer. E, então, o narra.

Vollmann estava em Ravello com Antonio Moresco, convidado por Antonio Scurati. Diante de um público formado sobretudo de turistas de veraneio, que tinham ido passar uma noite diferente das costumeiras danças folclóricas, dos concertos, das comédias. Vollmann e Moresco começam a ler suas páginas. Os turistas murmuram e cochicham ao pé do ouvido uns dos outros; depois, mal conseguem permanecer sentados. Esfregam as costas nas cadeiras, agitam-se. Até então, para eles a literatura era algo reconfortante de se ouvir à tarde, nas férias. Agora se sentem entediados, estão inundados por demasiada crueza, são obrigados a lutar com a crueldade e com a história. Uma senhora começa a se balançar na cadeira, depois se desequilibra inteira para a esquerda e, por fim, desmaia. As palavras que ouvira fizeram-na sentir-se mal.

Mais tarde, enquanto Fabio Zucchella, diretor da *Pulp*,* entrevista Vollmann perguntando-lhe que ideia fazia da literatura, Vollmann lhe responde que aprendera pouco tempo antes o que realmente queria da escrita e que, até então, não o havia entendido: "Fazer desmaiar aquela senhora, que esperava das palavras um momento de elevação, só que seu corpo não resistiu. As palavras entraram nela. É isso o que quero".

Depois se aproxima de seu ouvido e lhe diz: "Onde é que posso encontrar nigerianas por aqui?" Zucchella responde que é de Pavia, que não tem a mais remota ideia de onde se podem encontrar nigerianas na Costa Amalfitana e que, vindo de Nápoles, não viu nenhuma na beira da estrada. Então, Vollmann rebate, desdenhoso: "Uma cidade sem putas nigerianas não merece ser visitada". E se encontrava em um dos lugares considerados entre os mais bonitos do mundo.

Vollmann, que hoje tem 48 anos,** conta o que é história e humanidade, e desta última sonda cada detalhe. Nada daquilo que é humano lhe é estranho. Acaba de ser publicado na Itália *The Ice-Shirt* [A camiseta de gelo], um livro que parece ser um delírio. E é um maravilhoso delírio. Mas composto de uma história mítica

* Revista literária. (N. T.)

** Este texto de Roberto Saviano foi escrito em 2007. (N.T.)

e de acontecimentos desconhecidos. Um livro incrível, o primeiro de um projeto mais amplo, o de escrever a história dos Estados Unidos da América. E Vollmann parte de longe: do ano mil, quando o continente americano foi descoberto pelos viquingues. Quando o bando de Erik, o Ruivo, conquista o novo continente. Muito antes de Colombo, a Europa descobriu o continente americano e, depois, decidiu deliberadamente abandoná-lo. Foram os noruegueses que conquistaram a Groenlândia, hoje território dinamarquês autônomo. Os noruegueses, habilíssimos navegadores, descobriram a América e a chamaram de "Vinland", ou seja, algo que pode ser traduzido como "a terra da uva". Por toda parte viam videiras selvagens, e isso determinou o imaginário escandinavo. Quanto aos peles-vermelhas, os noruegueses os chamaram de "selvagens desgraçados", ou seja, *skraeling*. Pareciam animalescos aos noruegueses porque comiam miolo de cervo, vestiam peles de animais e lutavam de maneira primitiva. Houve diversas batalhas entre os noruegueses e os peles-vermelhas. Mas os viquingues, quando exauriram o primeiro impulso colonial, deixaram a Vinland-América e voltaram aos territórios escandinavos do Norte. A partir de então, por cerca de mais 500 anos, a América voltaria a ser um continente desconhecido para o restante do mundo.

Vollmann conta, em um vasto ciclo de romances, chamado *Seven Dreams* [Sete sonhos], o milênio da história americana antes da colonização europeia, viajando até mesmo ao Círculo Polar Ártico, a 700 quilômetros do centro habitado mais próximo, para aprofundar as migrações do povo esquimó.

The Ice-Shirt é uma espécie de saga, extraída dos textos de etnólogos e historiadores, e transformada em mito justamente pela narração como romance. O quociente de invenção não está nos acontecimentos, mas no adesivo mítico usado na montagem da história. Vollmann concebe seus livros históricos através dos acontecimentos que narra, como se os tivesse diante dos olhos, como se fosse um velho pastor diante do fogo que transmite às novas gerações eventos perdidos na noite dos tempos. *The Ice-Shirt* é um livro bastante denso. Vollmann é um escritor de livros volumosos. Talvez seja, no mundo, o escritor mais prolífico em número de páginas: "Chego a passar 18 horas seguidas escrevendo". Há anos sofre da síndrome do túnel carpal. Uma dor lancinante nos pulsos, devido às muitas horas passadas escrevendo no computador. Vollmann se interessa por contar o espaço entre a história do homem e a imensa extensão da história da humanidade. Entre o cotidiano extremamente concreto e os acontecimentos que atravessam as épocas. E, muitas vezes, a mediação entre esses dois âmbitos é o mito.

Em outro livro, *Afghanistan Picture Show: Or, How I Saved the World* [Mostra de imagens do Afeganistão: ou, como salvei o mundo], Vollmann fala de quando tinha 20 anos e partiu como voluntário para combater ao lado dos mujahedin afegãos contra as tropas soviéticas. Vai para Cabul para dar tiros e acreditar em alguma coisa. E para entender o islã. É um escritor dentro da história. No fundo, o melhor modo de um escritor fazer seu ofício é fazendo o ofício dos outros. E nisso Vollmann é muito bom. Em seus livros-reportagem ele fica ali, pousado em meio à realidade explorada. Do mesmo modo, nos romances históricos faz-se presente, dando visão aos dados e recolhendo os testemunhos, mas misturando-os à sua voz. Sempre no presente. Um livro inédito na Itália, *Europe Central*, analisa através de uma estrutura de contos a devastadora guerra entre a Alemanha e a URSS. Narrativiza a história. Faz-se intérprete dos dados que recolhe, das bibliografias que devora. Não faz um romance histórico, mas, antes, uma narrativa épica, na qual a transformação dos acontecimentos de cada homem em acontecimentos míticos é elemento central da sua literatura.

Desde sempre, Vollmann vive uma simbiose com a própria escrita, como uma doença contraída longinquamente de Xenofonte, o historiador que fora mercenário e para o qual só se pode contar o que se conhece por completo. No entanto, conforme especifica Antonio Scurati na orelha da tradução de *The Ice-Shirt*, Vollmann reduz as fronteiras entre a realidade e a imaginação, verdadeiro e falso, que em nosso tempo já não podem ser avaliadas segundo os cânones de invenção e dado, verificabilidade e ficção. Portanto, o leitor entenderá que o que está lendo é uma verdade transformada em visão. Existe o dado, mas ele é capaz de transcender-se em mito, que não é a negação da história, e sim sua sublimação em novela histórica, conto, palavra literária. Em fundação de um pensamento a ser transmitido. De seu projeto *Rising Up and Rising Down*, louco como todos os seus projetos literários, com um total de 4.500 páginas dedicadas a uma história da violência (na Itália foi publicada uma antologia, *Come un'onda che sale e che scende*),* Vollmann diz: "Tentei criar uma espécie de algoritmo moral para calcular quando um particular ato de violência é justificado ou não. A violência é sempre sangue ou número e, às vezes, é tão vasta que não a vemos". *The Ice-Shirt* também é cheia de batalhas e confrontos, de reflexões sobre a

* Como uma onda que sobe e desce. (N. T.)

terra, sobre os nobres cavaleiros e sobre ambições de conquista. "Atirei para matar e atiraram em mim, ouvi a solidão de muitos homens: sei tantas coisas sobre a violência."

Falar da miséria do homem, da dependência química, das putas e da exploração torpe não significa ser atraído pelo abjeto nem exaltar a degradação, e sim ver com mais clareza o próprio tempo e, através dos rastos do presente, buscar como um arqueólogo as sedimentações do passado, ali onde o homem permanece idêntico, na ambição de poder, no sangue e na conquista.

O próprio Vollmann explica por que decidiu arriscar a própria vida injetando heroína em si mesmo para entender a heroína, dar tiros no Afeganistão para entender a guerra e o islã, perder a vista nas bibliografias da história americana e expor-se pelas ruas dos atiradores em Sarajevo: "Desde pequenos, minha irmã e eu íamos muito ao lago juntos. Ela só tinha seis anos, e eu, nove, e cabia a mim cuidar dela. Foi culpa minha se um dia se afogou porque me distraí. Sua morte me fez pensar que nunca mais eu poderia me tornar uma pessoa boa, e provavelmente é por isso que estou sempre tentando ajudar as pessoas e sinto compaixão pelos perdedores: porque eu também me sinto um perdedor desde que cometi esse terrível erro". O escritor não pode ser uma pessoa boa e, muitas vezes, chega a decidir escrever justamente pela incapacidade de sê-lo, mas por isso pode narrar com o sentimento de culpa de não poder mudar as coisas e com a esperança de que sua ação indireta possa, na realidade, multiplicar-se nas consciências e nas visões de seus leitores, que, portanto, poderão agir em seu lugar ou a seu lado, criando o último sonho de uma comunidade que compreende, sente, caminha. E vive.

APOCALIPSE VIETNÃ

Despachos do front é um romance de guerra. Escrito com os carregadores. Um romance sobre o Vietnã, um romance-reportagem, um romance em que o estilo é literário, mas a matéria é realidade; em que o método é o de uma pesquisa feita com os olhos, as sensações, os dados, as percepções, as entrevistas, a participação na batalha, o vômito, a alegria, o cinismo, a crueldade, a euforia, a danação. O meio é a escrita, e o método da escrita é o olhar humano.

Michael Herr vai ao Vietnã como escritor, e não como jornalista. Para os soldados, aos quais faz questão de precisar esse fato, não parece haver nenhuma diferença. Afinal, não deixa de ser um ofício de refratário. Ir para a guerra como escritor significa partir sem uma missão precisa, sem ter de retornar com uma notícia ou uma informação precisa. Retornar mesmo sem nada, apenas com um monte de sensações. Não escrever nada ou escrever apenas detalhes. Estudar os mapas militares, entender o mecanismo de uma metralhadora, ficar horas falando com um soldado, ler a papelada de uma operação. Reunir tudo isso ao odor do napalm e ao clarão repentino da aurora no Sudeste Asiático. Esse é o repórter-escritor que Herr tinha intenção de ser. E assim faz. Recolhe, observa, rumina, mistura tudo em sua escrita. Levou dez anos para escrever *Despachos do front.* E, depois dessa obra, nada mais. Nunca mais outro livro. Talvez porque, conforme escreve John le Carré, seja o mais bonito escrito sobre a guerra depois da *Ilíada.*

"O jornalismo convencional não podia iluminar essa guerra mais do que o poder de fogo convencional podia vencê-la. Tudo que podia fazer era escolher o evento mais denso de significados do decênio americano e transformá-lo em um pudim midiático, tirar dele a história mais conhecida e incontestável e maquiá-la como história secreta. E os melhores correspondentes sabiam disso e de outras coisas...", declara Herr.

O Vietnã é a guerra mais presente em nossas mentes, em nosso imaginário. Mais do que a Segunda Guerra Mundial, mais do que a Guerra dos Trinta Anos e a dos Seis Dias, mais do que as Guerras Púnicas e as napoleônicas, mais do que a Guerra Civil Espanhola e aquela americana, muito mais do que qualquer conflito vindo depois: da Somália à Bósnia, do Iraque ao Afeganistão. E talvez até mais do que a mãe de todas as guerras contemporâneas, aquela que, não por acaso, ainda é chamada de Grande Guerra. Porque então havia Céline e Jünger, Remarque e Barbusse, Lussu e Slataper, bem como todos os grandes poetas ingleses, mas não havia o poder de fogo da grande cinematografia americana. Nada de *Apocalypse Now, Nascidos para matar, O francoatirador, Hamburger Hill, Rambo, Bom dia Vietnã, Platoon.*

A guerra do Vietnã desmente a frase pronunciada por Hermann Göring durante o julgamento de Nuremberg: "A história é escrita pelos vencedores". A guerra do Vietnã foi escrita exclusivamente pelos perdedores. A única guerra perdida pelos Estados Unidos tornou-se a guerra mais representada, a tal ponto de o Vietnã ser um nome pronunciado exclusivamente ao lado daquele da nação que o agrediu, invadiu, devastou e que, por fim, se retirou derrotada. E, pela primeira vez na história da humanidade, essa narrativa da derrota e da vergonha torna-se épica: porque hoje o cinema de Hollywood é o único instrumento que consegue construí-la.

Por meio século tentou-se, com a Segunda Guerra Mundial, a guerra vitoriosa, a guerra justa. No entanto, se pensamos na guerra, vemos os helicópteros de *Apocalypse Now* e o rosto desfeito de Marlon Brando, ouvimos o clique da roleta-russa de *O francoatirador*, os marines cantando a música do Mickey Mouse. Se se tornam épicos não espartanos que se sacrificavam nas Termópilas para retardar o avanço do exército persa, não os sérvios vencidos pelo império otomano na Planície dos Melros, não o massacre dos índios Sioux em Wounded Knee, ou seja, a heroica resistência de qualquer pequena nação ou tribo, e sim a derrota justamente das tropas imperiais, e se é o mesmo império a criar a narrativa, então significa que, de fato, alguma coisa mudou.

Se são narradas as contradições daquilo que ocorre aos soldados que se encontram em um inferno de calor tórrido e insetos, de selva e emboscadas por parte de um inimigo invisível, de todo modo tão estranho que não saberiam distinguir seus rostos, decifrar os sons de sua língua, ler sua mímica e seus gestos mais elementares, todas as coisas que acontecem a esses homens valem por si, permanecem nuas e cruas, já não encontram seu lugar dentro da moldura de um significado. A guerra não significa mais nada, nem mesmo o próprio absurdo, nem mesmo a denúncia de si mesma como horror, como mal. Talvez a guerra perdida corresponda apenas à prestação de contas de uma perdição.

No entanto, ver-se no chão, no grau zero, oferece ao escritor que tiver capacidade e coragem uma enorme oportunidade de avaliar-se, testemunhar, contar, e basta. É o que Michael Herr consegue fazer. *Despachos do front* é um livro com uma história esquisita. As duas obras-primas do cinema sobre a guerra contra os vietcongues, *Nascidos para matar*, de Stanley Kubrick, e *Apocalipse Now*, de Francis Ford Coppola, inspiraram-se nele. Ou melhor, mais do que isso: Michael Herr colaborou com o roteiro de ambos. Dois filmes antitéticos sobre a mesma guerra, dois pontos cardeais do imaginário — neste, os grandes enquadramentos, as cores lívidas e berrantes, o apocalipse psicodélico e barroco; naquele, a álgida geometria que se dissolve em um delírio circunscrito, em um massacre de uma pequena aldeia na selva, realizado pela câmera — saíram da costela do mesmo autor e do mesmo livro. Ainda hoje os soldados americanos são treinados assistindo a esses filmes, enfiando na cabeça as imagens que passam, imagens trazidas à superfície a partir de uma mesma mina que é *Despachos do front*. E, de todo modo, essa mina feita de palavras continua mais rica do que ambos os filmes colossais. Porque é escrita por quem esteve no Vietnã. Mas também porque a grande epopeia, até mesmo uma epopeia da derrota, deve dar algum sentido àquilo que representa, mesmo que seja o do fim do mundo ou da destruição sistemática do ser humano.

Herr, não; Herr permanece lá embaixo em sua mina vietnamita e não faz outra coisa senão recolher e contar o que vê: terror animal e crueldade insensata, obscenidade e desespero, estupefação e morte. É capaz de captar e lançar na página, sem tentar fazer com que coincidam, todas as contradições daqueles rapazes pouco mais jovens do que ele. Se você juntar dois dos maiores filmes já feitos e os confrontar com um único livro de 300 páginas, entenderá o que a literatura pode fazer, e o cinema, não: levar tudo em conta, mesmo que apenas narrando, e isso é suficiente para ver a complexidade. Uma obra literária única, capaz de não renunciar ao mecanismo do real e de manter uma beleza de descrições e retratos que pouquíssimos souberam conciliar com a narrativa dos horrores e da degradação.

Das primeiras páginas explode uma espécie de raiva da escrita. Mas não é uma raiva estomacal, é algo que vem de mais longe. Herr vai ao Vietnã, a uma guerra em que não é possível tomar partido, e fala sobre os soldados que vão morrer das maneiras mais atrozes pelas feridas mais terríveis. Conta que vê tiros de metralhadora contra blindados, e se pergunta, olhando os furos dos projéteis contra esses meios encouraçados, o que esses mesmos projéteis podem fazer contra um homem. Já não fala da ferida, e sim da condição humana. A condição humana que, na guerra, é condição de uma parte. Sempre gostei de Xenofonte por causa dessa sua parcialidade. Porque ele reconhece que o olhar de quem narra pode ser honesto se se declarar parcial, e sobretudo porque, para narrar a respeito dos mercenários gregos, ele próprio se faz mercenário. Com esse livro, Herr se solidariza com os marines porque é a parte que escolheu, e não a parte que preferiu. Porque é preciso ter uma perspectiva inicial. "Não choramos pelos assassinos que matam as famílias vietnamitas", lhe dirão alguns democratas. E Michael Herr responderá: "Quando é que vocês, democratas, conseguiram chorar por alguém?" Em *Despachos do front*, essa visão de que alguém pode se colocar de um ponto de vista moral equânime e equidistante, discernindo entre o certo e o errado, entre o bem e o mal, é radicalmente contestada. Existem apenas partes, guerras, ideias, escolhas políticas, enfim, existem as coisas que, dependendo das circunstâncias, devem ser narradas, enfrentadas e escolhidas, sem que se pretenda estar do lado certo. Ou do errado. E esse é um livro que ensina como tratar esses temas, temas esses que talvez não sejam outra coisa senão campos de prova extremos, que ensinam como é preciso se posicionar como escritor.

Michael Herr chega a dizer frases secas que, para quem quer extrair as palavras da vivência, valem mais do que vários ensaios de estética: "Você se comporta como deve, e ponto-final". A condição da guerra é uma condição desumana, na qual tudo está em suspenso. E essa suspensão é o laboratório da escrita. Talvez seja por isso que *Despachos do front* me acompanhou como uma obsessão. Uma escrita que de tudo faz prova, dos desabafos, das crises de nervos dos soldados que não aguentam mais, da história de um soldado afro-americano que se masturba quarenta vezes consecutivas, dos excessos de álcool, sexo e drogas, que, ainda que matem, são o único modo de sobreviver. Sua maneira de falar dos mortos, dos mortos assassinados, do impacto dos projéteis no corpo, como se os projéteis dessem uma nova expressão ao corpo perfurado. "Quando você fita um homem morto pelos projéteis não o esquece mais", diz. Deveria ser óbvio ver mortos na guerra. Mas a qualidade de Michael Herr é nunca ser cínico, nunca o durão que tudo suporta, sem dar sinal de ceder em caso algum. O cirurgião da palavra. Simplesmente está perto demais das coisas narradas para sê-lo, dos corpos massacrados e de seus miasmas, da repugnância, da loucura.

Esse livro é lindo porque apenas um decalque do horrível pode fazer compreender que, se também ele, o leitor, se encontrasse naquela situação, se também ele tivesse decidido viver daquele modo, ele também poderia fazer as mesmas coisas. Ou não o fazer se torna uma decisão mais do corpo do que da moral. "Como você faz para atirar nas mulheres e nas crianças?", pergunta um repórter de guerra a um soldado. A resposta de *Despachos do front,* "é fácil: nem é preciso muito chumbo"; em *Nascidos para matar* se transforma em: "É fácil: correm mais devagar", e, no helicóptero, o repórter começa a vomitar. Herr arrasta o leitor para a guerra. Mas de verdade. Restitui-lhe não apenas as imagens, mas também os comportamentos. O leitor sente não apenas o mau cheiro do sangue e do napalm, mas também sente, ele próprio, a raiva e o medo, sente como seria cruel, sente como é o homem quando, para sobreviver, deve deixar de ser homem. Se eu não tivesse lido *Despachos do front,* jamais poderia ter escrito o que escrevi. Mas esse teria sido um dano menor. No entanto, se não tivesse lido *Despachos do front,* não teria entendido nada da vida que levo. A condição humana da guerra é a mesma desde sempre.

Das Guerras Púnicas à Guerra do Golfo. Mas nos detalhes tudo muda, e é aí que a voz do escritor se torna necessária. Em *Despachos do front* há ação contínua, soldados que encontram soldados, soldados que deixam de ser homens, superam a condição humana e superam os objetivos que nem mesmo eles imaginavam que podiam atingir. Nenhum dos marines acredita de fato combater o comunismo indo para o Vietnã, nenhum acredita que aquela seja uma guerra para levar a democracia aos escravos de

Ho Chi Minh. Mas essa não é uma boa razão para não combater e morrer. Mata-se no momento em que existem inimigos. Há operações em que se vai rumo a uma morte certa e seria possível fugir. Mas os marines não fogem. Morre-se e combate-se pelos próprios irmãos em armas. E pelo desejo de apostar tudo.

"Saigon... merda" inicia *Apocalypse Now*. Mas essa merda era procurada por quem partia como voluntário para o Vietnã. Quem buscava o risco da morte como modo para ver até onde chega a possibilidade humana. A Michael Herr não interessa contar uma história bem construída e comentada, digerível pela informação com a desculpa do "faço bem o meu ofício, sou rigoroso, procuro distanciar-me daquilo que escrevo para ser objetivo". Talvez tenha havido um momento em que disse: "E daí? Não me interessa se estou errado, se posso passar por alguém metido em conluios. Conto como funciona, conto o fedor dos sapatos com pés apodrecidos dentro, as bolhas nas mãos por causa dos fuzis, as perversões. Ou o sorriso de um menino na maca, com meia perna dilacerada pelo estilhaço de um morteiro e as mãos queimadas. Que não chora nem grita 'mamãe'. Mas ri. Ri porque sabe que aquela perna cortada, suas feridas, aquele sangue que vê sair aos jorros significam 'casa'. Retorno, família, América. Não mais mosquitos, projéteis, floresta pluvial, febre, rostos de vietcongues. Os sonhos que já não são sonhos e depois os erros dos oficiais, e a droga que se transforma em remédio para o cansaço e a dor, ou o nervosismo induzido nos soldados calmos demais e, portanto, bons demais". Herr consegue fitar no rosto o horrendo e o belo, o prazer de combater, e a divisa faz você parecer às moças em casa mais duro e forte do que é na verdade.

Para Herr não interessa reconstruir uma história secreta. Ele quer contar o que está debaixo dos olhos de todos, mas ninguém consegue descrever. Também graças a Michael Herr, a guerra do Vietnã se tornou a guerra perdida não por causa dos projéteis ou da guerrilha vietcongue, mas, sobretudo, porque foi contada. Contar essa guerra como ela realmente foi significa destruir todo argumento que levou ao conflito e mostrar onde o homem perde a possibilidade de ser homem, e a proximidade entre soldados se torna a única lei de sobrevivência. Vietnã, Vietnã. No fundo, todos nós estivemos lá.

ESTE DIA SERÁ DE VOCÊS PARA SEMPRE

Já está tudo na cabeça. Isso se você conhece a história das Termópilas, se sempre encarou a trama dos conflitos humanos através do caso dos 300 hoplitas espartanos que, em 480 a.C., se opuseram aos desígnios de conquista do império persa.

Leônidas e seus 300 homens, escolhidos entre seus mais fiéis combatentes, todos (ou quase) com filhos homens em condições de garantir a cada um deles a descendência. No desfiladeiro das Termópilas, fazem frente à maior armada que o mundo já vira, esperando que os exércitos das outras cidades gregas encontrem tempo para se organizar e sabendo que vão morrer.

Os 300 de Esparta é extraído de uma história em quadrinhos de Frank Miller que é uma joia. Uma daquelas obras-primas que consideramos grande literatura. Com efeito, é definida como *graphic novel*, nome dado às novas narrativas de palavras e desenhos, para as quais "história em quadrinhos" soaria redutivo. Miller fala a respeito de um conflito entre mundos, culturas muito próximas por geografia e comércios; no entanto, de uma distância sideral. E o paradigma é o de sempre, aquele do bem e do mal, da liberdade e da escravidão, da honra e da traição, da conveniência e do sacrifício. Frank Miller cria seu Leônidas, assim como criou os super-heróis Batman e Demolidor, e a Pérsia de Xerxes é uma antiga Sin City que avança. A divisão é sempre maniqueísta, o inimigo é sempre superpoderoso, mas corrupto, superpoderoso porque corrupto, mas também fraco porque corrupto.

As articulações elementares do bem e aquelas do mal levam a estradas labirínticas. A epopeia é isso. Um recipiente cheio de valores, lendas, mitos, orgulhos, legislações da moral, ordens da consciência, criaturas da terra e do sangue, no qual qualquer um pode se refletir e ao qual qualquer um pode decidir conceder o sentido do próprio cotidiano, nele encontrando a argamassa para se sentir parte de uma comunidade. Ou pode opor-se a ele para sempre. E a história de *Os 300 de Esparta* é tudo isso. Aos hoplitas espartanos que se sacrificam para não deixar que a Grécia seja submetida à tirania é transmitido um momento subtraído para sempre do percurso da história, mesmo dela sendo parte integrante. A história se torna épica, os fatos narrados se tornam fundadores de um imaginário e de uma cosmogonia de valores. “Espartanos, este dia é vosso para sempre”, recorda Leônidas a seus hoplitas. A batalha das Termópilas é um momento em que se podem encontrar instrumentos para explicar a vida. Entendê-la. Sintetizá-la. E a epopeia tem uma direção em que se move. Tem um vetor. Determinado por quem conta a história, por quais olhos foi perscrutada, por qual estômago a digeriu e para quais ouvidos é direcionada. Não há nenhum escândalo nisso. É a dialética entre epopeias diferentes. Esta vem do Ocidente, do olhar de Heródoto, renovado e reformulado à própria imagem na infinidade das vezes em que foi novamente narrada em poesia, romances, dramas ou, justamente, filmes e histórias em quadrinhos, sempre aqui, no Ocidente, um Ocidente cada vez mais ocidental.

Os EUA são os últimos em condições de fazer epopeia. Esta se sedimenta e se cria quando é forte o sentido de pertencimento a uma civilização e, mais ainda, quando essa civilização se sente ameaçada. A epopeia a funda e a defende. Em contraposição aos outros, mas só pode ser assim.

Talvez nenhum europeu tenha condições de fazer uma narrativa cinematográfica épica com essa potência. O músculo, a terra, o instinto. Para um italiano, teria um sabor fascista demais. No entanto, Frank Miller, na enorme liberdade visionária com que traduz Heródoto na linguagem ianque das histórias em quadrinhos, conseguiu restituir a força épica e o dado historiográfico. E o filme também se sai bem.

Isso é estranho, porque o livro de Frank Miller é arte, enquanto sua transposição para as telas não é. O filme é mais história em quadrinhos do que a própria história em quadrinhos. É grosseiro, previsível, truculento. Todavia, mesmo com os meios e os efeitos especiais de um hollywoodiano colossal, no fundo permanece bruto e até deselegante, de uma deselegância de criança. Porque é propaganda. O produto de uma superpotência ferida que tenta mostrar uma cara feroz e não se dá conta de que não se parece em nada com a Esparta na qual tenta se espelhar.

Porém, o filme nos recarrega. Como se, por trás da poltrona do cinema, alguém estivesse dando corda exatamente na altura da nossa medula. Quando o mensageiro de Xerxes vai falar com o rei, com Leônidas, oferecendo a Esparta que se torne uma satrapia autônoma do império persa mediante um tributo de água e terra, Leônidas o convida a ir dar uma olhada no maior poço de Esparta quanta água há.

"Isto é uma blasfêmia! Ninguém jamais ameaçou um mensageiro, isto é loucura!", dirá o embaixador.

E Leônidas, apontando-lhe a espada sob o queixo: "Loucura? Esta é Esparta". E um chute no peito o arremessa no fundo do poço. E a perna do espectador também tem de fazer força para não disparar. Esse gesto de Leônidas foi um revés tático, porque teria economizado sangue, mantido a autonomia de Esparta e a tornado aliada do império mais estável, organizado e pacífico da época. No entanto, na narrativa épica, esse chute insultante e desrespeitoso torna-se a rejeição a qualquer forma de submissão ou acordo.

Antes da batalha final, Leônidas, interpretado por Gerard Butler, incrivelmente idêntico a uma pintura vascular, grita: "Espartanos, preparai o desjejum e comei bastante, pois esta noite jantaremos no Hades".

Os 300 de Esparta é um tripúdio de violência. De cabeças cortadas, pescoços que se dobram, rompidos por lâminas que se cravam na clavícula. Mas talvez também nisso mantenha uma fidelidade à verdade histórica, além daquela ao imperativo do pulp. Ao ver as centenas de corpos dos Imortais, a guarda do rei dos reis, do imperador da Pérsia, aglomerarem-se contra os escudos da falange dos hoplitas, as lanças cravarem-se nas barrigas, corpos trespassados, músculos descarnados dos ossos, olhos extirpados, não podia deixar de passar pela minha cabeça uma equivalência com as páginas daquele que continuo a considerar um dos maiores escritores de guerra de todos os tempos: Lucano. Em *Bellum civile*, Lucano escreve que nos campos de batalha se chafurdava no sangue, a terra se alagava com o sangue dos guerreiros. Os combatentes desabavam quando seu corpo perdia a última gota de sangue. Ficavam ocos, esquartejados e trespassados. E, no filme, os combatentes chafurdam no sangue e os corpos se amontoam em muralhas de morte. E tem-se quase a impressão de sentir-se o mau cheiro de tanta carne morta e encharcada no lodo de sangue grego e persa.

No entanto, o espectador não é atingido pela contorção de tripas dos estudiosos da Antiguidade clássica, que se sentirão traídos devido àquela empunhadura de espada, àquele ornamento dos punhais, à trama e à urdidura dos tecidos, às feridas irregulares no rosto dos soberanos e nos elmos dos hoplitas que não receberam um cuidado filológico. Porém, *Os 300 de Esparta* é um filme que possui a potência da representação, que cria um imaginário. Na realidade, esse imaginário mediado pela história em quadrinhos de Frank Miller brotou do contato estreito com as fontes históricas, da inspiração das pinturas vasculares. E é notável a fidelidade à história e à lenda. Os barretes dos soldados persas, os elmos e os escudos e até mesmo as cenas em que são mostradas as diversas etnias do exército de Xerxes — dos etíopes aos indianos, passando pelos mesopotâmios e líbios — acrescentam algo novo e mais atualizado à verdade histórica, à epopeia das Termópilas. Pela primeira vez também é representado o que nunca fora considerado representável e que dificilmente era concebível já na Antiguidade. A *agogê*, ou seja, o adestramento humano e militar de todo jovem espartano, da qual ou se volta guerreiro ou não se volta mais. O filme inicia com palavras draconianas:

"Assim que foi capaz de manter-se em pé, foi batizado ao fogo do combate".

Aos sete anos, os espartanos eram tirados de suas famílias e divididos em esquadras; os educadores tinham de fortalecê-los sobretudo nos exercícios físicos, nas privações e nos sofrimentos. Vestiam a mesma roupa no verão e no inverno; traziam a cabeça descoberta e os pés descalços, recebiam uma nutrição bastante escassa e, se não conseguissem saciar a própria fome, podiam roubar. Todavia, se fossem pegos, eram punidos com rigor, não pelo furto, mas pela incapacidade de mantê-lo oculto. Dormiam em catres de cana e, uma vez por ano, eram flagelados até sangrar.

A *agogê* de Leônidas se conclui com a morte de um lobo, uma criatura enorme e quase mitológica, que parece passar ao soberano toda a sua ferocidade. Com efeito, em *Os 300 de Esparta* também há monstros semelhantes a figurantes diretamente tirados de *O senhor dos anéis*, de Peter Jackson, ogros e trolls de Tolkien. De resto, o mesmo Heródoto, continuamente assustado pelas dimensões da armada inimiga, sobre a qual fala que secava os rios para matar a própria sede, a representa como tão incomensurável que se tornava um grande corpo monstruoso. A homenagem ao *Gladiador* é evidente. Campos de grão, filtros quentes, porque na epopeia cinematográfica norte-americana, justamente enquanto epopeia, tudo é evocado: *O gladiador*, depois *Troia* e *Alexandre*. O diretor Zack Snyder parece ter escolhido estar com os espartanos como entre os bancos da escola se decide estar com eles ou com os atenienses. Toma partido com um coração de menino e quase se espanta com as reações da diplomacia iraniana. Ahmadinejad não gostou nada do modo como são representados os persas. Cruéis demais, escravistas demais, até mesmo efeminados demais. Certamente no filme não se fala que a Pérsia era um parceiro político que Atenas e Esparta chamavam em causa sempre que se devia contar com uma tática para destruir o próprio inimigo, nem se fala de um dos impérios mais pacíficos da história da civilização humana. Mas é um filme sobre as Termópilas. Dito isso, a exaltação da morte, do supremo sacrifício como único modo para se ter acesso à glória deveria interessar Ahmadinejad e talvez convidá-lo a compreender que há muito mais em que se espelhar nos 300 hoplitas do que no ouro fastuoso de Xerxes e de seus persas.

As imagens corpóreas anunciam o sacrifício a cada momento, desde o início, quando Leônidas põe-se em viagem com seus 300 rumo às Termópilas e os mantos vermelhos dos espartanos parecem um único rio de sangue. Quando um homem das vanguardas de Xerxes, de rosto palestino, bigode e tez morena promete: "Nossas flechas escurecerão o sol", o espartano lhe responde: "Então lutaremos na sombra". E bandos de flechas se catapultarão sobre os 300 hoplitas de Leônidas, protegidos apenas por seus escudos, em cenas belíssimas que veem a costa da Ásia Menor repleta de soldados. É uma alternância de enormes escorços de batalhas e de paisagens em que irrompem as palavras muitas vezes peneiradas por Heródoto e por todas as fontes possíveis. "Espartanos! Rendei-vos e deponde as armas!" "Persas! Vinde buscá-las!" Esta é uma frase que ecoa nos ouvidos de quem for convidado a depor as armas diante de um inimigo. De Casavatore a Caracas. De resto, os espartanos de Leônidas não podem se retirar. Esparta não conhece essa possibilidade em seu código militar nem nas almas de seus soldados. Esparta não faz prisioneiros, não tem piedade nem conhece retirada.

Leônidas encontra Xerxes, que é muito alto, pelo menos duas vezes mais do que ele, e aparece em um trono maravilhoso, com dois touros dourados nos lados, precedidos por dois pesados leões. Xerxes tenta convencer Leônidas a passar entre seus homens: "Imagina que horrível sorte espera meus inimigos quando eu matar com alegria cada um dos meus homens pela vitória". Leônidas responde: "E eu morreria em nome de cada soldado meu". As duas visões dos exércitos entram em conflito. Homens a serviço de um deus-rei contra combatentes comandados por um soberano guerreiro. Quando os Imortais — a guarda de Xerxes — são trespassados, o homem que se considera um deus sente um calafrio muito humano passar ao longo de sua espinha. Porque os espartanos não têm escrita nem moeda, não têm as bibliotecas persas nem os astrônomos mesopotâmios; não têm as geometrias nem milhares de povos subjugados. Mas pensam na narrativa. E Leônidas sabe que, sem narrativa, nada resta do sacrifício.

E um dos 300, ferido em um olho, é enviado a Esparta para contar. E Délio contará a história, uma grande história que fala de vitória. Ainda que se trate do mais atroz dos massacres. E não sabemos se foram os efeitos especiais ou as narrativas que nos formaram desde criança, mas, ao final do filme, ficamos com uma vontade estranha. Queremos ir ver nosso filho, se o tivermos. Ou recolher na rua um menino qualquer, pegá-lo pelo braço e levá-lo para algum canto onde a Itália ainda é Magna Grécia, diante do templo de Posêidon, em Pestum, ou em Pozzuoli, diante do templo de Serápis, ou diante do horizonte marinho do templo de Selinunte, na Sicília, e falar-lhe das Termópilas e de como 300 espartanos, 300 homens livres, resistiram contra uma imensa armada de soldados-escravos. E ficamos com vontade de segurar a cabeça dele e gritar-lhe, para que nunca se esqueça, as palavras de Leônidas: "O mundo saberá que homens livres se opuseram a um tirano, que poucos se opuseram a muitos e que até um deus-rei pode sangrar". Que Ahmadinejad não se ofenda.

NORTE

OS FANTASMAS DOS NOBEL

Ser convidado para a Svenska Akademien, a Academia de Estocolmo, que desde 1901 entrega o Prêmio Nobel todos os anos, cria um sutil estado de ansiedade: impossível afugentar o pensamento de ser recebido no último lugar sagrado da literatura. Mas quando chego a Estocolmo, deparo-me com uma surpresa. Tudo está coberto de neve. Em minha vida, devo ter tocado a neve, no máximo, três vezes.

No aeroporto estão todos nervosos por causa da tempestade. Para mim, entretanto, sair naquele branco dá uma sensação de alegria infantil, ainda que a temperatura seja ártica e meu sobretudo, bom para os invernos mediterrânicos, se revele quase inútil na Suécia. A primeira coisa que me explicam tão logo chego à Academia são as regras: severas, inderrogáveis. É preciso vestir uma roupa elegante, e todo gesto deve ser combinado. Os acadêmicos recebem uma nomeação vitalícia, 18 membros que imagino como os últimos harúspices que vaticinam o futuro das letras: venerados, odiados, mitificados, diminuídos, alvos de gozação devido a seu poder, cortejados por todo o mundo. Não consigo imaginá-los. Na sala reservada encontro os dois primeiros: um senhor de idade que tirou os sapatos e uma senhora que tenta ajudá-lo a colocá-los de novo. Com uma elegância natural, aperta minha mão e depois me diz: "Seu livro entrou em meu coração". Logo entendo que a Suécia é muito atenta ao que acontece em outros lugares; o país que, talvez mais do que todos no mundo, sente as contradições de outros países como suas próprias. Alguns acadêmicos me dirigem perguntas sobre a Itália, porém de um modo que eu não esperaria. Todos, mas todos mesmo, me perguntam de Dario Fo, de como está e o que está fazendo e, por fim, pedem que eu lhe mande lembranças, como se fosse óbvio que nos frequentássemos habitualmente.

Depois me perguntam como os italianos consideram Giorgio La Pira, o mítico prefeito de Florença nos anos 1950, bem como Danilo Dolci, Lelio Basso, Gaetano Salvemini e Ernesto Rossi. Uma Itália esquecida pelos italianos, que ali não apenas é relembrada, mas também considerada a única digna de memória. Um senhor se aproxima para colocar o microfone em mim, fala comigo em italiano e reajo com espanto: "Por que se espanta? Aqui o senhor está no Nobel, onde falamos todas as línguas do mundo".

Salman Rushdie já está esperando na salinha reservada. Nos abraçamos. A generosidade que me demonstra desde que nos encontramos pela primeira vez é a que nasce em quem não se esquece daquilo por que passou. Quer me transmitir alguma coisa do que aprendeu na pele; talvez queira que eu possa ter menos trabalho para readquirir alguns pedaços da minha liberdade, mas só o fato de compreender que não estou sozinho com minha experiência já é precioso para mim. Parece incrível.

Quando recebeu sua condenação, eu era criança, acabara de entrar na escola fundamental. Sua *fatwa* khomeinista e minhas ameaças camorristas nascem de contextos bem diferentes, mas as consequências em nossas vidas, as repercussões em nossas histórias de escritores acabam sendo quase idênticas. O mesmo peso da prisão que ninguém consegue entender até o fim, a mesma ânsia contínua, a solidão, o mesmo choque com uma desconfiança que pode transformar-se em difamação e que é o que mais fere com sua injustiça, o que menos toleramos. Tudo que Rushdie dirá em seu discurso sobre as dificuldades de atravessar uma rua, pegar um avião, encontrar uma casa, e tudo que uma vida blindada torna impossível me farão pensar: "É verdade, é assim mesmo".

Conversamos sobre como organizar o encontro. Também nesse caso as regras são precisas. Após ser convidado a falar, devo fazer meu próprio discurso introdutório, não ficar muito tempo recebendo eventuais aplausos, e sim voltar logo para meu lugar. Depois será a vez de Rushdie, e seguirá um diálogo. Terminado este, não devemos apertar a mão de ninguém nem assinar livros; temos de atravessar a sala e ir embora. Depois que tudo é esclarecido, entramos na sala da Academia. Eu a imaginava completamente diferente: um teatro enorme, suntuoso, uma exultação de palco e plateia. Como todo mito, revela-se exatamente o contrário. Uma sala feita em madeira, agradável e elegante, mas recolhida, íntima. Há uma espécie de recinto no centro, onde ficam sentados os hóspedes, os editores, os familiares, Horace Engdahl, secretário permanente da Academia, mais alguns jornalistas selecionados.

Enquanto Engdahl faz seu discurso introdutório, sinto-me quase como quando esperava para falar sobre minha tese de conclusão de graduação. Tudo que você preparou desaparece. Só consegue sentir a cabeça vazia, o coração como um coágulo incômodo no peito, a garganta seca. Agarro-me aos discursos de alguns escritores que receberam o Nobel naquele mesmo pódio onde também deverei subir para falar. Em 1996, Wislawa Szymborska contava sobre a força que tanto a ciência quanto a poesia têm de ampliar os confins do mundo. Isaac Newton nunca teria descoberto a lei da gravidade vendo uma maçã caindo da árvore, e Marie Curie continuaria sendo uma respeitável professora de química se ambos não tivessem ficado obcecados por uma frase de apenas duas palavras: "Não sei".

O poeta também deve repetir continuamente a si mesmo "não sei", dizia Szymborska. "Não importa o que pensamos do mundo, espantados que ficamos com sua imensidão e com nossa impotência diante dele, amargurados com sua indiferença ao sofrimento dos indivíduos; não importa o que pensamos de seus espaços trespassados pelas radiações das estrelas — o mundo é espantoso. Porém, na definição 'espantoso' oculta-se uma espécie de armadilha lógica. Afinal de contas, espanta-nos o que se afasta de certa norma conhecida e geralmente aceita, de certa obviedade à qual estamos habituados. No entanto, semelhante mundo óbvio não existe absolutamente." Penso na vida dessa mulher miúda que atravessou a ocupação e a guerra na Polônia, que viu sua pátria se tornar um satélite do império soviético e, em seguida, viu este último desabar. Penso em suas palavras, capazes de unir os espaços estelares à linguagem de sua poesia, "em que toda palavra tem um peso, já não há nada de ordinário nem de normal. Nenhuma pedra e nenhuma nuvem sobre ela. Nenhum dia e nenhuma noite que o segue. E, sobretudo, nenhuma existência de ninguém neste mundo".

Sinto que suas palavras se depositaram naquela sala, que ali permaneceram, impressos na madeira, os discursos de todos aqueles que receberam o Nobel, de Saramago, Kertész, Pamuk, Szymborska, Heaney, Márquez, Hemingway, Faulkner, Eliot, Montale, Quasimodo, Soljenitsin, Singer, Hamsun, Camus. Listo em minha mente os que recordo, os que conheço melhor ou de que mais gostei. Minha cabeça está quase rodando, é uma vertigem. Como Pablo Neruda terá apoiado as mãos naquele camarote? Terá Pirandello inclinado o rosto sobre as anotações ou o terá fixado no semblante dos acadêmicos? Terá Samuel Beckett sorrido ou terá permanecido imperturbável? Para quem Elias Canetti terá tido a impressão de estar falando: para o mundo ou apenas para uma plateia? Quando estava ali, terá Thomas Mann pressentido a tragédia que poucos anos depois viveria a sua Alemanha?

Tento respirar fundo, um pouco para me acalmar, um pouco para fazer como quando somos crianças e nos levam para a praia, dizendo-nos que inalar bastante iodo protege contra os resfriados e os catarros do inverno. Assim, tento inalar as sedimentações de todos aqueles que estiveram naquela sala, esperando que eles também me ajudem a resistir ao inverno. Chega a minha vez. Subo no camarote tão temido. Gostaria de dizer tantas coisas, levar mais exemplos de quem hoje luta para ter liberdade de expressão e de quem vive sob ameaças por ter incomodado o poder do crime: escritores e jornalistas, do México, onde os *narcos* mataram Candelario Pérez Pérez, à Bulgária, onde o escritor Georgi Stoev foi assassinado.

Mas me disseram que não devo querer abraçar o mundo, falar demais por muito tempo; por isso, concentro-me naquilo que, para mim, continua sendo a experiência mais importante. A literatura e o poder, a escrita que se transforma em perigo apenas graças ao que de mais perigoso existe: o leitor. Explico que, nas democracias, não é a palavra em si que causa medo aos poderes, e sim aquela que consegue romper o muro do silêncio. Exprimo minha confiança em uma literatura capaz de transportar qualquer pessoa aos lugares dos horrores mais inimagináveis, a Auschwitz, com Primo Levi, aos gulagui, com Varlam Shalamov, e recordo Anna Politkovskaia, que pagou com a vida sua capacidade de restituir cidadania à Tchetchênia no coração e na mente dos leitores de todo o mundo. A diferença entre Rushdie e mim é esta: ele foi condenado por um regime que não tolera nenhuma expressão contrária à sua ideologia, ao passo que, onde a censura não existe, o que assume seu posto é a desatenção, a indiferença, o rumor de fundo do rio de informações que escorrem sem ter capacidade de incidir.

Às vezes, tenho a impressão de ser considerado alguém que vem de um país frequente e erroneamente avaliado como uma anomalia. Mas o que digo tem a ver não apenas com o sul da Itália, oprimido pelas máfias, tampouco com a Itália como tal. Por mais que a mim isso pareça evidente, temo que para muitos, desconsideradas as referências à minha condição, o quadro não seja igualmente claro. Enquanto lamentam a perda de seu papel nas sociedades ocidentais, muitos intelectuais continuam a considerar o sucesso com desconfiança ou com desprezo, como se ele invalidasse automaticamente o valor de uma obra, como se não pudesse ser outra coisa além do resultado dos mecanismos de manipulação do mercado e dos meios de comunicação de massa, como se fosse impossível pensar o público ao qual se deve diversamente de uma massa acrítica. É sobretudo em relação ao público que cometem um erro enorme, porque se é verdade que os livros não são todos iguais, menos ainda o são os leitores. Estes podem tentar se divertir ou entender, podem apaixonar-se pela fantasia mais ilimitada ou pelo relato da realidade mais dolorosa e difícil, podem até ser a mesma pessoa em momentos diferentes: mas são capazes de escolher e distinguir. E se um escritor não vê isso, se já não acredita que a garrafa a ser lançada ao mar chegue às mãos de alguém disposto a ouvi-lo e renuncia a isso, renuncia não a escrever e publicar, mas a acreditar na capacidade de suas palavras de comunicar e incidir, então comete um erro consigo mesmo e com todos que o precederam.

Quando Salman toma a palavra, recorda que a literatura nasce de alguma coisa que é consubstancial à natureza humana: de sua necessidade de narrar histórias, porque é graças à narração que os homens se representam a si mesmos e, portanto, somente uma humanidade livre para se contar como quiser é uma humanidade livre. Rushdie nunca quis ser outra coisa além disto, um tecelão de histórias, um romancista sem vínculos, e o que mais o fere não é o veredito de uma ideologia que não podia tolerá-lo, mas a difamação de quem, justamente no mundo livre, queria fazer acreditar que não podia ser apenas essa a sua aspiração, que devia ser guiado por segundas intenções: o dinheiro, a carreira, a celebridade.

Sobe-me à garganta uma espécie de consternação. Penso nos dez anos em que Rushdie viveu totalmente blindado e em como fez para não enlouquecer; penso que apenas quem tem uma vida muito amparada e tranquila tem condições de imaginar como possível uma permuta entre a sombra da morte e a liberdade. Mas Salman continua sem se descompor, termina seu discurso, e passamos para a última parte do diálogo.

No final, quando nos levantamos, recebendo aplausos do público e dos acadêmicos, entregam-nos flores, e penso que os rapazes da escolta vão tirar o maior sarro da minha cara por esse ato que, lá na nossa terra, é considerado coisa de menina. Jantamos em uma sala por onde passaram todos os premiados. Dizem-nos que o cozinheiro é da rainha. Seja como for, praticamente não consigo engolir aquela comida até chegar um triunfo de sorvete com canela e maçã caramelada.

Termina o jantar. A etiqueta prevê que ninguém se levante antes do presidente. Voltamos a passar pela sala da premiação. A sala de madeira está vazia. As luzes estão muito baixas. Rushdie me diz, já sem a ironia do seu discurso público: "Continue a ter confiança na palavra, além de toda condenação, além de toda acusação. Vão te culpar por ter sobrevivido e não ter morrido como deveria. Não ligue para eles. Viva e escreva. As palavras vencem". Subimos no madeirame do pódio e tiramos fotografias com nossos celulares. Rindo, nos abraçamos como se fôssemos garotos em uma excursão, que saltaram as cercas e brincam de Péricles no Partenon. Somos chamados, temos de sair, tomar café, nos despedir de todos e ir embora.

As luzes se apagam por completo e fico ali parado, no escuro. E, de repente, como uma forte descompressão, tudo me passa em um vórtice. Todos os dias passados em um quarto, os nós dos dedos batendo contra as paredes, a desconfiança em relação a todos, a sensação de que todos estão mentindo e traindo. Os insultos, as acusações: muito exposto, pouco exposto, é tudo falso, é tudo armação, aqueles que sem nenhuma vergonha dizem "você devia ficar calado", "foi você quem procurou essa situação", "você é um espertinho", "muitos vivem como você, não se queixe", "é culpa sua", "você é uma vedete", "você é um merda", "você não presta", "você é um plagiador". As escritas nos muros, os cuspes pela rua e todas as pessoas que desapareceram na primeira dificuldade, os amigos prontos a julgar suas ausências enquanto jogam PlayStation, a preguiça deles justificada pela época de trabalhos temporários. Depois, em vez disso, penso em todas as palavras de aproximação, em todos os convites para jantar que não pude aceitar, nas velhinhas acendendo velas a Santo Antônio para que me proteja, nas assinaturas, nos abraços e nas lágrimas, nas leituras na praça, na imprensa internacional, nos escritores do mundo inteiro que quiseram me defender e, entre eles, naqueles que estiveram aqui para receber o Prêmio Nobel. E ali, no escuro, ainda tento inspirar a plenos pulmões aquele odor de umidade e de madeira que parece ter conservado todas as presenças de quem foi premiado naquela sala.

"Pessoalmente, não posso viver sem a minha arte. Mas nunca a coloquei acima de tudo. Ao contrário, ela me é necessária porque não se separa de nenhum dos meus semelhantes e me permite viver, como o que sou, no nível de todos. Para mim, a arte não é algo a ser celebrado na solidão. É um meio para comover o maior número de homens, oferecendo-lhes uma imagem privilegiada dos sofrimentos e das alegrias comuns. Portanto, ela obriga o artista a não se separar. Submete-o à verdade mais humilde e àquela mais universal. E, muitas vezes, aquele que escolheu seu destino de artista porque se sentia diferente logo aprenderá que só nutrirá sua arte e sua diferença se admitir sua semelhança com todos. Nenhum de nós é grande o suficiente para tal vocação. Mas em todas as circunstâncias da própria vida, quer seja obscuro, quer provisoriamente célebre, preso aos ferros da tirania ou temporariamente livre para se exprimir, o escritor pode encontrar o sentimento de uma comunidade viva que o justificará, com a única condição de que aceite, como puder, os dois encargos que fazem a grandeza de seu ofício: o serviço da verdade e aquele da liberdade."

Parece-me até possível tocar Albert Camus, que pronunciou essas palavras em 1957, três anos antes de morrer em um acidente de automóvel. E eu gostaria de agradecer-lhe, gostaria de poder lhe dizer que o que dissera então ainda é verdade. Que as palavras comovem e unem. Que vencem tudo. Que permanecem vivas.

DISCURSO NA ACADEMIA DA SUÉCIA

Para mim, obviamente, é emocionante estar aqui e ter recebido este convite. Quando soube que me pediram para vir a este lugar para falar ao lado de Salman Rushdie a respeito da nossa situação e da nossa escrita, entendi que esta é a verdadeira proteção às minhas palavras.

Pergunto-me se talvez aqui, na Suécia, será mais complicado dar uma resposta acerca da razão pela qual um livro pode causar medo a uma organização criminosa. Por que a literatura põe em crise uma organização que conta com centenas e centenas de homens e com bilhões de euros?

A resposta é simples: a literatura causa medo ao crime quando revela seu mecanismo, mas não da mesma forma como ocorre na crônica. Causa medo quando o revela ao coração, ao estômago e à cabeça dos leitores.

Os regimes totalitários tendem a condenar e a denunciar qualquer obra e qualquer autor que se oponha a eles. O simples fato de se escrever um livro, versos, um artigo, torna-se condição suficiente para quem escreve ser atacado. Não é o que acontece nas sociedades ocidentais, onde podemos escrever o que quisermos, podemos gritar, produzir o que bem entendermos. O problema surge quando ultrapassamos a linha do silêncio e, a essa altura, chegamos a muitos. É nesse instante que, nas sociedades ocidentais, nos tornamos um alvo.

Uma vez se disse da obra-prima de Primo Levi, *Se isto é um homem*, que, depois dela, ninguém mais poderia dizer que não havia estado em Auschwitz: não que não conhecia Auschwitz, mas que não havia estado lá. Esse livro imediatamente transportava todos para lá, para aquele lugar. Pois bem, de certo modo, a coisa que uma organização criminosa mais teme, que os poderes mais temem, é justamente isto: que todos os leitores sintam esse poder como seu problema, que sintam as dinâmicas de poder como dinâmicas em que estão envolvidos. Foi o que aconteceu a Anna Politkovskaia: tantos haviam falado da Tchetchênia, mas ela tornara a Tchetchênia um problema internacional. Por intermédio de sua escrita, dera cidadania universal a um problema particular.

Quando acontece de recebermos um telefonema por parte dos carabinieri, dizendo que a nossa vida vai mudar para sempre, ou quando um *perito* revela a data exata da nossa execução, da nossa morte, pode parecer estranho, mas a primeira sensação não é a de que estamos sofrendo algo injusto ou errado. A primeira pergunta é: "O que foi que fizemos?" Começamos a odiar as nossas palavras, começamos a odiar o que escrevemos, porque o que escrevemos pode até chegar longe, mas tirou a nossa liberdade de caminhar, de falar, de viver. Tudo isso gera uma sensação de distanciamento. De certo modo, o escritor sente — falo da minha experiência — que suas palavras já não são suas, tornaram-se as palavras de muitos, e que este é o verdadeiro perigo. Mas quem paga somos nós, somente nós.

A magia da literatura, aquilo que a literatura pode "aprontar", muitas vezes se revela em situações extremas justamente como essa, que nos leva a perder a liberdade por aquilo que escrevemos.

Penso com frequência em Varlam Shalamov, que escreveu uma obra-prima, *Os contos de Kolimá*, e esse livro, por assim dizer, é não apenas um documento formidável dos gulagui, da perseguição soviética, mas também de toda a condição humana. Paradoxalmente, e que isso não soe irônico, o que causa medo ao poder, o que causa medo também ao poder criminoso é justamente quando a literatura, além de contar os dados que dizem respeito a esse poder, transforma os acontecimentos em história da condição humana. Não há mais Nápoles, não há mais Moscou, não há mais Tchetchênia: essas histórias se tornam realidades que contam o mundo, e, portanto, o mundo já não pode prescindir delas nem detê-las. Já não podemos deter esse movimento, essa transmissão de informação. Pois podemos deter o escritor, mas o escritor tem um aliado fundamental, que é o leitor. Enquanto existir o leitor, nada poderá acontecer às palavras de um escritor.

Quando ocorre de nos encontrarmos em uma situação como a minha — visto daqui pode parecer estranho —, é preciso dizer que a maior parte das acusações não vem das organizações criminosas. Estas emitem uma condenação, e basta. Frequentemente, muitas acusações recebemos da chamada sociedade civil. Acusam-nos de palhaço, de alguém que quis se exibir, que cutucou a onça para ter sucesso, que especulou sobre tudo isso.

Muitas vezes fico magoado também com a acusação de difamar minha terra por estar contando tais contradições. No entanto, estou fortemente convencido de que contar significa resistir, contar significa honrar a parte sadia do meu país, significa dar possibilidade e esperança de solução. E de que aquilo que é contado nunca é responsabilidade de quem conta. Não fui eu quem gerou as contradições que conto.

As máfias na Itália faturam 100 bilhões de euros por ano, são uma das maiores potências econômicas da Europa, investem em toda parte, até na Escandinávia. Desde que nasci, mataram cerca de quatro mil pessoas na minha terra, apenas na minha terra. Estamos falando de uma organização que administra desde o ciclo do cimento até a panificação, a distribuição de combustível. Que é composta de boss que muitas vezes são médicos, construtores, psicanalistas, uma burguesia empresarial que está envenenando para sempre o Sul da Itália com o tráfico de lixo tóxico.

Certa vez, escreveram contra mim na minha cidade. O fato não me fez sofrer porque sei que acontece de personagens públicos serem alvos desses ataques. Mas o aspecto incrível é que nunca escreveram contra quem, ao contrário, foi responsável pelo aumento do câncer naquela terra, contra quem massacrou aquela terra, e, por isso, muitas vezes me perguntei: será possível que um escritor seja considerado responsável, que tenha culpa por ter contado essas coisas, e não se dê a responsabilidade a quem as cometeu?

Nesse sentido, o escritor tem uma imensa responsabilidade: a de fazer sentir aquilo que conta, as histórias que escolhe contar, não como histórias distantes, longínquas. Obviamente estou falando de uma literatura particular. No meu caso, tendo escrito uma espécie de *non-fiction novel*, como dizia Truman Capote, tratava-se de contar a realidade. A tarefa do escritor é fazer sentir aquelas pessoas, aquele sangue, aqueles mortos inocentes como algo que pertence ao leitor sueco, russo, chinês; algo que está acontecendo justamente no momento em que as páginas são lidas.

Muitas vezes me dizem: mas como é possível você ser obcecado apenas pelo sangue, pela crueldade? Na realidade, não é bem assim: acho que quem tiver no coração uma concepção do que é a beleza, do que é a possibilidade de viver livre e amar, não suportará o mau cheiro do acordo, a corrupção, a devastação da própria terra.

Por isso gosto de dizer, parafraseando Albert Camus: "Existe a beleza e existe o inferno; gostaria — na medida do possível — de permanecer fiel a ambos".

Horace Engdahl (secretário da Academia)
Gostaria de agradecer a ambos e penso que tivemos uma esplêndida introdução ao nosso tema: sobre dois níveis, como observou Salman Rushdie — o das ideias e o das repercussões práticas.

Não sei por qual dos dois níveis começar, mas tentemos iniciar do ápice, da eterna questão da liberdade de expressão e da liberdade de imprensa.

Pergunto primeiro a Roberto Saviano e depois a Salman Rushdie: vocês acham que o conceito da liberdade da palavra e da independência da literatura está ganhando terreno no mundo de hoje ou, ao contrário, seu domínio está se restringindo?

Roberto Saviano
Creio que hoje a percepção seja de uma enorme possibilidade de comunicação, sobretudo pela internet, pelas televisões livres, pelo fato de que jornalistas são conectados um ao outro em todos os

cantos do mundo quando há um conflito e não apenas nessa circunstância. Mas, diante dessa enorme possibilidade, também surge uma dificuldade, vale dizer: quando há uma enorme quantidade de informações, já não é possível encontrar aquelas que nos permitem entender.

Acho que hoje este é o grande perigo: há uma massa enorme, incontrolável, de informações e uma dificuldade igualmente grande de recepção. Eis por que a responsabilidade e o perigo recaem sobre aqueles que conseguem desenredá-la e fazer passar por ela os nós mais cruciais.

Hoje, por exemplo, inúmeros jornalistas são mortos no México devido à luta que estão empreendendo, com as palavras, contra o narcotráfico. Em um país onde frequentemente é muito fácil corromper a polícia e igualmente fácil corromper a imprensa, aqueles que narram as dinâmicas do narcotráfico são as únicas referências para se entender o que está acontecendo de fato e, portanto, tornam-se muito frágeis.

Creio que, nesse caso, a responsabilidade dos intelectuais deve ser a de fazer compreender que a percepção de ter à disposição uma grande seara de informações — que muitas vezes tem o público ocidental quando lê um jornal, quando entra em uma livraria, quando assiste a um filme — é, a seu modo, enganosa. A responsabilidade do escritor deveria ser a de demonstrar o contrário: que muitas coisas não são contadas, e não apenas porque há uma imposição violenta, mas porque existe a impossibilidade por parte do público de ter acesso e de acolher tal narrativa.

Para a máfia foi assim durante anos: foi estereotipada na narrativa de *O poderoso chefão*, de Michael Corleone, de *Scarface*, representada como algo glamoroso, cruel, mas, no final das contas, terrivelmente fascinante, e o público não queria que fosse contada de outra forma. Portanto, às vezes também é responsabilidade de quem ouve limitar a liberdade de quem escreve.

Horace Engdahl
Gostaria de lhe perguntar uma coisa. O senhor descreveu, penso que muito bem, por que, a seu modo, a literatura é mais perigosa do que o jornalismo: porque ela torna o mundo que pinta e as vítimas que representa insuportavelmente reais, aproximando-as de nós. Quando lemos nos jornais ou vemos na televisão, tudo isso parece acontecer em outro mundo, distante, poderíamos quase dizer em outro planeta, e acontece com pessoas que não se assemelham em nada a nós, de modo que podemos considerar o fato com fraco espanto e não lhe dar muita importância. Mas quando a mesma coisa é trazida à nossa atenção por um escritor forte, capaz de fazer com que o sofrimento dessas vítimas ocorra diante dos nossos olhos, de nos tornar uma delas, de fazer com que nos identifiquemos com elas, então tudo muda. Como o senhor disse, a essa altura, já não se trata da Tchetchênia, nem de Moscou, nem de Nápoles; todos estamos ali para ver. E acredito que isso seja o efeito da escrita testemunhal, como aquela de Primo Levi: estamos todos ali com ele, no campo de extermínio. E acho fascinante que, de certo modo, as pessoas sob ameaça por um livro como o seu *Gomorra* ou como *Os versos satânicos* tenham condições de perceber isso, de perceber que esses livros são muito mais perigosos para eles do que o modo comum de reportar as notícias. Ainda que o jornalismo pareça mais aderente à realidade dos fatos, pareça cravar essas pessoas aos crimes cometidos e às próprias ações, o que realmente é perigoso para

elas é quando um escritor de talento se encarrega do argumento. E o transforma em algo que está acontecendo agora, enquanto estamos lendo, no momento exato em que abrimos o livro e ele se torna vivo para nós.

O senhor acha que é por isso que a camorra o odeia? Porque escreve tão bem?

Roberto Saviano

Pode parecer paradoxal, mas, no fundo, se eu tivesse escrito um ensaio ou um romance, e não tivesse decidido fazer confluir em um único leito esses dois rios, certamente teria sido ignorado pelo poder deles, por sua vontade de vingança. Porque de ensaio em meu livro há os dados, as informações, as interceptações, as investigações; de romance há a legibilidade, o fato de querer falar ao coração do meu leitor, de não querer fazer com que ele fuja, e sim de querer invadi-lo. De certo modo, a escrita literária é perigosa como tal, justamente porque consegue, como se dizia, envolver cada um na história que está lendo e tornar essa história a sua história. Também no plano da imaginação, creio que a literatura tenha um poder a mais.

Encerro com um conto justamente de Shalamov.

Shalamov se encontrava em um gulag, e em seu barracão é feita uma inspeção. A polícia pede que se entregue toda uma série de coisas externas ao próprio corpo: membros artificiais, dentaduras, todas as próteses. Então, entre esses prisioneiros, há quem tire a dentadura, quem tire o olho de vidro, quem desmonte a perna. Mas Varlam Shalamov é muito jovem, é saudável, e, portanto, a polícia, brincando, diz: "E você, o que vai nos entregar?" E ele, firme: "Nada". Então, a polícia diz: "Vai nos entregar a alma".

Shalamov responde assim, instintivamente: “Não, a alma eu não entrego”. Ao que os outros continuam: “Um mês de punição, se não a entregar”.

“Não, não vou entregar.”

“Dois meses de punição, se não a entregar.”

“Não vou dar a minha alma a vocês.”

“Quatro meses de punição”, que nos gulagui significa quase a morte certa.

“Minha alma eu não dou.”

Depois dos quatro meses de punição, Shalamov sobrevive, e escreverá: “Durante a vida inteira, nunca acreditei que tivesse alma”.

O DEMÔNIO E A VIDA

Parece que ainda o vejo fechado em seu quartinho literário, pondo visto em páginas de contos e demônios, de geometrias racionais, alteradas pelo detalhe imprevisível da mais inócua forma de vida. Isaac Bashevis Singer completaria 100 anos em julho de 2004, assemelhando-se, assim, a um vetusto personagem do Antigo Testamento, um dos seus adorados, incapazes — não obstante séculos de vida — de compreender o sentido do viver e de se contentar com uma ainda que parcial ou mínima verdade fundamental. No entanto, cada vez mais nos últimos anos, mais do que em um profeta, Singer pareceu transformar-se fisicamente em um de seus pequenos demônios benévolos e terríveis. Orelhas pontudas, sorriso mefistofélico, cabeça glabra, olhinhos vivos e redondos.

Uma colaboradora sua chegou a declarar em uma entrevista que nunca vira a sombra do escritor e que tinha certeza de que se tratava de um demônio literário. Apesar do caráter delirante da informação, para Singer nunca houve elogio melhor do que esse.

Em sua vida, Isaac Bashevis Singer construiu uma obra narrativa oceânica, escrita em uma língua desaparecida, ou melhor, exterminada, o iídiche. Uma sintaxe que é uma mistura de hebraico, polonês e alemão, capaz de alcançar sonoridades complexas e significados híbridos, a língua do exílio composta pelos fonemas da diáspora. Theodor Herzl, fundador do pensamento sionista, imaginava uma terra de Israel onde todas as línguas pudessem ser faladas, uma vez que todas pertenciam ao patrimônio hebraico, exceto o iídiche, que Herzl considerava a língua do gueto, da marginalização, a língua criada para que os excluídos se comunicassem; em resumo, uma gramática da vergonha. No entanto, para Singer e para milhares de judeus no exílio não foi assim.

Após a fuga para os Estados Unidos, em 1935, para escapar da perseguição nazista, Singer não assumiu em sua pena a língua inglesa. Decidiu escrever em iídiche, preferindo a língua dos *shtetl*, as aldeias judaicas no Leste Europeu. Seu amor não era pelo passado. Não escolheu o iídiche porque o sugou junto com o leite materno nem manteve um vínculo com a terra polonesa, que, ao contrário, não iria querer rever por toda a vida. A Singer interessava usar esse código sedimentado de uma civilização em perene exílio, uma língua capaz de traduzir na forma do cotidiano toda a bagagem do Talmude e dos textos sagrados. A língua dos plebeus extremamente cultos que interpelavam Deus ou então os rabinos das cidadezinhas polonesas, romenas e húngaras. Por meio da língua iídiche, Singer alcançou a irônica mitologia das comunidades *chassidim* e fundou ele próprio uma nova. Suas páginas tornaram-se, assim, um florilégio de imagens e histórias mutuadas pela tradição hebraica; e a Torá e o Zohar não eram simplesmente textos sagrados, referências religiosas, mas se tornaram os labirintos simbólicos em que traduzir a dificuldade da práxis do viver cotidiano. Singer criou uma teologia anárquica, na qual a relação com Deus e com a Lei é definida pela infração, pelo erro, pela heresia, por uma contínua reflexão que pudesse levar a encontrar uma impossível solução, um inexistente sustentáculo, uma verdade impossível, ainda que mínima.

Mais do que uma fé, o judaísmo é, antes, como o próprio autor declarou, "um acordo entre Deus e os demônios", e desse acordo a obra-prima *Satã em Gorai* é um exemplo único.

O romance narra um episódio histórico, ocorrido na Polônia do século XVII, quando toda a comunidade judaica foi abalada pelas palavras de fogo de Sabbatai Zevi, profeta do advento da era messiânica. Após as perseguições, após o exílio, a miséria, a tortura, os pogroms, Sabbatai Zevi finalmente proclamava ao povo judeu a chegada do bem absoluto, do Messias que tudo resolve: "Todos se preparam sem reservas para seguir seu Messias, abandonando as moradas do exílio pela utopia da Terra de Israel". A partir da pequena e rigorosa cidadezinha de Gorai, Singer fala da maior e mais fascinante das heresias possíveis, que envolveu milhões de judeus da Europa Oriental e do Oriente Próximo. Segundo Sabbatai Zevi, era preciso exaurir o pior do ser humano, transgredir, cuspir nos textos sagrados, rejeitar os preceitos talmúdicos, recusar toda autoridade, dissolver as famílias, repudiar os filhos, chegar até o grave repúdio à fé judaica, penetrar no fundo mais torpe da abjeção para poder deixar emergir do abismo um mundo novo, reconciliado, puro. Da abominação do mundo nasceria a perfeição absoluta. Sabbatai Zevi gera o tempo do erro para acelerar o tempo da justiça e da felicidade total. Porém, rapidamente se descobrirá que Sabbatai Zevi é um falso Messias, que não trará consigo nem a era messiânica nem levará os judeus à libertação. Trairá a si mesmo e seu delirante sonho de redenção.

Singer era fascinado por esse falso Messias. Mesmo sendo um intelectual alérgico às subversões, era bem consciente de que a força mais útil e positiva que a Lei pode gerar é justamente a infração. Existe um código para que possa haver uma negação a ele e, por meio dessa dialética, seja possível criar uma perene possibilidade de conhecer a fundo vários mundos.

Satã em Gorai foi escrito quando Singer ainda vivia na Polônia, e parece ser um capítulo emendado da Bíblia, escondido pelo último guardião de uma verdade inconfessável. Embora Sabbatai Zevi não tenha sido um verdadeiro Messias, aqueles que o seguiram continuarão a perseguir o sonho de redenção, uma vez que mais forte do que o criador é a criação.

Conforme escreve Singer no livro *Sombras sobre o rio Hudson*, "Deus precisa que o ser humano o ajude a levar o drama cósmico a um final benéfico". Desse modo, a literatura se torna uma instrumentação divina, capaz de fantasiar mundos dentro do único mundo possível, que, sem precisarmos passar por Leibniz, reconhecemos facilmente como aquele em que somos obrigados a viver. Gimpel, lendário personagem de *Gimpel, o bobo*, reconhece que "tudo bem, este mundo é totalmente imaginário, mas é parente próximo daquele de verdade", e justamente devido a esse parentesco não resta fazer outra coisa senão considerar a força da fantasia um elemento fundamental do real.

O caso de Gimpel é bastante simples. Desde menino, é enganado por todos, colegas de escola, conterrâneos, adultos e crianças devido à sua credulidade; por isso, entre vários apelidos, o de bobo permanece vinculado a ele. Gimpel se deixa enganar não porque seja estúpido, mas porque está convencido de que "tudo é possível, conforme está escrito na Sabedoria dos Patriarcas". O engano a que é submetido também continua em sua vida adulta: é convencido a se casar com a mulher mais desonesta da cidade, que o fará acreditar que o ama, depois se recusará a se entregar a ele e, nesse meio-tempo, colocará no mundo seis filhos de outros homens. Mas Gimpel não nutre nenhuma vingança em seu coração, ama a mulher, os filhos que não são seus, os vizinhos, e até ajuda quem o trai. Com efeito, certa vez o rabino lhe dera um conselho: "Está escrito: é melhor ser tolo durante a vida inteira do que malvado por uma hora".

No entanto, a tentação também se insinua em seu coração bom. Gimpel, que trabalhava como padeiro, poderia enganar todos, desforrando-se das peças que lhe pregaram durante a vida inteira, misturando a farinha a seu mijo, recolhido em um balde durante o dia, em vez de misturá-la à água. Deixa-se convencer pelo Espírito do Mal, que o engana assegurando-lhe que no mundo do além não há Deus, há somente um "profundo pântano". É o único momento de fraqueza, mas logo depois Gimpel reflete, enterra o pão já assado, larga tudo e, querendo reparar aquela capitulação, torna-se mendicante e vagueia pelas cidades contando histórias. Prepara-se, assim, para a morte. "Sem nenhuma dúvida, o mundo é completamente imaginário, mas uma única vez é removido do mundo real... Quando chegar o momento, irei embora com alegria." Gimpel diz sim à vida.

Com *Gimpel, o bobo*, Isaac Bashevis Singer parece responder ao Bartleby, de Melville, ou ao Michael K., de Coetzee. Os senhores do não são enfrentados e derrotados pelo bobo senhor do sim. O *shlemiel* (tolo, em iídiche) é quem rejeita a astúcia do viver, a negociação do pensamento, e vive sendo apenas aquilo que é. E dessa paz, paga com o preço do insulto, Gimpel se torna o paladino. Já o não, na soma das reflexões singerianas, parece ser como um vínculo silencioso demais com o mundo real. E o silêncio é o pior modo de ser homem, uma prisão incapaz de colher as versatilidades sublimes e imundas do ser no mundo.

Singer não segue a máxima de Adorno, segundo a qual, depois de Auschwitz, já não há lugar para a poesia, nem o mergulho suicida de Paul Celan no Sena; tampouco acredita, como Primo Levi, que, se existe Auschwitz, não pode existir deus. Mesmo tendo perdido o irmão mais novo e a mãe, engolidos pela deportação, Singer ainda cultiva a voz como uma resistência contra o ódio, que spinozianamente ele crê que não pode gerar nada de bom, mesmo que nasça de motivações justas.

Nos romances de Singer, assim continua a viver o mundo iídiche apagado na longa noite da Shoah. Durante toda a vida, o escritor terá enormes dificuldades para se referir à própria tragédia familiar, que trará em seu íntimo como uma úlcera aberta, sem ter esperanças de conseguir cicatrizá-la.

O conto *O manuscrito* mostra bem o que a literatura pode significar no desespero. Alguns judeus que sobreviveram em cidades extintas por bombardeios e à espera da deportação pedem a Menashe uma conferência sobre argumentos literários, pois "assim são as pessoas: um instante antes da morte ainda têm todos os desejos de quem vive".

Não há dúvida de que a literatura em Singer se assemelha cada vez mais a um grito de vida. A deportação e o extermínio não lhe mostram uma parte obscura do homem. Singer sabe muito bem o que é a fera humana, e é tocante o modo como representa a coisa através dos dois demônios, Shiddah e Kuziba, que oram com toda a sua força para se defender do monstro que é o homem.

Justamente os demônios são as criaturas literárias às quais mais o leitor se afeiçoa ao ler as páginas de Singer. Conforme escreve Giuseppe Pontiggia: "É inegável que não acreditamos em diabretes, mas acreditamos naqueles de Singer. Não acreditamos em demônios... mas acreditamos nos *dybbuk* de Singer". Diabretes e demônios são a mais-valia da fantasia que o real produz, uma vez que nada é como parece. Os demônios não são rebeldes racionais nem cultores da abominação. São diferentes, todos provenientes da cultura iídiche e sempre conselheiros malévolos, interessados em fazer percorrer veredas opostas àquelas da Lei. Às vezes, tramam trágicas burlas, como no conto *As núpcias negras*, em que uma inocente filha de rabino dá à luz o filho de um demônio. Não houve culpa, não há motivo para tal nascimento. Não há reza que possa salvar nem gesto que possa justificar e, portanto, tentar um conforto. No entanto, também nesse caso a fantasiosa possibilidade humana de amar, apesar de tudo, permite que o destino encontre um sentido e que a tragédia se transforme em um doce desvirtuamento do existir. Por meio dos demônios também se faz uma referência constante às crianças: "É necessário recordar-lhes de vez em quando que no mundo ainda existem forças misteriosas em ação", diz em *Na corte de meu pai.* Os demônios são o emblema de um mundo que não é possível orientar, que não tem polos nem possui direito e avesso. É em seu caos que é preciso viver, onde toda lei é necessária e justa, uma vez que, ao mesmo tempo, é arbitrária e supérflua. A circularidade caótica é impressa no espelho que reflete apenas aparentemente o que está à sua frente e que representa o instrumento privilegiado pelos demônios para se tornarem visíveis: "Tudo que é oculto deve ser revelado, todos os segredos anseiam ser descobertos, todos os amores cobiçam ser traídos, tudo que é sagrado deve ser profanado".

Embora Singer se considere um fiel apaixonado, muitas vezes cede diante do fascínio da rebelião contra a prescrição; de resto, a tarefa de um verdadeiro rabino, carreira para a qual desde menino Singer foi orientado, é lançar dúvida sobre toda Lei, para que ela seja de fato, sem nenhuma dúvida, observada. No conto *O abatedor*, Yoineh Meir é encarregado pela comunidade de abater, segundo o ritual, os animais que depois serão comidos. O pobre Meir fica obcecado pelas vísceras dos animais, pelo olhar dos vitelos, pelas penas dos pássaros, e ainda que a máxima da Torá diga que "não se pode ser mais misericordioso do que Deus", ele quer sê-lo, ou melhor, pretende sê-lo. Não quer mais ser fiel a um Deus que faz os animais sofrer. Se existe a possibilidade de amor, também existe aquela de heresia e de pecado. Os personagens de Singer são parte essencial de tudo. Têm grau idêntico à substância criadora e, portanto, quando não são presas do medo e da submissão religiosa, podem elevar-se a interlocutores de Deus em um diálogo que não conhece hesitações.

Singer é um diligente aluno de Baruch Spinoza e de sua *Ética*. O velho escritor ama particularmente o filósofo holandês por sua capacidade de ter concedido às suas páginas o zéfiro da vida e a possibilidade de erro. Segundo Singer, a *Ética* é um convite contínuo à vida como aventura a ser enfrentada com as forças da razão e do sentido. A esse respeito, é emblemático o sublime conto *O Spinoza da rua do Mercado*, em que a *Ética* de Spinoza se torna a absoluta práxis de vida no percurso do doutor Fischelson, que "encontrava conforto ao pensar que ele, mesmo sendo apenas um homenzinho de nada, um modo mutável da substância absolutamente infinita, era, porém, uma parte do cosmo, feita da mesma matéria dos corpos celestes; e, uma vez que era parte da Divindade, sabia que não podia perecer totalmente". Fischelson, que há uma vida estuda a *Ética*, considerando-a uma espécie de medicamento para a perfeição sóbria e racional, em uma noite quente perde todo controle por causa da bela Negra Dobbe, e a paixão substitui completamente a racionalidade austera, cultivada ao longo de uma vida. "Perdoe-me, divino Spinoza. Tornei-me um tolo", é o que tristemente o doutor Fischelson diz a si mesmo. A sexualidade é uma constante quase obsessiva nos contos de Singer. É a força explosiva, capaz de anular todo propósito e de colocar em crise todo plano racional.

O sexo é a avidez que põe em crise aqueles que, no próprio percurso, consideram a razão moral capaz de governar todo sobressalto, de glândula e estômago, toda ação diurna ou noturna. Assim é para Yentl, estudante de *yeshivá*, a escola superior de estudos talmúdicos: de repente, tudo que olha e ouve o remete para a ambiguidade sexual, e nele cresce uma vontade incrível de se voltar à única coisa que sua razão não havia compreendido, a paixão dos corpos. São derrotados como Yentl todos os homens e as mulheres de Singer que tentam frear a própria suscetibilidade à magia da atração amorosa, à qual nenhuma força é capaz de se opor. Nesse sentido, Claudio Magris escreveu: "Com a imparcialidade do poeta épico, Singer representa toda a gama da experiência amorosa, do idílio conjugal à preguiça nauseada". Mas o sexo e a paixão carnal também se tornam forças ingovernáveis que conseguem eternizar a vida contra a soberba racional e contrita da vida ofendida. Como no conto *O escritor de cartas*, no qual Herman, o protagonista, diz: "A ideia de criar filhos lhe parecia um absurdo: por que prolongar a tragédia humana?" Isaac Bashevis Singer concorda com seu Herman e com Schopenhauer, outro filósofo que, junto a Spinoza, guiará sua vida de escritor e talvez de homem.

No entanto, Singer sabe que a razão da não vida nada pode contra a louca extravagância da carnalidade. Certamente se pode decidir não dar mais vida, não permitir a mais ninguém viver o inferno da Terra, a dor, a angústia e a miséria, mas a paixão e o amor não fazem planos, e os contos de Singer mostram que a sexualidade não quer outra coisa senão realizar-se sem se preocupar com o que vai acontecer nem com o que já aconteceu. Conforme escreve Charles Baudelaire: "A voluptuosidade única e suprema do amor consiste na certeza de fazer o mal. E o homem e a mulher sabem desde o nascimento que no mal se encontra toda voluptuosidade". A ideia de existir e de ser, a vontade de ainda beber da poça da vida, na busca espasmódica de um sentido inexistente e de uma origem olvidada, é a característica do homem em exílio.

Singer consegue fazer da diáspora o elemento de grandeza da vicissitude literária e humana dos judeus. Apenas a partir da danação da margem é possível entrar no coração da condição do viver. É na irrealizada possibilidade de uma terra, na impossibilidade de ter uma constituição e um patriotismo; é na ausência do direito que nasce a questão sobre o próprio existir. Essa tensão dialogada com Deus torna o percurso preferível à meta, uma vez que a meta representa o término da própria universalidade e o fim do próprio pensamento como um Jó sem mais penas. Como um sonho que, quando se realiza, nada mais é do que a sombra de si mesmo. Nesse sentido, os romances e contos de Isaac Bashevis Singer traçam o sulco da diáspora humana, que vaga em busca de uma reconciliação última, de uma utopia de felicidade que se realiza apenas em buscá-la e imaginá-la no espaço infinito e concreto do pensamento. Ficando com as landes e deixando as pérolas aos porcos.

A INFINITA CONJECTURA

Em uma pequena ilha na foz do Tâmisa, em sua casa de Sheerness-on-Sea, na noite entre 22 e 23 de fevereiro de 1984, Uwe Johnson morre de enfarto enquanto tenta abrir uma garrafa de vinho. Ninguém deu por sua falta, ninguém sentiu interesse nem vontade de ir procurá-lo, ouvi-lo, vê-lo.

Apenas 19 dias depois, por acaso, foi encontrado seu corpo morto, inchado de álcool. Se é verdade, como disse alguém, que o final de um homem deveria cumprir-se em coerência com a vida que teve, o final desse escritor certamente desmontaria essa hipótese. Com efeito, a incrível história pessoal de Johnson cumpre-se em um clima de suspeita e contínua observação de sua vida por parte da Stasi (a polícia secreta da Alemanha Oriental) e de todos os serviços secretos dos países da área do socialismo real. Uwe Johnson foi posto sob observação não por atividades subversivas ou políticas, mas porque seus textos pareciam esconder alguma coisa, sua caótica precisão cutucou a paranoica acribia dos censores. É uma tragédia estranha o fim de Johnson: um homem que, espionado e observado durante toda a vida, morre sem que ninguém perceba sua morte.

Uwe Johnson nascera em 1934 na Pomerânia. Formou-se na RDA* de Walter Ulbricht, na Universidade de Leipzig, tornando-se o aluno predileto do crítico Hans Mayer, que logo reconheceu sua genialidade, encorajando a escrita de seus livros. Em um primeiro momento, Johnson partilhou da política da RDA (como aconteceu com Brecht e Ernst Bloch), participando das atividades do Partido Comunista, reconhecendo em sua política uma possibilidade de encontrar um novo curso histórico, capaz de conceder aos homens aquela história que a pré-história burguesa lhes havia negado. No entanto, logo entenderá que a RDA é uma ditadura pronta a reconhecer toda decisão de seu governo como a mais justa e "melhor" e a forçar toda dúvida ao silêncio, toda crítica à obediência.

A fuga para Berlim Ocidental ocorreu em 1959, quando recusou o pedido do Partido de organizar a dissolução da Junge Gemeinde, uma organização religiosa alemã. Assim que saiu da RDA, Johnson tornou-se célebre por meio da publicação de *Mutmassungen über Jakob* [Conjecturas sobre Jakob], texto bastante singular que impôs um novo modelo de escrita. O livro, como todas as primeiras obras de Johnson (*Das dritte Buch über Achim* [O terceiro livro sobre Achim], de 1961, e *Zwei Ansichten* [Dois pontos de vista], de 1965), funda-se em uma estrutura conjectural, ou seja, em uma sucessão de hipóteses, pesquisas, lembranças, descrições e memórias, que em sua progressão

* República Democrática Alemã. (N. T.)

constroem a vicissitude do texto, a época dos fatos, porém sem recorrer a uma narração linear.

Jakob, técnico ferroviário, morre atropelado por um trem enquanto se dirige, como todos os dias há sete anos, à sua cabine de trabalho. O exórdio do texto, "Mas Jakob sempre atravessou os trilhos", permite compreender de imediato a forma que a narrativa assumirá. As dúvidas sobre sua morte, as hipóteses mais absurdas, nenhuma delas sustentável, a não ser com outras conjecturas, caracterizam inteiramente a estética da narrativa. Suicídio, homicídio, acidente, tudo pode ser verdadeiro ou verossímil nas infinitas hipóteses da vicissitude humana de Jakob; porém, os únicos elementos passíveis de recomposição podem ser aqueles da memória, da recordação, das palavras ditas e vagamente ouvidas, e é justamente graças à sua recomposição que surge, por fim, uma conjectura sobre o homem moderno em geral e sobre seu tempo.

Em Uwe Johnson desaparecem os elementos que a literatura sempre considerara fundamentais, como a clareza dos diálogos, a definição da voz narradora e a descrição física dos personagens. O diálogo é inserido de surpresa, as descrições, ainda que minuciosas, obsessivas e detalhadas, são neutralizantes na economia do fato. Hans Magnus Enzensberger, seu amigo e muitas vezes alvo de críticas, descreve a prosa de Johnson como "contrapelo" no qual "o que o leitor é capaz de adivinhar é deixado de lado". Na página de Johnson, o não dito, o célebre inexprimível, bem expresso por Wittgenstein com a máxima "é melhor calar sobre aquilo de que não se pode falar", parece ser uma presença constante (talvez justamente essa sensação deve ter provocado suspeitas nos esbirros dos serviços secretos!). Como se todo o texto tendesse a querer encontrar o modo de argumentar algo que a simples escrita não podia chegar a exprimir, como se o oscilante espectro da liberdade fosse o tema oculto das conjecturas sobre Jakob e a memória de sua vida. Para Johnson, a liberdade já não podia residir em suas esperanças; a Alemanha de Bonn, a RFA* democrática, o desiludiu fortemente; a ruptura alemã nunca encontrará solução em seu pensamento. Conforme aparece no texto *Dois pontos de vista*, ele detestava a imensa avidez por dinheiro dos alemães ocidentais, a frenética busca pelo automóvel, a acumulação contínua, a clausura no próprio minúsculo privado.

Em *O terceiro livro sobre Achim*, narra-se o caso do jornalista Karsch, alemão ocidental, convidado por uma amiga a fazer uma visita a Berlim Oriental. Karsch fica aturdido com a extrema diversidade entre a Alemanha socialista e a Alemanha Ocidental, não sente continuidade entre si mesmo e os alemães do Leste. Quando lhe propõem que escreva um livro sobre Achim, companheiro de sua amiga, ex-campeão de ciclismo e político da RDA (esporte e política, um binômio caro às ditaduras socialistas), que seria justamente o terceiro livro sobre sua figura, Karsch se verá em extrema dificuldade. De nada lhe servirá reunir fatos, recordações, conjecturas, que construirão apenas a memória e o presente de uma história humana, mas não a vida de um indivíduo, nesse caso, Achim. O jornalista não se sente satisfeito com o que escreveu, não conseguiu falar de uma alteridade que não conhece, de uma situação particular que não é possível narrar apenas com a escrita. Desanimado, Karsch voltará para o Ocidente, para Hamburgo.

Em 1966, Uwe Johnson se muda para Nova York. Não quer mais residir em sua terra. A Alemanha, culpada de um passado,

* República Federal da Alemanha. (N. T.)

o passado nazista, impossível de ser apagado, encontra-se dividida entre socialismo e capitalismo e, portanto, ainda é portadora de desumanidade. Responsável perene por sistemas que esmagam a vida do homem, que anulam o indivíduo nos cinturões da história. No entanto, primeiro nos EUA, depois na Inglaterra, o escritor conseguirá manter-se à tona na terra de ninguém de países com uma democracia mais madura, capaz de esconder melhor as próprias contradições.

Em Nova York, Uwe Johnson começa a escrever sua obra-prima *Jahrestage* (*Dias e anos* ou *Aniversários*). Essa obra monumental é organizada em quatro volumes, publicados na Alemanha em 1970, 1972, 1973 e 1983. Falar de *Jahrestage* é realmente algo impossível.

Vemo-nos diante de uma das obras-primas absolutas da escrita de todos os tempos, que foge a toda redução crítica ou analítica. Nela é narrada, dia após dia, a vida de Gesine Cresspahl e de sua filha Marie, em um enredo de história familiar que se conecta com a história contemporânea e com fatos históricos e de crônica reais do último século. Hans Mayer aconselha aos leitores de *Jahrestage* que "se entreguem" completamente ao texto como se estivessem entrando na *Recherche* de Marcel Proust, na qual não é possível compreender coisa alguma se o leitor não decidir mergulhar, completamente desprovido de intenções ou expectativas, no fluxo temporal da narração.

É absolutamente inútil ler *Jahrestage* com a lógica linear a que se costuma recorrer quando se depara com uma página; a escrita se detém em meticulosas e obsessivas descrições dentro de situações informes e enigmáticas. Somente se perdendo em seu labirinto construído com cuidado cartusiano é que se conseguirá passar de um dia a outro de Gesine Cresspahl, como de um capítulo concluído a outro, atravessando diálogos, parlendas, pensamentos, interações de outros personagens e outras variáveis.

Hoje, na Itália, a Feltrinelli, com enorme mérito, republica o primeiro volume de *Jahrestage* com uma nova (ótima!) tradução de Nicola Pasqualetti e Delia Angiolini e uma preciosa introdução de Michele Ranchetti. Nessa obra são descritos os dias da vida de Gesine Cresspahl de agosto a dezembro de 1967. Gesine já havia aparecido em *Conjecturas sobre Jakob* — de fato, tivera sua filha Marie justamente com Jakob —, mas agora já não vive na Alemanha, e sim em Nova York, onde trabalha em um banco.

Esse texto possui uma forma fibrosa e se estrutura principalmente em três planos: Gesine, sua filha Marie e o *New York Times*. Pois é. O *Times* é o contracanto da vida de Gesine. Não há momento da narração que não tenha inserções de notícias do jornal: "Desde 1961, no Vietnã, morreram em ações de combate mais ou menos 13.365 cidadãos dos EUA. — Mas que menina gentil! Realmente lhe dou os parabéns..."

A crônica da guerra do Vietnã, a chegada à América de Svetlana Stalin, filha do ditador, Che Guevara reconhecido em uma fotografia na mata, as rixas no Harlem e milhares de outras notícias compõem o contexto de vida dos personagens desse livro. Um contexto vivo, em contínuo movimento. O *New York Times* é uma voz da consciência do presente, um metrônomo que escande os acontecimentos cotidianos do globo, onde se realiza a vida de Gesine. O *Times* é chamado de "tia Times", tornando-se, de fato, no curso da narração, quase um personagem, educado, cortês, um pouco insistente, como uma velha tia que "não chama um réu de culpado", "não chama o presidente pelo nome de batismo", "também dá a palavra àqueles que despreza". Entre outras coisas, Johnson considera o *Times* efetivamente um dos melhores jornais do mundo por seu método de investigação e sua capacidade de escrita.

A obra literária de Johnson parece um edifício isolado, vivendo de uma prosa autista que atentamente devora o que está a seu redor através da esteira de memória que deixa nos jornais, nos horários dos trens, nas revistas, nos diálogos de funcionários de escritório. Uma arqueologia do presente e da memória que não cataloga fragmentos para remontar à origem de uma civilização, mas recolhe fatos, momentos, sensações e diálogos para poder recuperar o sentido de uma individualidade esmagada pela injustiça da história e a vacuidade sem vestígio do cotidiano. O que Gesine sente e lembra, o que pensa e diz, tudo é amontoado e repescado em um fluxo vital sem ordem, caótico como a vida dessa alemã emigrada. Referindo-se a um pensamento de Theodor Adorno, seria possível dizer que Johnson canaliza a vida de seus personagens no fluxo das "forças que se liberam na decadência".

Gesine decide contar os próprios fatos familiares à filha Marie, gravando-os em uma fita magnética. Com essa decisão, o primeiro volume de *Jahrestage* cria uma segunda parte da narração, baseada no passado em Mecklemburgo. Nascida em 1933, durante os primeiros 100 dias em que Hitler foi chanceler, Gesine conta à filha a saga de sua família, o nazismo, a miséria, o tempo do abandono e aquele da felicidade. Uma memória que, cada vez mais frágil e fragmentada, transforma-se em um modo de ser, em uma cultura, em um gesto, em um diálogo.

O passado em Johnson não possui uma solução em si; seu romance não é um romance histórico, no qual é possível esperar os eventos já preordenados pelos fatos e bem preparados pelo narrador. Há uma contínua transmigração de intenções e memórias, uma interpolação de acontecimentos e comentários. O intercâmbio perene de vozes torna-se um modo de traçar um mapa daquilo que foi e daquilo que poderá ser, entre resistência e esvaecimento, tentando sobreviver às marés da história que se abatem com cadência cotidiana. Quando se volta atrás para reler algumas páginas e fragmentos de trechos, tem-se a impressão de que se está lendo algo novo, nunca percebido anteriormente, mesmo o tendo passado pelos olhos pouco antes. Os críticos reconheceram nessa parte do livro a presença dos *Buddenbrook*, de Mann, mas é de Faulkner que parece estar mais próximo, na medida em que toma de seus romances a capacidade de ter uma escrita real mas não realista, pronta para inventar a realidade sem, no entanto, trair a história. A escrita de *Jahrestage* se interrompe no terceiro volume.

Enquanto Johnson anotava no bloco de notas da literatura a composição do mundo na vida de Gesine Cresspahl, alguém o espionava, e não do lado de fora, não com um binóculo nem ouvindo seus telefonemas, mas dentro de sua casa, no íntimo de suas emoções mais claras, em meio ao afeto mais reservado. Sua mulher Elizabeth confessou em 1975 ter um amante que era agente da polícia secreta tchecoslovaca, a quem havia anos enviava detalhados relatórios confidenciais sobre a atividade do marido. Uwe Johnson havia colaborado com a mulher na redação de *Jahrestage*, dedicando todo o projeto à filha Katharina, na obra representada por Marie, filha de Gesine Cresspahl e Jakob.

Para um escritor que acabou de pôr um ponto-final no próprio romance, é um pouco como se os personagens por ele descritos e criados batessem à sua porta e ele os visse diante de si com um semblante monstruosamente inesperado.

Esse fato traumatizou Johnson indelevelmente, bloqueou sua pena por dez anos, ele sofreu dois infartos e se tornou alcoólatra. A traição da mulher fora contínua e silenciosa, justamente como a insinuação do cotidiano na vida de uma pessoa. Dez anos depois da publicação do terceiro volume, em 1983, pouco antes de sua morte, veio à luz o quarto e último livro de *Jahrestage*, que se conclui com Gesine Cresspahl em Praga, vendo os tanques soviéticos, que em 1968 invadiram a "rebelde" Tchecoslováquia. A vida não deve ser substituída pela escrita. Para Johnson, essa elaboração estética parece mais do que certa. A escrita deve ser real, mas não realista, capaz de dar sentido e justiça a uma realidade confusa e injusta, mas que nunca conseguirá substituir a vida.

Eis por que Michele Ranchetti, um dos maiores intelectuais italianos, acerta na mosca quando afirma que não é possível atribuir ao âmbito narrativo os livros desse alemão tão singular. A época contemporânea não é mais o tempo para sistemas literários em forma de ensaio crítico ou romance, nem o tempo para novas metafísicas ou fenomenologias. Johnson queria escrever algo que pudesse ser transversal a toda dimensão, capaz de reunir em si toda multiplicidade, para conservar e compreender o quanto há de imensamente irredutível na vida de um indivíduo.

Walter Benjamin imprimia à sua pesquisa a esperança de poder encontrar, mais cedo ou mais tarde, uma porta capaz de abrir-se para outro mundo, diferente daquele em que se é obrigado a viver. Lendo Johnson, compreende-se que, se houvesse a possibilidade de se encontrar essa porta, não haveria a capacidade de abri-la ou, pelo menos, não se conseguiria encontrar a chave. É possível encontrar apenas conjecturas, não soluções, talvez nem mesmo perspectivas. Resta-nos apenas conjecturar sobre a morte de Jakob, tentar recordar e lançar hipóteses sobre sua vida, ouvir a voz de tia Times para saber o que aconteceu enquanto plantávamos rosas no jardim, contar a Marie o que houve, em uma busca infinita por estradas que possam ser percorridas, em um contínuo vagar no sentido da existência, marcado por um fim e comprimido entre os dias e os anos.

NUNCA MAIS EM UM MUNDO À PARTE

Em um único e bem amargo gole deveria ser bebido *A World Apart* [Um mundo à parte], de Gustaw Herling, que volta a ser publicado pela Feltrinelli em edição econômica. Ler tudo de uma só vez, levando um soco nas vísceras, um tapa em pleno rosto, sentindo a dignidade dilacerada, o medo de poder desabar cedo ou tarde no mesmo círculo infernal descrito nas páginas. Um texto precioso e terrível, um testemunho sobre os campos de concentração soviéticos, sobre as barbáries cometidas pelo regime stalinista da URSS contra milhões de pessoas.

Gustaw Herling tinha vinte anos quando decidiu, em 1939, após a invasão alemã da Polônia, atravessar a fronteira russo-lituana esperando organizar na Rússia uma resistência antinazista. No entanto, foi preso pela polícia soviética por seu projeto. Tal episódio, que poderia parecer uma extravagância, na realidade é um trágico paradoxo. Em 1939, a URSS e a Alemanha haviam firmado um pacto, o célebre Pacto Molotov-Ribbentrop, que sancionava uma relação de não beligerância entre os dois Estados. Portanto, segundo a polícia secreta soviética, ao tentar sair da

Polônia para combater a Alemanha, Herling havia indiretamente conspirado contra a URSS.

Desse modo, a vida do jovem Gustaw foi deportada para Erchevo, campo de trabalho que fazia parte do território que abrangia os campos de concentração de Kargopol, junto ao mar Báltico. Um campo de trabalho destinado à extração de madeira para construções, um verdadeiro centro industrial com linhas ferroviárias e uma aldeia para os trabalhadores livres, toda construída e levada adiante com a força de trabalho dos prisioneiros. A situação material do campo ficava além de qualquer limite suportável pelo ser humano: 40 graus abaixo de zero, um trabalho contínuo e massacrante, horários diuturnos, 300 gramas de pão mais uma concha de sopa.

Herling descreve com habilidade de historiador a estrutura organizacional do campo, as hierarquias, as relações de autoridade. Nos campos havia diversos níveis de prisioneiro: os *bytovik*, ou seja, criminosos comuns com condenações breves; depois os criminosos cruéis e inveterados, os *urka*, verdadeiros senhores que reinavam nos campos; e, por fim, os mais numerosos eram os *belorucki*, os prisioneiros políticos. Estes eram os prisioneiros com menor esperança de sobrevivência, os mais maltratados e que recebiam maior carga de trabalho. Os *urka* tinham todos os direitos sobre os outros prisioneiros; a eles era dada a responsabilidade de vigiar seu trabalho e sua ortodoxia política. Herling os descreve de modo terrível: para tais homens, a ideia de liberdade é tão repugnante quanto aquela do campo de trabalho para uma pessoa normal.

A maior parte dos prisioneiros políticos era de bolcheviques, comunistas, indivíduos que tinham combatido pela causa socialista. O mecanismo stalinista era uma espécie de serpente espiralada que, avançando nas várias instituições e por diversas gerações, purgava, deportava, aprisionava velhos revolucionários comunistas, funcionários e dirigentes que adquiriam muito poder ou então gente comum, qualquer pessoa que inconscientemente não agisse segundo a ortodoxia stalinista. Obviamente a delação tornou-se regra de vida da sociedade soviética, muitas vezes usada como instrumento para manter em xeque o próprio vizinho, o colega de trabalho, os próprios familiares. Denunciar para arruinar a carreira de alguém, para tomar seu lugar ou simplesmente para salvar a própria vida tornara-se atividade comum na Rússia de Stalin.

Nos campos de detenção soviéticos, o meio de opressão e tortura era o trabalho, usado como força de destruição. O cansaço arrebentava os corpos, reduzia os prisioneiros à febre, à cegueira por carência de vitaminas. O único modo de tentar sobreviver era conseguir ser internado. Os hospitais pareciam igrejas que ofereciam refúgio contra uma poderosa Inquisição. Dessa forma, a automutilação tornou-se uma prática comum para poder encontrar uma pausa no trabalho. Assim como durante a Primeira Guerra Mundial os soldados das trincheiras disparavam nas próprias mãos ou pernas para poderem ser enviados para longe da batalha, os prisioneiros soviéticos amputavam seus dedos e suas mãos com os machados e cortavam as próprias pernas, a fim de encontrar uma pausa em sua condenação. Após muitos casos de automutilações, as autoridades soviéticas se deram conta da autolesão e, para combatê-la, decidiram condenar todos os feridos, tanto os acidentais quanto os voluntários, a continuarem a trabalhar: "Vi um jovem prisioneiro [...] trazido da floresta para o recinto com um pé amputado".

Em *Um mundo à parte*, há uma figura de prisioneiro que se autolesiona, Kostylev, e que talvez seja o personagem mais tocante do texto. O relato sobre Kostylev contém em si não apenas o valor do testemunho, mas também uma densidade literária que transfigura o caso, carregando-o de significados universais. Kostylev havia dedicado sua vida à causa bolchevique. Admirava os comunistas europeus como se fossem santos laicos, idealizando-os como combatentes pela liberdade em um continente oprimido pela burguesia. Chegou a aprender francês para compreender os discursos de Thorez, secretário do Partido Comunista francês. Começou a ler Balzac, Stendhal, Constant, e encontrou nesses textos "um ar diferente; eu me sentia como um homem que, sem saber, havia sido sufocado a vida inteira". Após essa experiência de leitor, Kostylev mudou sua ideia sobre o Ocidente e sobre o bolchevismo. Abandonou o trabalho partidário, consagrou todo o seu tempo à leitura, desejoso de conhecer as verdades que lhe tinham sido escondidas. Os livros estrangeiros, que arranjava clandestinamente, levaram-no à prisão. A polícia secreta o acusou de ser um espião e, ao torturá-lo, obrigou-o a confessar a falsa acusação. Depois que Herling descobriu que Kostylev queimava voluntariamente o próprio braço, expondo-o às chamas vivas, nasceu entre ambos uma amizade cúmplice. Preferia ter o braço coberto de chagas e inchado a trabalhar para seus carcereiros.

No barracão onde, isento do trabalho, Kostylev passava os dias, não havia instante em que não lesse livros. Herling nunca entendeu como conseguia arranjá-los, mas tampouco sentiu inveja dele; quando muito, profunda admiração. A leitura, que havia mudado sua existência levando-o para os campos de trabalho, continuou a ser a maior expressão de sua humanidade naquele círculo infernal. Conservar, preservar, tutelar a própria humanidade era não apenas impossível, mas até letal em um campo de trabalho. Ajudar o companheiro ferido, passar-lhe comida eram atos perigosos não somente porque, ao se privar dos pouquíssimos recursos materiais, corria-se o risco de prejudicar o próprio e já precário corpo, mas também porque todo elemento humano naquelas condições podia fazer com que se perdessem as forças, podia fazer com que emergisse a vida passada. Lembrar que se é homem em uma condição desumana é letal. A vida em um campo de prisão pode ser tolerada apenas quando todo critério, todo termo de comparação que se refira à liberdade tiverem sido completamente apagados do espírito e da memória do prisioneiro. A mensagem que não somente esse texto, mas que toda a obra de Herling traz consigo está encerrada em uma codificação nova da capacidade de julgamento. Não é possível julgar um ser humano coagido em condições desumanas. A traição, a delação, a prostração e a prostituição geradas pela fome, pela coação e pela doença não podem ser consideradas comportamentos humanos, ainda que cometidos por homens.

Cheguei à convicção de que o homem só pode ser humano em condições humanas, e considero absurdo julgá-lo severamente pelas ações que realiza em condições desumanas, como seria absurdo medir a água com o fogo.

O sistema de repressão soviético representava o que de mais estupidamente burocrático podia existir na face da Terra. Toda prisão tinha de ser motivada, oficialmente formalizada. Milhares de pessoas sofreram as acusações mais tolas e sórdidas: sabotagem da indústria soviética, espionagem, conspiração contra a pátria, traição, contrarrevolução. Com essas condenações, o sistema soviético ostentava justificativas para toda crise que sofria, toda desaceleração da planificação econômica. Milhares de inocentes, muitas vezes pessoas inócuas e tudo menos inimigos políticos, foram eliminados, vítimas de uma impiedosa e ilógica guerra interna.

No campo de Erchevo, Herling conhece um prisioneiro denunciado à NKVD (a terrível polícia secreta que mais tarde assumirá o nome de KGB) porque, bêbado, havia disparado um tiro contra a fotografia de Stalin, acertando seu olho. Por tal gesto, foi condenado a 10 anos de prisão! Diferentemente do sistema de concentração alemão, no qual os indivíduos eram mortos em câmaras de gás, massacrados e presos, sem processos-farsa, mas apenas por serem judeus, comunistas, testemunhas de Jeová, homossexuais etc., o sistema soviético extorquia confissões, inventava planos de sabotagem, forçava a produção de provas absurdas. Formalizava toda encenação: "Não basta meter uma bala na cabeça de um homem; ele próprio tem de pedi-la com educação no julgamento".

Gustaw Herling conseguiu se salvar do campo de trabalho porque, como polonês, foi despachado entre as tropas comandadas pelo general Anders. Após uma peregrinação a Bagdá, Mossul, Jerusalém e Alexandria, desembarca na Itália, onde, doente de tifo, transcorre a internação em Sorrento, vindo a conhecer a família Croce. Esse encontro será determinante, uma vez que, muitos anos depois, Lidia Croce se tornará sua mulher e com ela Herling terá dois filhos, Benedetto e Marta. Em Nápoles, Herling passará boa parte da vida. Irá se dedicar à elaboração de suas obras e até os últimos dias escreverá o monumental *Diario scritto di notte* [Diário escrito à noite]. É um colosso narrativo, composto por mais de 12 volumes. Na Itália foi publicado apenas o primeiro, que reúne os textos que vão de 1970 a 1987. Nesse feito intelectual se acumulam recordações, reflexões filosóficas, momentos de profunda sabedoria descritiva, invectivas, dóceis momentos de preguiça. Em *Diário escrito à noite*, passeia-se em um sistema geológico a ser explorado ao longo de múltiplos estratos que se depositam tal como surgem no pensamento herlinguiano.

No dédalo do *Diário*, encontra-se um episódio inquietante que retrata Thomas Mann e Ignazio Silone enquanto discutem na Suíça sobre o critério de comparação com base no qual julgar os diversos sistemas políticos. Para Silone, "sem dúvida basta determinar qual lugar foi reservado à oposição". Já para Mann, "não, a verificação suprema é o lugar que foi reservado à arte e aos artistas". Herling, que não silencia um profundo incômodo em relação à postura estetizante da prosa de Mann, traça uma profunda crítica ao insigne alemão, que se revelava indulgente com o sistema soviético, analisando-o exclusivamente pelas vendas em massa dos textos de Goethe na URSS.

Em Herling, a principal necessidade do intelectual é presenciar a dor humana, manter-se sentinela da liberdade humana, nunca delegar a outrem o próprio imperativo de defesa da dignidade humana. E tudo isso, com a prioridade à arte, Mann negava, não obstante toda a sua grandeza literária.

Mas no *Diário* também há fragmentos de memória pessoal, inúmeros e profundamente apaixonantes: o relato de um cãozinho encontrado no deserto iraquiano durante a guerra e carinhosamente tratado por Herling, ou a página de 1980, na qual são descritos os instantes do terremoto que atingiu Nápoles. Admiráveis as matizações dos rostos idênticos das vítimas dos terremotos de Irpinia, Luca e Nápoles, as vozes, as fugas, as aglomerações, a absoluta impossibilidade de aborrecer-se com alguém. No entanto, essa narração do cotidiano não parece um traçado da experiência pessoal. Escrito à noite, o título marca de imediato o papel de certo modo póstumo do pensamento, quase como a coruja de Hegel, que chega tarde, quando o dia termina: com a escrita do *Diário*, o autor não oferece uma soma daquilo que aconteceu a ele, e sim daquilo que aconteceu através dele. Um Eu que se torna ponto de partida, mas não elemento de chegada; que parte por um motivo preciso, mas obviamente não conhece o fim do impulso. Um sentido para o motivo que inspirou esse empenho intelectual que durou toda uma existência pode ser encontrado em um fragmento do texto *Breve racconto di me stesso* [Breve relato sobre mim mesmo], organizado por sua filha Marta: "Escrevo porque tenho uma necessidade interior de me confrontar com determinados problemas. Se você vive, enquanto se vive de alguma coisa se realiza a própria missão. [...] Sempre desejei deixar alguma coisa depois de mim, mas, na realidade, escrevi unicamente para mim mesmo. Escrevo porque me dá prazer".

Os textos publicados como obras acabadas e autônomas também são parte do tecido conectivo do *Diário*. Os dois contos *Requiem per il campanaro* [Réquiem para o sineiro] e *L'isola* [A ilha] são narrações, terras surgidas na vastidão dos oceanos de palavras da escrita de Herling. Contos em que o traço partenopeu é fortíssimo, ao menos determinante, como em *Don Ildebrando*, que, junto com *Ritratto veneziano* [Retrato veneziano], reúne os contos mais relevantes, ambientados em Nápoles. Em *Don*

Ildebrando, Herling tenta fazer um afresco da paisagem italiana, mantendo a distância do exilado, porém sem esconder uma cumplicidade de cidadão italiano de adoção. Nesse livro surge a descrição de uma Nápoles caótica e rutilante, determinada por uma força voraginosa que a lança da miséria dos *lazzari** ao barroco suntuoso da dominação espanhola, chegando a amalgamar os aspectos supersticiosos e populares com os vértices mais elevados do pensamento humano. E, assim, no conto *Ex voto*, aparece o coração de Nápoles, o peito, o corpo, a Nápoles mais cara a Herling, aquela em que habitava seu sogro Benedetto Croce, aquela em que se erige a igreja de San Domenico Maggiore, onde Tomás de Aquino se formou e se tornou insigne. Uma Nápoles que, para Herling, se construiu como um mapeamento mais espiritual do que geográfico ou histórico. A prosa dos contos de Herling é elegante, respeitosa, plana; possui uma racionalidade apaixonada que parece não se importar com o que em literatura pode ser definido como talento, ziguezaguear fantasioso ou sentido da frase. Uma escrita contínua, a de Herling, pronta mais para traçar e comunicar do que para exprimir. Conforme escreveu a poetisa Cristina Campo, "as grandes palavras cerimoniais do horror e da piedade atravessam seu discurso com a mesma naturalidade do vento outonal entre as árvores e da chuva nos vidros".

Herling introduziu a urdidura de sua qualidade narrativa na trama do testemunho. Em seus textos aparece uma miríade de personagens, traços de uma orquestra da danação, que transcende a particularidade dos campos de trabalho soviéticos, do terremoto, da perseguição nazista, da sua experiência de guerra, da

* Napolitanos que participaram da revolta de Masaniello, em 1647. (N. T.)

Nápoles contaminada, e torna-se representativa da condição humana do século XX. Talvez seja verdade que toda narração proveniente das profundezas da memória de quem se exilou e de quem se salvou se assemelha. As páginas de Levi, Shalamov, Herling e Wiesel têm um patrimônio genético semelhante, que ainda antes de ser determinado pela barbárie comum sofrida é aproximado pela vontade de perdão. Nas palavras finais, nos julgamentos esboçados, no reconhecimento da dor, esses autores escreveram para conceder à escória humana a possibilidade de viver de outro modo, de não esquecer, justamente com o objetivo de ser diferente. Não será possível saber se esses autores perdoaram seus carcereiros, seus perseguidores banais, e, no fundo, não é importante. Porém, é necessário compreender se perdoaram o executor principal da barbárie: o ser humano. De certo modo, deixar memória, escrever é um atestado de confiança para com o homem, para com as novas gerações. Em resumo, a terrível recordação como promessa ou esperança de um novo percurso humano.

QUEM ESCREVE MORRE

Anna tinha voltado das compras, no dia 7 de outubro de 2006. Uma mulher com ar cansado, no supermercado ao longo da Frunzenskaia, a avenida que margeia o rio Moscou. Está voltando do hospital, onde se encontra internada sua mãe, devorada por um câncer. Seu pai, muito apegado à mulher, tão logo soube da doença, morreu de infarto. Parece que, nesses dias, o pior lado da sorte resolveu mostrar sua ira.

Divorciada, Anna tem dois filhos já crescidos que pouco vê. Em casa, quem a espera é Van Gogh, agora um cachorrão, mas era um filhote marcado pelos maus-tratos. Sobre ele escrevia: "Já é noite novamente. Giro a chave na fechadura, e Van Gogh voa para cima de mim, sempre e invariavelmente. Mesmo que esteja com dor de barriga por alguma coisa que tenha comido, mesmo que estivesse dormindo profundamente. É fonte de um afetuoso moto-perpétuo. Todos nos deixam, todos se cansam de nós: o cão nunca deixa de nos amar".

Tem três sacolas de compras no carro, que ela estaciona em frente ao portão de seu prédio, no número 8 da Lesnaia Ulitsa. Encontrar lugar para estacionar é fácil. É um bairro burguês bem protegido e chique. Nele moram os profissionais da nova Rússia. Nos edifícios se entra apenas com um código de acesso. Anna sobe até seu apartamento e deixa as duas primeiras sacolas de compras, cheias de alimentos e utensílios para a casa. Depois, desce novamente para pegar a terceira sacola, repleta de objetos sanitários para a mãe, pois estão em falta no hospital. Sobe de elevador ao primeiro andar. Assim que as portas se abrem, ainda dentro da cabine, encontra um homem e uma mulher. Ele é magro, jovem, usa boné com a viseira cobrindo os olhos — dirão as testemunhas —, e a seu lado está a mulher. Aponta para seu peito uma pistola IZH com silenciador. Do lado esquerdo do peito. Dispara três vezes. Dois tiros acertam o coração, despedaçando-o em três partes. Um terceiro tiro desvia sobre o ombro. Depois, para ter certeza de ter feito o trabalho direito, quando o corpo cai no chão, dá um disparo na nuca. Tinham seguido Anna desde o supermercado, sabiam os códigos para entrar no prédio e a esperaram no patamar. Após a execução, deixam a pistola com numeração raspada na poça de sangue e vão embora. Pouco depois, uma senhora chama o elevador. Quando ele desce ao térreo e as portas se abrem, ela solta um grito e, logo depois, começa a rezar.

Encontra o cadáver de Anna.

Era o 54º aniversário do presidente Vladimir Putin, e essa morte parece um presente. Anna Stepanovna Politkovskaia, nascida em Nova York com o sobrenome Mazepa, 48 anos, é enterrada em 10 de outubro de 2006 no cemitério Troiekurovo, em Moscou. Atrás do féretro, na primeira fila, os dois filhos, Ilia, de 28 anos, e Vera, de 26, a irmã, o ex-marido e o cachorro. Sua palavra só podia ser detida assim. Só deste modo conseguiram: a bala. Três anos depois, todos os acusados do homicídio de Anna foram absolvidos. Absolvido Sergei Khadzhikurbanov, ex-funcionário do Ministério do Interior; absolvidos os dois irmãos tchetchenos, Dzhabrail e Ibragim Makhmudov, e o terceiro, Rustam, igualmente envolvido, que fugiu para o exterior e nunca foi preso; e absolvido o coronel das forças de segurança, Pavel Riaguzov. Absolvidos e liberados por Yevgeny Zubov, presidente da Corte militar, aqueles que, segundo a acusação, haviam seguido e depois assassinado Anna. Até hoje esse homicídio não tem culpados nem mandantes. Mas as palavras de Anna continuam sendo espinhos enfiados debaixo das unhas e nas próprias têmporas do poder russo.

Tchetchênia é um livro perigoso. Anna Politkovskaia o escreveu com a vontade de contar uma ferida que dizia respeito não apenas a uma parte perdida em algum antro caucasiano. Escreveu-o conseguindo tornar a história da guerra na Tchetchênia uma realidade cotidiana de todos. E foi isso o que a matou. Sua capacidade de fazer da Tchetchênia um debate necessário em Londres e em Roma, fornecendo elementos a Madri e a Paris, a Washington e a Estocolmo. Em toda parte, suas palavras se tornaram nitroglicerina para o governo de Putin, a ponto de esse livro ter ficado mais perigoso do que uma transmissão televisiva, do que a declaração de uma testemunha, do que um julgamento no Tribunal Internacional. Porque *Tchetchênia* reúne tudo que Anna viu em uma das piores guerras que a espécie humana já gerou, uma guerra em que as mulheres violentadas e os soldados torturados tinham de declarar verbalmente serem os reais culpados das violências sofridas. É possível sintetizar sua poética em um aforismo de Marina Tsvetaeva, sobre a qual fizera seu trabalho de conclusão de graduação: "Todo o meu escrever é prestar ouvidos".

A situação de trabalho de Anna Politkovskaia era muito complicada. Pagavam-lhe 30 dólares pelas despesas de deslocamento, não havia possibilidade de remuneração, o trabalho não era sustentado por nenhuma gratificação econômica. Nem um tostão para viajar, e a maior parte do salário ia embora para que ela pudesse se defender de queixas e denúncias, que choviam sempre que um artigo assinado por ela era publicado. O objetivo era cansá-la. E deprimi-la com uma forte pressão difamatória sem-fim. O plano principal não era matá-la, mas destruir sua imagem. Fazer com que aqueles que a amavam — e eram muitos — acreditassem que fosse uma arrivista maluca.

Nunca esquecerei as palavras pronunciadas por Alexander Politkovsky, ex-marido de Anna, no dia seguinte à sua morte: "Foi em 1994, quando se ocupou da luta entre os oligarcas Vladimir Potanin e Vladimir Gusinsky pelo controle de Norilsk Nickel, maior produtor mundial de níquel, que estava para ser privatizado. Venceu Potanin, mas, a certa altura, Gusinsky chamou Anna e lhe mostrou um dossiê difamatório que havia reunido sobre nossa família. Anna ficou assustada, fui buscá-la e conversamos durante um bom tempo, sentados no carro. Ali, ela decidiu que iria adiante de todo jeito, embora temesse o descrédito mais até do que a morte". Melhor morrer do que ser difamada. E, no final das contas, esse é o verdadeiro consolo. Terrível, trágico, mas incrivelmente verdadeiro.

Pelo menos com a morte pararam de tentar desacreditá-la. O descrédito era o principal elemento de destruição. Enlameavam a família tentando demonstrar conluios, corrupções e crimes. Iam até os parentes das vítimas relatadas por Anna e os pressionavam para que dissessem que tudo havia sido inventado, que tudo havia ocorrido de outra forma. Difundiam boatos de calúnia: é mentirosa, mitomaníaca, louca, farsante, carreirista. No fundo, eram centenas os cronistas na Rússia que a odiavam porque seu marido fizera carreira já durante a Perestroica, tornando-se a voz crítica, sim, mas de uma televisão da URSS. Além do mais, Anna escrevia em um jornal em parte sob o direto controle acionista de Gorbatchev e do oligarca Lebedev. A brisa da calúnia era que estariam bancando os revolucionários com o espaço dado pelos velhos patrões comunistas. Não era difícil para o poder político encontrar pretextos verossímeis para arruinar sua imagem. Assim como hoje centenas dos seus colegas em todos os cantos do mundo a defendem e levantam indagações sobre o que aconteceu.

Mas depois o marido continua a explicar por que Anna temia o descrédito mais do que todo o restante: "Ela escrevia seus artigos para mudar as coisas. Cada texto era para ajudar alguém ou combater uma injustiça. Era para produzir alguma coisa, ainda que pouco, mas alguma coisa. Se perdesse sua credibilidade, isso se tornaria impossível. O mesmo lhe aconteceu, anos depois, com Ramzan Kadyrov, governador filorrusso da Tchetchênia, que ameaçou arrastá-la para uma sauna e fazer com que fosse fotografada em posições obscenas com homens nus". Eles a doparíam, sequestrariam e fotografariam em poses pornográficas com homens, em uma espécie de orgia, de gang-bang com homenzarrões besuntados de óleo, tendo no meio a mais perigosa das jornalistas. Como se dissessem: "Essa é a vida que leva aquela que anda retratando seu país como um inferno". Quem acreditaria que havia sido forçada e dopada? Todos aceitariam aquelas fotos obscenas e gritariam ao vício, à orgia, ao prazer da nova cortesã que se considerava uma combatente. Nesse caso, depois das fotos lançadas nas primeiras páginas de muitos jornais e nos sites de fofocas de meio mundo, nenhum desmentido, nenhuma denúncia ou demonstração de violência poderia tirar a lama de seu rosto. Uma lama que colocaria em dúvida e em discussão toda reportagem, toda investigação, toda palavra. E esse é o principal perigo.

Antes das balas ou quando as balas não são bem-sucedidas em seu intento, chega-se à destruição da credibilidade, a afundar a respeitabilidade, a tornar nulas as palavras, não partindo delas próprias, mas criando um mecanismo que as priva de todo sentido, transformando-as em invólucros vazios. Quando Anna decidiu interromper a função de jornalista e participar ativamente daquilo que estava vendo e contando, em outubro de 2002, interveio nas conversas com os terroristas que haviam feito reféns os espectadores do musical *Nord Ost*, no teatro Dubrovka, em Moscou. Decidiu fazê-lo levando água aos reféns. Em setembro de 2004, durante o assédio da escola de Beslan, queria tentar a mediação. E teria conseguido, uma vez que era respeitada por ambas as frentes, mas Anna declarou ter sido envenenada justamente a bordo do avião que a estava transportando para a Ossétia. O veneno era para matá-la e impedi-la de levar adiante sua proposta para a solução da crise. De uma maneira simples e leve, tentaram eliminá-la: com uma xícara de chá. Após a ingestão, sua cabeça começou a girar, e seu estômago se contraía em espasmos. Desmaiou, mas teve tempo de pedir ajuda à comissária. Foi levada ao hospital em Rostov. Quando acordou, uma enfermeira sussurrou em seu ouvido: "Minha cara, você foi envenenada, mas todos os seus exames de sangue foram destruídos por ordens superiores". Lembro-me muito bem de jornalistas italianos que, alguns dias depois da notícia, se cutucavam dizendo: "Essa Anna andou vendo muito 007. Além do mais, quando alguém está em perigo, não fica alardeando em tudo que é conferência; tenta se defender em silêncio". Esse era o teor dos comentários depois que sobrevivera a um envenenamento sem provas.

No entanto, Anna sabia que o silêncio seria um enorme presente a quem queria calá-la e deslegitimá-la. Recebera inúmeras ameaças e, por um período, seu jornal, a *Novaia Gazeta*, pagou-lhe uma escolta privada. No dia 9 de setembro de 2004, escreveu um artigo no *The Guardian*, "Envenenada por Putin", e muitos, incontáveis, não acreditaram nela. Por estranhos mecanismos, muitas vezes a inveja que os colegas sentiam de Anna pela visibilidade e pela força de suas palavras — que identificavam a luta pelos direitos civis na Tchetchênia com sua pena e seu rosto, transformando-a em um símbolo — tornou-se o maior aliado das vozes oficiais do governo, que falavam de uma mulher tomada por si mesma e por seu projeto mitomaníaco. E tudo isso a deixava completamente isolada. No artigo de 9 de setembro de 2004, escreverá: "É absurdo, mas por acaso não era assim durante o comunismo, quando todos sabiam que as autoridades diziam idiotices, mas fingiam que o imperador estava vestido? Estamos caindo novamente no abismo soviético, no abismo da informação que cria morte a partir da nossa própria ignorância... quanto ao resto, se você quiser continuar sendo jornalista, deve jurar fidelidade absoluta a Putin. Do contrário, pode significar a morte, projétil, veneno, tribunal ou a solução que os serviços secretos, os cães de guarda de Putin, considerarem mais adequada".

A defendê-la havia apenas seus livros e artigos.

Em *Memórias de um revolucionário*, Victor Serge precisou: "Estou mais interessado em dizer do que em escrever; outros melhores do que eu saberão cuidar das palavras junto aos fatos; eu, agora, não tenho tempo, preciso dizer, e pronto". Parece acontecer o mesmo com Anna. Seus livros são imediatos, velozes, têm a potência da descoberta, da novidade, da informação desconhecida e divulgada. E foi isso o que a expôs.

"A quem no Ocidente me vê como a principal militante contra Putin, respondo que não sou uma militante, sou uma jornalista. E pronto. E a tarefa do jornalista é informar. Quanto a Putin, ele aprontou de tudo, e eu tenho de escrever a respeito", dizia, declarando sem problemas que sua tarefa não era política, mas cumpria a necessidade de escrever. Detestava escrever editoriais: "Não importa saber o que penso, e sim o que vejo", e ia adiante com seus relatos investigativos.

Anna Politkovskaia sabia que apenas os leitores a defenderiam. Participava de inúmeros congressos internacionais, sabia que as pessoas, os olhos, o interesse defenderiam suas palavras. E somente eles eram sua escolta. Seus instrumentos eram a reportagem e a entrevista, e quando esta era dirigida a uma autoridade, se o político ou o burocrata era evasivo ou falso, Politkovskaia passava à denúncia. São dezenas os julgamentos dos quais a escritora participou, mesmo que apenas como testemunha. Em uma entrevista ao jornal inglês *The Guardian*, em 15 de outubro de 2002, contou: "Fui além do meu papel de jornalista. Coloquei-o de lado e aprendi coisas das quais nunca ficaria sabendo se tivesse continuado a ser uma simples jornalista, que fica parada na multidão como todos os outros". Talvez esta tenha sido a razão que a levou à Tchetchênia, em 1999. A partir de então, artigo após artigo, começou a montar esse livro que hoje representa um dos mais importantes documentos literários do nosso tempo para compreender a fisiologia de todo conflito, feroz, oculto, abominável, terrivelmente moderno.

Politkovskaia é filha da tradição dos dissidentes da União Soviética que, a partir dos anos 1970, adotaram uma estratégia pacífica e não violenta para denunciar o regime. Decidira desmascarar as mentiras de seu país por meio dos canais que o próprio Estado russo havia criado e, assim, seu plano não se exauria no artigo, mas continuava na denúncia. Nem tudo era deixado à atividade jornalística. Interessava-lhe fixar os responsáveis nos olhos. Seguira de perto a história dos torturados e das moças violentadas. E a seguira diretamente nos julgamentos. Quando conseguia, Anna obtinha a punição dos carrascos e introduzia elementos probatórios no desenvolvimento dos julgamentos, fazendo justiça às vítimas.

Nesse livro surge claramente um princípio: a força da palavra. Quanto pesa uma palavra. Quantos calibres usar e em que balanças pesá-la. Questões que, como febres tropicais, atormentam cada partícula de quem se aproxima da literatura como escritor ou leitor. A literatura é um atleta, escrevia Maiakovski, e a imagem de palavras que ultrapassam o manto de tudo, que superam obstáculos e combatem me entusiasma bastante. O peso específico da palavra literária é determinado pela presença da escrita na carne do mundo ou, ao contrário, para alguns, pela ausência de carne.

Em uma polêmica com Giorgio Manganelli, que reivindicava a possibilidade da escrita obscura, Primo Levi afirmou que a escrita obscura é imoral. A escrita literária é labiríntica, multiforme, não creio que nela possam existir estradas unívocas, mas aquelas nas quais meus pés devem pousar as reconhecem. Quando Philip Roth declara que, após *Se isto é um homem*, ninguém mais pode dizer que não esteve em Auschwitz, não que não sabe da existência de Auschwitz, mas justamente que não esteve na fila para entrar em uma câmara de gás, mostra a extensão da potência daquelas páginas. Livros que não são testemunhos, reportagens, não são demonstrações. Mas levam o leitor a seu próprio território, permitem ser carne de sua carne. De certo modo, essa é a diferença real entre o que é crônica e o que é literatura. Não o argumento, nem mesmo o estilo, mas essa possibilidade de criar palavras que não comunicam, mas exprimem, capazes de sussurrar ou gritar, de fazer o leitor sentir que o que está lendo lhe diz respeito. Não é a Tchetchênia, não é Saigon, não é Dachau, mas é o próprio lugar, e essas histórias são as próprias histórias.

Truman Capote escrevera pouco antes de morrer: "O romance e a verdade são divididos por uma ilha que aos poucos vai encolhendo cada vez mais, mas estão para se encontrar. Os dois rios correrão juntos, de uma vez por todas". E o risco para os escritores nunca é ter revelado aquele segredo, ter descoberto sabe-se lá qual verdade oculta, mas tê-la dito. Tê-la dito bem. Isso torna o escritor perigoso, temido. Pode chegar a toda parte mediante uma palavra que transporta não apenas informação, que, no entanto, pode ser ocultada, detida, difamada, desmentida, mas transporta alguma coisa que apenas os olhos do leitor podem desmentir e confirmar. Essa potência só pode ser detida se também for detida a mão que a escreve. A força da literatura continua sendo essa sua incapacidade de reduzir-se a uma dimensão, de ser apenas uma coisa, seja ela notícia, informação, seja sensação, prazer, emoção. Essa sua fruibilidade lhe permite ir além de todo limite, superar as comunidades científicas, os especialistas, e caminhar no tempo cotidiano de qualquer um, tornando-se instrumento ingovernável e capaz de forçar toda malha possível. A própria potência que fazia os governos soviéticos temer mais Boris Pasternak e *O doutor Jivago* e *Os contos de Kolimá*, de Shalamov, do que as investidas da contraespionagem realizada pela CIA.

A potência vital da escrita continua sendo condição necessária para distinguir um livro que vale a pena ler de outro que vale a pena manter fechado. O universo dos campos de concentração parece espremer da literatura impensáveis gotas de vida. Não me interessa a literatura como vício, não me interessa a literatura como pensamento fraco; não me dizem respeito belas histórias incapazes de pôr as mãos no sangue do meu tempo e de fitar no rosto a podridão da política e o mau cheiro dos negócios. Existe uma literatura diferente que pode ter grandes qualidades e receber numerosos consensos. Mas não me diz respeito. Tenho em mente a frase de Graham Greene: "Não sei o que vou escrever, mas, para mim, só vale escrever coisas que contam". Tentar entender os mecanismos. Os dispositivos do poder, do nosso tempo, as cavilhas da metafísica dos costumes. Tudo é coro e matéria, com registros diversos. Sem o terror de escrever fora dos perímetros literários, preferindo dados, diretivas, percentuais e instrumentárias, contaminando com qualquer coisa. O estilo é fundamental, mas creio que Ernest Hemingway tenha tido uma visão correta: "O estilo é a graça sob pressão". A graça da escrita, seu tempo estendido e a reflexão profunda devem ser mantidos reféns pela situação, pelo imperativo da palavra de fazer, de revelar. Uma verdade, aquela literária, que está na palavra, não na pessoa. A verdade das palavras em nosso tempo se paga com a morte. Espera-se que seja assim. Você treina sua mente para que seja assim. Estou cada vez mais convencido disso. Sobreviver a uma forte verdade é um modo de gerar suspeita. Um modo de tirar verdade das próprias palavras. Mas as verdades da palavra e da análise não têm outra confrontação além da morte. Sobreviver a uma verdade da palavra significa diminuir a verdade. Uma verdade da palavra sempre leva a uma resposta do poder, se for eficaz. "Poder" é uma palavra genérica e rameira. Poder institucional, militar, criminal, cultural, empresarial.

E essa resposta, se não vier a palavra da nova verdade, não atingiu seu objetivo. Não teve efeito. E a prova dos noves por ter atingido o coração do poder é ter sido atingido por ele no coração. Uma reação igual e contrária. E feroz. Ou se traz uma verdade partilhada, no final das contas aceitável, ou se traz a verdade das imagens, aquela das câmeras de televisão ou das fotografias. Verdades estéticas, verdades morais sustentadas pelas provas. Essas comportam pouco a escolha do indivíduo e muito aquela do olho. Como se o homem fosse desmembrado, tendo cada órgão seu isolado. E ao intelectual fosse destinada a mesma separação do apólogo de Menênio Agrippa.* O repórter é o olho; o escritor, a mão e um pouco da mente; o jornalista, o olho e um pouco da mão; o poeta, o coração; e o narrador, o estômago. Mas talvez tenha chegado o tempo de gerar um monstro com várias mãos e vários olhos, um tempo em que quem escreve possa

* Cônsul romano em 503 a.C. que, com seu apólogo *Os membros e o estômago*, convenceu os plebeus em greve a retomar o trabalho. (N. T.)

invadir, envolver e abusar de todo instrumento. Essa é a tarefa do escritor que se ocupa da realidade e escreve por meio dela. As palavras continuam sendo fundamentais, mas a solidão de quem escreve e a periculosidade da palavra ainda são enormes.

Stanislav Markelov era o advogado de Anna Politkovskaia e quem lutava contra a libertação antecipada do coronel Iuri Budanov, oficial de mais alto escalão que um tribunal russo já condenou por crimes de guerra. Mataram-no barbaramente com projéteis na cabeça, em 19 de janeiro de 2009. No julgamento contra o coronel Budanov, Markelov representava a família de Elza Kungaeva, tchetchena de 18 anos, estuprada e assassinada em Khankala por um grupo de soldados russos. O pai de Elza Kungaeva, há anos na Noruega, recebe contínuas ameaças de morte. O coronel Budanov é um intocável. Nesses anos, o homicídio de Elza tornou-se o símbolo dos abusos cometidos na Tchetchênia pelas tropas russas. O episódio é narrado em muitas páginas no livro *A Rússia de Putin*, de Anna Politkovskaia. Nele também se fala do processo contra Budanov, que provavelmente não teria sido condenado sem a atenção midiática gerada por seu livro. Budanov fora preso em 2000, incriminado e condenado a dez anos em 2003. No entanto, recentemente voltou à liberdade, apesar da campanha conduzida pelo advogado Markelov contra sua libertação.

O advogado Markelov foi assassinado na rua junto com Anastasia Baburova, jornalista do *Novaia Gazeta* — o mesmo jornal de Politkovskaia —, que assumira o posto de Anna ocupando-se das investigações sobre a Tchetchênia.

Quem escreve morre. Disparam na cabeça de Anastasia enquanto ela tenta deter o sicário que matara o advogado

Markelov, com quem ela trabalhava. Aos assassinos parecera absurdo que uma mulher reagisse em vez de fugir, e isso os pegara de surpresa. Anastasia morreu rebelando-se contra seus executores. Tinha 25 anos. Agora que a difamação não conseguiu destruir Anna, agora que suas palavras sobreviveram a ela, tudo está nos lábios, nos olhos, na memória dos leitores.

Eu não queria que essas minhas palavras fossem definidas como uma introdução. Essas palavras são uma prece, pronunciada com todas as possíveis frases litúrgicas ao leitor que decidiu gastar seu tempo lendo-as.

Uma prece para que o leitor nunca deixe de narrar a todos que encontrar o que ler em *Tchetchênia* e para que não esqueça o sacrifício de quem decidiu contar. Uma prece para que possa sentir até dentro da carne todas as horas da vida de Anna Politkovskaia, uma vida muitas vezes passada sabendo que teria um fim, mas na certeza de que esse fim diria respeito apenas ao próprio corpo e, como as constelações, difundiria as próprias histórias, depositando-as em cada leitor que as encontrasse.

Nota aos textos

Excetuando-se as páginas iniciais ("O perigo de ler") e as de "Ossos de cristal" — até então inéditas —, cada capítulo deste livro foi reelaborado em vista da publicação em volume. As versões originárias foram publicadas na imprensa ou nas diversas ocasiões que elencamos a seguir:

"Carta à minha terra": *La Repubblica*, 22 de setembro de 2008.

"Miriam Makeba: a raiva da fraternidade": *La Repubblica*, 11 de novembro de 2008.

"De Scampia a Cannes": *L'espresso*, 18 de julho de 2008.

"Combater o mal com a arte": *La Repubblica*, 31 de outubro de 2008.

"Apesar de tudo, a verdade existe": introdução destinada ao programa da adaptação teatral de *Gomorra*, reproduzido de forma adaptada com o título *Come sta la verità nel paese di Gomorra* [Como está a verdade no país de Gomorra], em *La Repubblica*, 27 de julho de 2007.

"Quando a terra treme, o cimento mata": *La Repubblica*, 14 de abril de 2009.

"Apostar tudo": *La Repubblica*, 15 de fevereiro de 2008.

"Tatanka Irado": *L'espresso*, 31 de julho de 2008.

"O homem que era Donnie Brasco": *L'espresso*, 4 de fevereiro de 2008.

"Siani, cronista de verdade": *Il manifesto*, 11 de junho de 2004.

"O guardião do farol": *L'espresso*, 9 de novembro de 2007.

"Em nome da lei e da filha" nasce de intervenções publicadas em *El País* (11 de fevereiro de 2009, com o título *Pidan perdón a Beppino Englaro*) e em *La Repubblica* (12 de fevereiro de 2009, com o título *Chiedete scusa a Beppino Englaro* [Peçam perdão a Beppino Englaro], e 23 de janeiro de 2009, com o título *La rivoluzione di un padre* [A revolução de um pai]).

"Felicia": *Nazione Indiana* (www.nazioneindiana.com), 8 de dezembro de 2004.

"A magnífica mercadoria": *L'espresso*, 8 de março de 2007.

"Construir, conquistar": *La Repubblica*, 6 de julho de 2007.

"A peste e o ouro": *La Repubblica*, 5 de janeiro de 2008.

"Síndrome de Vollmann": *L'espresso*, 14 de novembro de 2007.

"Apocalipse Vietnã": *L'espresso*, 31 de maio de 2008.

"Este dia será de vocês para sempre": *L'espresso*, 26 de março de 2007.

"Os fantasmas dos Nobel": *La Reppublica*, 14 de dezembro de 2008.

"Discurso na Academia da Suécia": a partir do discurso pronunciado durante a noite dedicada pela Academia da Suécia a Salman Rushdie e Roberto Saviano, em 25 de novembro de 2008.

"O demônio e a vida": *Pulp*, número 58, novembro/dezembro de 2005.

"A infinita conjectura": *Nazione Indiana* (www.nazioneindiana.com), 27 de fevereiro de 2004.

"Nunca mais em um mundo à parte": *Pulp*, número 48, março/abril de 2004, e *Nazione Indiana* (www.nazioneindiana.com), 3 de junho de 2004.

"Quem escreve morre": introdução a *Cecenia. Il disonore russo* [Tchetchênia. A desonra russa], de Anna Politkovskaia. Roma, Fandango Libri, 2009.

Este livro também pretende ser uma homenagem a quem acreditou em mim nesses anos. A quem, de diversas formas, conseguiu ficar perto de mim e participou da minha situação. A começar por todos aqueles que me nutriram com sua confiança e seus ensinamentos, permitindo-me conhecer essas fontes para continuar escrevendo.

A quem, como Vincenzo Consolo, me ouvia quando eu ainda era um menino, acolhendo-me, junto com sua mulher Caterina, em sua casa como em uma oficina de afetos, onde aprendi a responsabilidade da literatura e a coragem da palavra.

A Goffredo Fofi, que foi o primeiro a me convidar a olhar para fora da minha janela e me confiou a lição de tantos que quiseram e souberam incidir, seja com suas palavras, seja com suas ações cotidianas, em um território.

A Giuseppe Montesano, que quase me adotou, abrindo-me as portas da literatura com nossas infinitas discussões sobre os infinitos mundos que ela é capaz de gerar.

A Corrado Stajano, autor de um livro sem o qual eu não teria encontrado meu caminho e que soube me ensinar a coragem das escolhas mais difíceis.

À memória de Enzo Siciliano, que acreditou no meu talento e sempre me deu espaço e atenção.

A Helena Janeczek, que, antes de tudo, esteve presente e, apesar de tudo, sempre está presente.

A Tiziano Scarpa, que fez com que eu me tornasse parte da Nazione Indiana, oferecendo-me a possibilidade de entrar em contato com meus primeiros leitores e com uma comunidade de amigos escritores que nunca me abandonaram.

A Francesco Pinto, que anos atrás me encorajou a não temer a TV.

Às pessoas que trabalham comigo e pelas minhas palavras na Mondadori e que, acreditando em mim desde o projeto de *Gomorra*, me apoiaram também nos momentos mais difíceis, para além de suas tarefas e obrigações profissionais. E aos meus editores no exterior, que se empenharam por mim com paixão e inteligência.

À diretora e à redação de *L'espresso*, que se ocuparam de mim desde o início e apostaram em minhas investigações.

Ao diretor e à redação de *La Repubblica*, que me concederam suas melhores páginas e sempre estiveram a meu lado.

A todos os outros jornais italianos que me defenderam. E aos estrangeiros que me consentiram levar ao mundo o que é importante para mim.

Às muitas pessoas que trabalham na mídia — televisão e rádio — e que se mostraram extraordinariamente disponíveis e generosas ao concederem a mim e à minha situação o espaço de programas, serviços e entrevistas, contribuindo para despertar a atenção e incidir na sensibilidade da opinião pública.

Obrigado a Mikhail Gorbachev e Elie Wiesel, que foram uns dos primeiros a assinar* em solidariedade a mim, a Lech Walesa e ao arcebispo Desmond Tutu. Obrigado a Shirin Ebadi, Betty Williams e Pérez Esquivel: eles, que venceram o Nobel por suas batalhas, seguem minha situação com atenção, que sei ser sincera; a Rita Levi Montalcini e Renato Dulbecco que, junto com Dario Fo, intervieram com sua respeitabilidade para me proteger quando a atmosfera a meu redor ficava pesada. A Orhan Pamuk, que na Alemanha quis me ouvir e dizer: "Exprimo a você um desejo meu e peço que você o leve em consideração:

---

* O autor se refere à coleta de assinaturas feita pelo jornal *La Repubblica* em seu apoio. (N. T.)

viva". A Wislawa Szymborska e Günter Grass, que me defenderam na Polônia e na Alemanha. A John M. Coetzee, que quis assinar em meu apoio, bem como a Elfriede Jelinek e José Saramago. Obrigado também a Salman Rushdie que, já tendo passado pela mesma situação, aconselhou-me como resolver muitos problemas cotidianos e como resistir sob um assédio contínuo.

Obrigado a Joe Pistone *aka** Donnie Brasco, que me fez participar de sua experiência e me ofereceu sua amizade, sugerindo-me como suportar certas solidões asfixiantes.

A Claudio Abbado, que me deu a honra de me dedicar seu concerto no Teatro San Carlo, em Nápoles.

A Martin Scorcese, que me defendeu da costumeira acusação de ter difamado meu país.

À [produtora] Fandango, que decidiu produzir o filme quando *Gomorra* tinha acabado de ser lançado, fazendo dele uma obra capaz de vencer o Grand Prix em Cannes e o David di Donatello.

A Mario Gelardi, Ivan Castiglione e a todos os atores que do meu livro extraíram uma versão teatral, representada em toda a Itália, conseguindo transformá-lo em um dos espetáculos mais vistos nos últimos anos.

E a todos aqueles colegas e àquelas personalidades da cultura que fizeram suas minha situação e minhas palavras e me ofereceram seu apoio de diversas maneiras: Martin Amis, Paul Auster, Ingrid Betancourt, Junot Díaz, Umberto Eco, Nathan Englander, Hans Magnus Enzensberger, Jonathan Safran Foer, Jonathan Franzen, David Grossman, Siri Hustvedt, Tahar Ben Jelloun, Jonathan Lethem, Caro Llewelyn, Mario Vargas Llosa, Claudio Magris, Javier Marías, Colum McCann, Ian McEwan, Patrick McGrath, Suketu Mehta, Adam Michnik, Taslima Nasreen, Chuck Palahniuk, Francesco Rosi, Cathleen Schine, Peter Schneider e os irmãos Taviani.

Aos músicos que quiseram me dedicar suas obras ou envolver-me em seus projetos: Massive Attack, Subsonica, Fabri Fibra, Lucariello e 'A67.

Ao Estado italiano, que me defendeu e, particularmente, ao nosso presidente Giorgio Napolitano, que várias vezes me demonstrou a sinceridade de sua preocupação e de seu apoio.

---

* Abreviação do inglês para *also known as* [também conhecido como]. (N. T.)

À Arma dos carabinieri, que me protege; à inteligência lúcida e especializada do general Gaetano Maruccia, que para mim foi uma referência muito preciosa; ao apoio e à amizade do coronel Ciro La Volla.

A Nando, Leo, Aristide, Francesco, Marco, Michele e Sebastiano, que todos os dias, com coragem, profissionalismo, afeto e muitas vezes sacrifícios pessoais estão a meu lado, sem nunca me fazer pesar nada.

A todas as associações que se mobilizaram por mim, a todas as pessoas que deram vida a iniciativas espontâneas em minha defesa. A Alex Pecoraro e todos aqueles que, na web, construíram uma rede de informação e solidariedade. A quem utilizou as redes sociais Facebook e MySpace para criar uma rede de atenção e de apoio.

Às muitas cidades italianas que quiseram me oferecer sua cidadania honorária — Roma, Turim, Bolonha, Florença, Veneza, Ancona, L'Aquila, Mântua, Motebelluna, Orvieto, Pisa, Reggio Emilia,Viterbo e todas as outras que, infelizmente, me é impossível citar —, mostrando que meu problema dizia respeito a todo o país e me permitindo sentir-me ainda em casa na Itália.

Obrigado a todos aqueles países que se ofereceram para me acolher: à Espanha, que por muitos meses me hospedou; à Suécia, que me deu asilo; à Alemanha, que várias vezes me demonstrou solidariedade e proximidade; ao presidente Shimon Peres, que me ofereceu refúgio em Israel; à França, que me fez cidadão de sua capital. Sei que tive muito tanto do meu país quanto do restante do mundo.

E, finalmente, obrigado à minha família, esperando que me tenha perdoado por tudo que foi e é obrigada a passar por culpa minha.

r. s.